Hakidame

The Banker Diary of External affairs by Natsuki Nanano

ハキダメ。

Hakidame
The Banker Diary of
External affairs
by Natsuki Nanano

銀行員
七野夏姫の
渉外日誌

ぺんたぶ
イラスト＝佐木郁
Pentabu
Kaoru Saki

経済産業省は8日、日本の漫画やアニメ、小説といったコンテンツ産業の海外展開を支援するための「クールジャパンプロジェクト」を推進すると発表した。今後、500億規模の予算措置を行い、具体的な支援策等について議論を開始する方針。

（201X年　経済新聞）

「クールジャパン事業に参画し、五百億の予算を手に入れろ」

メガバンクで働く彼にその指示があったのは、まだクールジャパンという単語が噂《うわさ》程度にしか話されていない時期のことだった。

五百億のプロジェクト。

一銀行員に任される案件としては異例の規模だ。

「――クールジャパン、ですか」

さすがに単語くらいは知っている。

政府が主導して日本の漫画やアニメを輸出し、海外でのビジネスにつなげるプラン――だったたか。

しかし、まだ具体的な話ではなかったはずだし、何より自分が働くメガバンクの銀行業務とどう関係するのか見当がつかない。

久しぶりに、自分の声が困惑の色をはらんでいることを自覚する。

「それで、私にどうしろと」

目指すべきゴールがあって、そこに至るまでの課題を解決し、目的地に導くというのが仕事のありかただと彼は思っている。

例えばそれは「客に投資信託を〇億売るように」といったものや、「〇億の収益が見込める融資案件を取りまとめろ」、あるいは「赤字企業が〇億の黒字になる再建策を立案せよ」などで、——仕事というのは全て何かしら明確なゴールが定められているべきだし、そしてそのゴールを設定するのが上司の役割だと思っていた。

逆に言えば、ゴールが無ければ部下は動けない。

その点で言えば、「政府が五百億の大規模ファンドを組成し、日本のコンテンツ産業を海外にアピールする事業を始めるらしい。我が行もそこに参画し、予算を執行する権限を持ちたい」——という今回の指示はいくら何でもあいまい過ぎる。

目指すべきゴールを明確にするために、彼は聞いた。

「クールジャパン事業に参画するというのは、具体的にはどういうことになるのでしょうか？」

「政府は『クールジャパン事業株式会社』を設立し、コンテンツ産業の企業を支援する方針のようだ。だが、政府には企業支援のノウハウがない」

「企業支援と言えば銀行、ということですか」

「そうだ。なんでも、アドバイザー行として銀行を一つ選ぶという噂でね。我が行としては、設立される新会社に職員を送り込み、予算執行の権限を握りたい」

なるほど、少し話が見えてきた。

「五百億の予算を動かす際に、我が行の意向を反映させる訳ですね」

「話が早くて助かる」

「いえ」と彼は恐縮した。

政府は五百億の予算を投入して企業支援を行い、クールジャパンを実現したい。しかし、肝心の企業支援のノウハウがない。

企業支援と言えば銀行の得意分野だ。我が行がアドバイザー行になれば、「この資金はこの企業に」「あの資金はあのプロジェクトに」といった予算執行の権限が手に入ったも同然ということか。

「そこで、コンテンツ業界を担当している君に声を掛けた訳だ」

「はい」

彼は自分の担当企業を思い浮かべた。中には大手の出版社や有名な製作会社もあったが、平成不況の中でいずれも業績は低迷している。それらの大口先が倒産などという事態になれば、当行も莫大《ばくだい》な損失を抱えることになるだろう。

そんな中で、五百億もの予算が手に入ったら。

彼の脳裏に、上司が考えているであろうシナリオが見えてきた。

「我が行がこのクールジャパン事業にアドバイザー行として参加し、これまで業績が低迷していた取引先たちを支援する、と」

赤字の取引先が、黒字になる。それは銀行にとって大きな意味を持つ。

「そうだ。取引先の倒産に備えるための引当金を積む必要がなくなれば、結果として、我々ミツバ銀行の利益は増える。単年度だけで数十億の利益が見込まれる話だ」

五百億の予算に、一年で数十億の利益か。

——これはまた、ずいぶん大きな仕事を任されたものだ。

正直に言ってしまえば荷が重い。

その内心を読んだのか、上司が先に口を開いた。

「今回のプロジェクトの成否は、君の双肩にかかっていると言っても過言ではない」

それはつまり、「逃げるな。そして失敗すれば全責任をお前が負え」と言われているのに等しい。

しかし、経産省のプロジェクトのアドバイザー行に選ばれろ、とは。

そんな指示を受けても、具体的に何をどうすれば良いのかはっきりとしない。

「アドバイザー行を選ぶ基準は決まっているのですか？」

「一つは、国内のコンテンツ産業に属する企業と相応の取引があること。そしてもう一つは、それらの企業に対して抜本的かつ的確な支援を行えていること」

あいまいだ。ふわふわとした単語を並べて、後でどうとでもこじつけられるような説明だった。

「相応の取引、抜本的かつ的確な支援。具体的には?」

そう聞くと、上司は肩をすくめた。

「それがわかれば私も楽なんだがね。残念ながらそこは政府内でも定まっていないらしい。故に、具体的な手段は君に一任する」

ちょっと待て。アドバイザー行の選定基準が具体的になっているならまだしも、それがない状態で何をどうすればよいのやら。

普段の冷静沈着な仕事ぶりから、陰で「ハイパークール」などと言われたりする彼だったが、さすがにこれには「一任されましても!」と抗議の声を上げるところだった。

「言っただろう。まだ噂レベルの話に過ぎない。だが、これだけの規模の話だ。いざ正式決定したあとに準備を始めて、他行に負けましたでは許されん」

彼は困った。

これまでの銀行員人生で一、二を争うレベルで困る話だった。

「……一体、私は何をすれば良いのでしょうか」

「君に一任する」

頭痛がしてきた。

いくらなんでもこれは酷い。

「この案件に私が抜擢《ばってき》される理由はなんでしょうか」

「君はコンテンツ産業のエキスパートだからな。他に適任者はいないと思っている」

――六万人もの行員数を誇る国内トップのメガバンクがそんな情けない状態で良いのですか！

そう胸中で叫びながら、しかし彼は冷静沈着な仮面を投げ捨てたりはしなかった。

「ですが」と理詰めで抗議しようとして、

「それに君は、――出版社に特別なパイプを持っているからな」と、穏やかに放たれたその言葉に封殺された。

この銀行内で、ほんの一握りの人間しか知らない――彼の秘密。

その話を持ち出された以上は、彼にもう反論の余地はなかった。

「――謹んでお受け致します」

我ながら随分と苦々しい声が出たものだ。

「そうか、やってくれるか」

どうあってもやらせるつもりでいたくせに白々しい。

「言うまでもないことだが、この話は他言無用だ。時が来るまで、秘密裏に事を進めてくれたまえ。しかるべき権限と肩書きは追って付与する」

「はい」

「成功した場合は、新たに出世の道が開けることになる。頑張ってくれたまえ。何か質問はあるかね？」

少し考え、彼は聞いた。「ちなみに失敗した場合はどうなりますか」

「もちろん失敗は許されない」

答えになっていない答えだったが、これは聞いた彼が悪かった。「失礼しました」と素直に詫《わ》びる。

「それでは、話は以上だ。審査第一部北大路《きたおおじ》審査役に、クールジャパン事業への参画を命ず。経産省にアドバイザー行として選ばれろ。手段は問わない」

いつもの冷静な仮面を被り直して、

――しかし内心では苦虫を嚙《か》みつぶしながら、彼は応じた。

「お受け致します」


それが、彼の苦難の日々と――日本のコンテンツ産業の未来を左右する、かも知れない物語の始まりだった。

経済産業省は漫画やアニメ、小説など海外でも人気の高い日本文化「クールジャパン」を諸国に売り込む新事業を本格展開する。特に日本のアニメは海外での評価も高く、新たな輸出商品として注目が集まる。

（２０１Ｘ年　経済新聞）

目次

4月18日　七野

申請の営業店稟議《りんぎ》については否認する。
２０１Ｘ年　4月18日　審査第一部　北大路審査役

「いい加減にしろ北大路――――っ！」

ミツバ銀行新宿支店の渉外係フロア全体に響いたその大音声に、幾人かの職員がぎょっとしてこちらを振り返るのがわかる。

「ああ、また『ハキダメ』のとこの七《なな》野《の》か」と誰かが苦笑混じりに呟《つぶや》くのが耳に届いて赤面する。やばいちょっと恥ずかしい。

声の主である七野夏姫《なつき》は大きくため息を吐《つ》くと、握っていたボールペンを机に放り投げた。

ぱしん。気の抜けた音を立てて跳ね返ったペンがそのまま床に落ちる。

「どうしたの七野ちゃん？　急に大声出したと思ったら死んだような目しちゃって」

心配そうに声を掛けてきたのは隣のデスクに座る四十代半ばの男、課長の前田《まえだ》だ。

七野が籍を置く渉外七課――都内の大企業のうち、いわゆるワケありの取引先を一手に引き受ける通称「ハキダメ」を率いる直属の上司で、まだ経験の浅い七野の指導員でもある。

「どうしたもこうしたも、審一に上げたタキガミ出版の稟議です。あれだけ完璧に調査した資料を付けたのに、否認です」

「え、否認？」

「条件付承認でも再検討でもなく否認です！　この――」

一気にまくし立て、自席PCのディスプレイに表示された「否認」の文字に人差し指を突きつける。

「北大路っ、審査役サマがっ！」

審査役というのは、支店から申請された稟議をチェックし、その審査内容や融資判断に誤りがないかを最終判断する本部決裁者だ。

たとえ支店長が承認していようと、その上に位置する審査役がノーと言えばそこで案件は終わりとなる――今回のタキガミ出版の稟議のように。

先ほどの七野の叫びは、必死に書いた稟議を申請する度に北大路審査役に否認されるという繰り返しに、とうとう堪忍袋の緒が切れた形だ。

「……ああ、やっぱりダメだったんだね、あれ」

ボルテージが上がりっぱなしの七野に対して、前田は冷静そのものだ。

「やっぱり⁉　やっぱりって何ですか！　やっぱりデキが悪かったですか私の稟議⁉」

「いや、そうじゃなくてね……。七野ちゃんだって出版業界担当ならわかるでしょ？　出版不況と言われてもう十年以上になるけど、業界全体の暗い雰囲気は良くなるどころか悪くなるばかり」

「業界のせいにしてたら案件なんて出ません！」

「でもさ、最近は電車に乗っててもみーんなスマホ見てるじゃない。本を読んでる人なんていっそ探すのが難しいくらい。このご時世に、この規模の出版社に新規の金を突っ込むってのはねぇ……」

新規というのは、すなわち新規取引開始を指す言葉だ。

銀行の融資は取引相手によって「既存案件」と「新規案件」に分けられるが、今回のタキガミ出版は今まで取引がなかった先なので後者の新規扱いになる。

「ま、新規案件は審査が厳しくなるし、妥当なとこだよ」

どうやら今回の否認について前田は異存なしのようだが、実際に汗をかいて稟議を仕上げた七野は怒りが収まらない。

「ていうか、課長がそんなこと言ってるからウチの課の数字が伸びないんです！　もっと悔しがってください！　新規案件十億ロットなんて滅多に出ない話だったのに！」

銀行員は数字が全てだ。どれだけ頭が良かろうと上司受けが良かろうと、実際に数字で結果を残さなければ評価はされない。

特に七野が所属する新宿支店渉外七課は、大企業とは名ばかりのワケあり先が多く——例えば業績不振に陥っていたり、社長が高齢化して引退を考えていたりと事情は様々だが、平たく言ってしまえば銀行として「これ以上金を貸せない」会社ばかりだ。

そんな中でようやく見つけた十億の融資案件が、最後の最後でダメになったのだ。

期待に胸を膨らませていた七野からすれば、最初から諦めていた風の前田の態度は納得できなかった。

「そうは言っても、ウチの課は数字を伸ばす事よりも、問題のある取引先からいかに回収を進めるかが勝負、みたいなとこがあるからねぇ」

と、どこ吹く風といった様子の前田に七野は噛み付く。

「二年前に私をココに引っ張ってきたときは、そんなことひと言も言わなかったじゃないですか！」

「二年前？　何だっけ？」

「忘れたとは言わせませんよ！　『大企業、それも出版社とか映画会社とかそういう華やかな取引先ばかりだから、面白い仕事ができると思うよ』って言ってたんです！」

「ああ、世間からすれば華やかな取引先が多いのは事実でしょ。このタキガミ出版だってそう。一応は誰もが羨む出版社サマなんだから」

「世間から見て華やかでも銀行員から見てハリボテじゃ意味ないじゃないですか！」

「あ、わかってるじゃない七野ちゃん。この会社がハリボテもハリボテ、せいぜいがメッキ仕立ての華やかさだって。となるとあれかな？　この稟議もせいぜい条件付だって読んでたってとこかな？」

にこやかな口調で図星を突かれ、ぐっと言葉に詰まる。

七野だってわかっていた。

稟議に書いた返済計画がやや楽観的過ぎることも、この会社の業績が決算書より更に悪いかも知れないことも。だから本部に回ったところで「条件付承認」——融資の方針はいいが、期間を短く設定する、あるいは金額を絞る等の条件付になるかも、とは思っていた。

しかし、まさか再度の申請も許さない「否認」になるとはさすがに予想外だ。

この渾身《こんしん》の稟議が、厳しいことで全店でも有名な北大路審査役に当たるとはついてない。

「私が上げる稟議、上げた端からこの審査役に否認されてるんですけど！」

「そりゃ北大路クン、大企業を扱う審一の中で、出版とか映像とかのコンテンツ業界専門の審査役だもん。同じ業種を担当してる七野ちゃんがぶち当たる回数が多いのは道理でしょうよ」

渉外担当者がどの企業を担当するかを決める仕組みは、大きく分けて二つ。

一つは「地区割」、すなわちこの地区にある会社はキミの担当――といった形で、企業が位置する地域ごとに担当を割り振るケース。

もう一つは「業種割」――つまり企業の業種ごとに担当者を割り振るケースで、ミツバ銀行は基本的にこのルールで担当者を割り振っている。

結果として、コンテンツ業界の企業を担当する七野が、同じ業種を担当する北大路審査役に稟議する場合が多くなるのだが、渉外に出てから今までの約二年の間に仕上げた新規案件については、ことごとく否認と玉砕続きである。

「でも私、今度こそ北大路審査役サマに『承認』って判子押させてやるつもりだったんです……！」

サマのところに力を入れて言う。もちろん揶揄《やゆ》だ。

「ま、今回の稟議は力作だったから、悔しい気持ちもわかるけどねぇ……実際、ボクはともかくその上の次長、支店長は通った訳だし」

「ですよねっ⁉　私頑張りましたよねっ⁉　駅伝で言ったら区間新ですよね⁉」

「いや、駅伝で例えられてもボクわかんないけど……まぁ、一皮剝《む》けたとは思うよ」

前田が言うように、今回の稟議は七野の渾身の作だった。

今の課《ハキダメ》にいる限りは、取引先からの「お金が返せなくなったので少し返済条件を緩めてください」という後ろ向きな仕事から離れられないだろう——と、そんな諦めの中で、ようやく見つけた前向きな新規融資の話だ。

稟議書もいつになく筆が乗った。

——乗りすぎて企業分析や返済見通しのところでほんの少し、楽観的な見通しになった感は自分でも否めないけど、

「短いスパンで、ちょっとくらい融資させてくれてもいいじゃないですか！　私、ここに来てからずっと、後ろ向きな話ばっかりなんですよ⁉　タキガミ出版のプロジェクトは、やっと見つけた貴重な前向き案件だったのに！」

「ま、そこはこの北大路クンが一枚上手だったかな。さすがは審査役。審査目線は確かだねぇ」

前田はPCを操作し、審査役コメントを表示させた。

「七野ちゃんの稟議の穴についてしっかり指摘した上で、自分でも別の角度から企業分析をやり直した上で否認してる。『返済見通しに大きな懸念』って。これは手強い」

「課長として承認の判子を押してる張本人が人ごとみたいに言います⁉」

「ボクはこの案件、もともとネガティブだったからね」

「じゃあ何で判子押したんですか⁉」

「上が『やる』って言うんだから仕方ないでしょ。上司の言うことは絶対。これ、銀行の

鉄則ね」それに、と前田はため息を吐く。「そもそもこのハキダメに前向きな話を期待されてもねぇ」

「前田課長、私をここに引き抜くときに、『華やかな取引先の面白い仕事ができる』とか何とか言ってませんでしたっけ⁉」

甘い言葉で引き抜いておいて、実際にやってる仕事は「華やかな企業」からの後ろ向きの申し出――要するにお金が返せなくなった取引先への対応や、業況悪化先の再建計画の作成支援といった話ばかり。

同期が渉外担当として新規開拓セールスや既存取引先への追加融資の交渉などをしているのを見て、うらやましくないと言えば嘘《うそ》になる。

銀行の花形は、やはり渉外なのだ。

なのに――七野はこうして、大手企業とは名ばかりの「業況悪化先」への対応を一手に引き受ける新宿支店渉外七課《ハキダメ》でくすぶったままだ。

「ボクは七野ちゃんに声を掛けるとき、『華やかな仕事ができる』とも『融資ができる』とも言ってないからねぇ」

確かに前田が使ったのは『華やかな取引先ばかり』で、『面白い仕事ができると思うよ』というワードだけで、それが華やかな仕事であるとか前向きな融資ができるとは言っていないが。

「そんな詐欺師みたいなことを……」

「仮にも上司に向かって失礼な。そういうときは『銀行員みたいなことを』って言って欲しいなぁ。教えたでしょ？　銀行員はその場しのぎの嘘を吐いたり言質《げんち》を取られたら負けだけど、必要なことを言わないのは悪ではない、って。あ、ちなみにこれ、ボクのポリシー」

「開き直らないでください！」

「ま、華やかな仕事はそれなりに責任も大きいからね。まずはこういう地味で泥臭いけど基本的な仕事を身につけて、そうしてウチの課から大きく羽ばたいて欲しいな」

と、これは前田のいつもの口上なので、七野はもう聞き流すことにしている。

「あ、ところで七野ちゃん、そろそろ出る準備しなくていいの？　スタジオきょーとの長《なが》崎《さき》社長のとこ呼ばれてるんでしょ？　アポ、二時じゃなかったっけ？」

え？　と壁に掛かった時計を見ると、もう午後一時を回っていた。社長との面談を取り付けているスタジオきょーとには、ここから三十分は見ておきたい。

「あ、はい！」

そう言って机の上に広げていたファイルと、床に落ちたままだったボールペンを拾う。

と、そこでディスプレイに表示されたままの「否認」を告げる画面が目に入った。

――北大路審査役め。

「課長！　やっぱ我慢できないのでメール一本入れて良いですか良いですよね入れます！」

「え、ちょっと待って七野ちゃん、メールってまさか――」

前田の制止を無視して、ＰＣの電子電話帳で本店審一の北大路審査役のアドレスを呼び出す。クリック一つでメールも電話も可能なシステムだが、今回はメールのアイコンを選択。

キーボードを叩《たた》きつけるように作った文面は、敵に送る宣戦布告だ。

次の稟議は絶対に「申請どおり承認」させますから！
新宿支店渉外七課　七野

ためらうことなく送信ボタンをクリック。

「次は負けません！」

と口から出た言葉はオマケだ。

「あちゃー……嘘でしょ、七野ちゃん……」

前田の呆《あき》れた声を無視して、七野は外回り用の営業カバンの準備を始めた。

これから出向くスタジオきょーとは、七野が担当している映画製作会社だ。

どちらかと言うと悪い経営状態の会社だが、すごく悪い状態の会社ばかりを担当している七野にしてみれば、悪いどまりでふんばっているこの会社は、前向きな融資案件が出る可能性がある大事な生命線である。

「課長も！　スタジオきょーとの次の案件、絶対承認してもらいますからね！」

そう宣言し、七野は課員の所在を示すホワイトボードに「外訪・新宿」と書いて——そしてデスクの下にしまっておいた、自前のランニングシューズを取り出した。

「……七野ちゃん、電車、使ってよ？」

「それじゃあスタジオきょーとまでの交通費しか出ないじゃないですか」

「いや、それはそうだけど」

「いくつか他の先にも顔を出したいので。そこの交通費も申請していいならヒールで行きますけど」

「……今のは聞かなかったことにするよ」

そう言って前田はため息を吐いた。

営業にかかる交通費は経費としてミツバ銀行が払うので、職員が自腹を切る必要はない。だが、それは「仕事」として認められた営業活動にかかる費用だけだ。本来の渉外とは別の取引先に顔を出す場合の電車賃は、自腹となる。

ましてや、それが渉外七課《ハキダメ》の取引先であれば尚更だ。

利益にならない営業に、コストは払えない。それは企業としては当然の判断であり、七野としてもそこに異論はない。

だからこそ、――七野の移動手段は脚だ。

「気を付けて行っておいで」

前田はそう言って苦笑した。

「はーい、行ってきます！」

そう言って、七野は外回り営業へと、文字通り駆けて行った。

前田が七野の背を見送っていると、

「しっかし、ほんとに元気だねぇ。さすがは元・駅伝部」と、ベテラン職員が目を細める。「相変わらずスニーカーのままだし」と付け加えたのは別の年配課員だ。

前田も「あれでも一応、お客さんの前ではヒールを履くようになったんだよ」と苦笑する。「たまにだけど」

「たまにか」

「上司がいる前では、かな」

前田が言うと、職員らの間に笑いが上がった。

「しかし、よくもこのハキダメで営業しようなんて思うねぇ」と小馬鹿にしたように言う年配職員らに、前田は苦笑する。

ミツバ銀行はもちろん、他行を含めてみても、悪い取引先を相手にきちんと向き合う担当者は少ない。実際、渉外七課で抱える取引先からもこんな声を聞く。

「色んな銀行さんと取引があるけど、七野さんだけがウチをちゃんとした会社として扱ってくれるよ」と。

そう言われて初めて気付いた。

課長職にある前田とて、この渉外七課をまとめることになって早五年が経つが、課が抱える取引先の全てに足を運んだことがあるかと言えば、——無い。

渉外七課で抱える先はこちらから出向くような客ではない、という先入観もある。

言ってみれば、彼らは返すべき金を返せない連中だ。

「金を返せない客は客では無い」——銀行の中には、今でもそんな暗黙の了解があるのだ。事務手続きなどがあっても、こちらから出向かず向こうを呼びつける——それが前田にとっての、そして銀行にとっての常識だ。

だが。

その常識を、七野は平気で破るのだ。

「せっかく支店の近くにいっぱい会社があるんだから、せめて顔くらいは出そうかなって。ほら、私の仕事は『渉外』ですから」

「でも電車賃、出ないよ？　正規の営業じゃないもん。やめておきなさい」

そう言った前田の言葉に、七野は力こぶを作って笑顔を返してきた。

「大学駅伝での入賞経験はダテじゃないです。体力には自信があります！」

「走る気なの⁉」

さすがにこれには驚いた。「どうしてそこまでして」

渉外七課は後ろ向き案件ばかりを取り扱う「ハキダメ」だ。

担当している取引先に営業をしたところで、利益になるような話なんてあるわけがないのに——一体どうして。

「うーん、業績が悪くてお金を貸せないっていうのはわかるんですけど。でもやっぱり、お客様はお客様じゃないですか」

そう笑う七野を、上司である前田は「危うい」と判断した。業況が悪い先に顔を売っても仕方がないし、何より「金を貸してくれるのかと思った」とトラブルの火種になることさえある。

貸せない先に顔を出してもろくなことにならない。

これが銀行員の通説であり常識だったが——日々上がってくる七野の訪問記録を見て驚いた。

この課に迎え入れてからの一週間足らずで、七野は信じられない数の取引先に顔を出していた。このペースのまま行けば、一ヶ月も経たないうちに、全ての客を訪問できるような件数だ。

「な、七野ちゃんこれ――全部の客のとこに顔出す気なの⁉」

あれだけ動揺した声が出たのは久しぶりだった、と前田は苦笑混じりに回想する。

「あ、はい。お客さんに忘れられちゃっても悲しいですしー」と屈託無く笑う七野の表情に、前田は――ただただ圧倒された。

新規融資案件がほとんど見込めないこの渉外七課だ。

銀行員になったばかりで、まだまだ夢や希望に満ちあふれた時期だろう。なのに、七野はこうして定年間近の職員に囲まれ嘱託まがいの仕事をさせられている。

飼い殺し、という言葉さえ浮かぶ処遇だが――、そんな中でもめげず、取引先に真摯に向かい合っている。

ぽり、と頭を掻《か》く。

前田が銀行員になって、もう三十年が経とうとしている。

新米職員のひたむきな姿勢に何かを感じる時期などとっくに過ぎていたと思っていたのに、――前田は七野の熱意がまぶしかった。

だが、同時にこうも思うのだ。

七野の熱意はたしかに彼女の武器だが、それが諸刃の剣となってその身を灼《や》くようなことにならなければいいのだが、と。

——七野ちゃんの一個目のバツは、まだ消えてないからねぇ。

前の上司が書いた『行員として難あり』という七野の人事評価を思い出し、前田はため息を吐いた。

＊

国内最大のメガバンクであるミツバ銀行の中でも、七野が働く新宿支店は有数の規模を誇る。上場企業などの大口取引先を数多く抱えているため、全店でもトップクラスの渉外担当者が集まっているし、この支店を発射台として行内の重要ポストに就く管理職も多い。

新宿駅からほど近い高層オフィスビルに入るこの支店が、いわゆる「花形支店」であることに異論を挟む者は、少なくとも行内にはいなかった。

七野とて、新人として配属された当時は鼻高々だった。

大学を卒業し、それなりに厳しい就職活動を経て獲得したミツバ銀行の内定に加えて、行内でブランドが確立されたこの新宿支店への配属。

同期から「出世コースだ」と羨ましがられ、口では「そんなことないよー」と言ってはいたが、内心でガッツポーズを決めていた自分がいたことは否定できない。

——あとは、どうやって同期に差をつけるかが勝負だ。

ライバルとの競争は、もう始まっている。

通常、大学を卒業して入行した新人は、まずは預金係や住宅ローン係といった部署に配属される。そこで金融の基礎知識や銀行員のイロハを身につけ、更に行内選抜で優秀な成績を残した者から企業融資を担当する渉外担当になる。

早く渉外になるためには、早く実力を示す必要があるのだ。

だからこそ、預金係でも住宅ローン係でも同期には負けないような結果を残すように努力した。――だが。

その熱意が裏目に出た。

熱心なセールスが行き過ぎて、とある個人客から苦情が入ったのだ。――七野のセールスが「しつこい」と。

その個人客は有名な小説家で、資産は相当のものだろうと言われていた。

――この客を取ることができたら、大きな実績になる。預金係の中でそう噂される中、七野自身もその作家の本が好きだったことも、結果的に仇《あだ》となった。

他の職員に先を越される前に、何とか自分でモノにしたい。

その気持ちが一番悪い形で表に出た。

七野が仕掛けた度重なるセールスに加えて、――これは後から知った話だが――締め切り前の大事な時期に「話だけでも」と無理に食い下がった結果、相手を怒らせてしまったのだ。

「新人だから加減を知らずに」と、管理職がそう頭を下げることでひとまず相手は矛を収めてくれたが、一方の銀行内部ではそんな言い訳は通用しない。

とかく銀行はバッテン主義だ。

一度客から苦情が入れば、上司は「こいつはダメなヤツだ」と思って接する。

次第に、当時の預金係課長と七野の関係は悪くなっていった。

セールスに行きたくても「それよりもこの事務をやれ」と他のメンバーの事務作業を押しつけられる。もとよりデスクワークよりも渉外に喜びを見出す七野にとって、苦痛でしかない日々。

「営業に行かせてください！」と課長に訴えれば、それはやる気があり過ぎるように見える。また客に苦情でも持ち込まれたら困る、と課長は保身に走り、結果として七野は営業に出ることができない。

熱意の空回り。そんな毎日が続いた。

そんな折、渉外七課で返済緩和等の担当をしていた職員が、ライバル行への転職を決めた。

金融機関は同業他社への転職が最も容易な業界のひとつだが、その分、転職者を出した部署への風当たりは強くなる。ましてや、ここのように後ろ向きの部署は、第一線を退いた年配者が定年や出向を待つ間の暫定ポストとして割り当てられる場合が多く、自分から手を挙げて「なりたい」という職員は少ない。

結果として、人員補充が見込めない形で渉外担当にぽっかりと空席が出た訳だ。

通称「ハキダメ」だなんて呼ばれる部署である。

他の部署から敢えて異動したがるような希望者など見込めるはずもなく、残ったメンバーでどうやって業務を回していくかが問題だった。

そこで前田の目に留まったのが、内定時の配属希望――いや、それより前の就職活動の面接のときから「一刻も早く渉外担当になって、企業を支援したいです」と言い続けて――そして預金係でくすぶっていた七野だった。

「悪い先ばかりなら営業にも行けまい。そうすれば苦情になることもなかろう」という当時の管理職の計算もあったようだ。

前田は、七野に声を掛けた。

「ウチに来ないかい？」

当時、七野は「いっそ辞めてしまおうか」とまで思っていた時期だった。

「ウチの課は、大企業、それも出版社とか映画会社とかそういう華やかな取引先ばかりだから、少なくとも今よりは面白い仕事ができると思うよ。どうだい？　今ならウチの課に席を準備できるけど、来ない？」

渉外課長の前田にそんな風に誘われて、断る理由などあろうはずもなかった。

結果として、七野は何とか当初の希望どおりに「渉外担当」の名刺を手に入れたことになるのだが――


「まぁ」と、七野はワイングラスを片手にため息を吐く。「ハキダメが予想以上に後ろ向きの案件ばっかで凹んでる訳だけどねー」と、いつもの愚痴にいつものオチを付ける。

「でも新宿の渉外七課って、有名企業がいっぱいなんですよね？」

と、目を輝かせたのは一つ下の後輩の雛森紗々《ひなもりささ》だ。入行四年目の春を迎えた七野に対し、雛森は入行三年目になる。

「ほら、大企業が相手だと出会いもいっぱいあったり？」

「ないない」と、七野は苦笑混じりに否定した。

出会いだなんてとんでもない。

「私の担当先なんて業況が悪いところばっかりだから、会うのはほとんど役員とかだし。お父さんくらい、下手するとおじいちゃんくらいの年齢の男ばっかなんだから」

「えー、それじゃあウチと同じじゃないですかー」

残念そうにため息を吐く雛森に「あんたは昔から変わらないわねー」と七野は笑った。

雛森は大学時代からの後輩で、この春まで七野と新宿支店で働いていた仲の良い同僚だ。

学生時代に同じゼミの先輩後輩だったこともあって、同じミツバ銀行へ就職して以来、週に二、三回は互いに愚痴りながらディナーをつつく間柄である。

今日も業務を終えて支店から三駅離れたこの社宅に戻ってきたところで、「晩ご飯一緒に食べませんか？　ちょっと良い赤があるんですけど、一人じゃ飲み切れそうになくて」と声を掛けられたのだ。

テーブルの上には「簡単になっちゃいますが」と雛森が作ってくれたボロネーゼとサラダ、そして詳しくないので銘柄はよくわからないがとりあえず七野の口に合う高そうな赤ワインが一本。こちらはすでに半分ほど空けてしまっていた。

社員寮のメリットは、こうしてすぐそばに愚痴れる相手がいることだと七野は思う。会社を出てまで同僚とべったりしたくないという若手は多かったが、少なくとも七野はこの気心知れた後輩とこうしておしゃべりできる時間がありがたかった。

料理上手いしね、この子。

と、雛森お手製のパスタに舌鼓を打ちつつ赤ワインをもう一口。

「て言うか何このワイン。めっちゃ美味いんだけど。どしたのこれ？　まさか客からの貢ぎ物とかじゃないわよね？」

銀行員は取引先から金銭や物品の贈与を受けることはタブーなのだが、見栄え華やかなこの後輩はことあるごとに男性顧客からプレゼントを押しつけられそうになるらしい。

「あはは、やだなー先輩。そういうのはちゃんとお断りしてますって」

「貢がれそうになることは否定しないのね……」

「これはこの前合コンした商社男子がくれたものなので、問題はないです」

「結局貢ぎ物なんだ！」

くっそー、これだから美人は得だ。

そう言えば昔からこの子は男を魅了する何かを持っていた。しかもそれでいて頭も良く、七野が知る人間の中で「才色兼備」という言葉が最も似合う女子を挙げろと言われれば、間違いなくこの雛森を選ぶだろう。

見た目も頭脳も人並みを自認する七野からすれば羨ましい限りである。

「ていうかそっちはどうなのよ。本店プライベートバンク部なんてウチの中でも綺麗《きれい》どころかつ優秀な職員を集めてる訳でしょ？　競争激しそうよね」

と、この春に雛森が異動したプライベートバンク部の近況を聞いてみることにした。

ミツバ銀行は最近、経営方針として富裕層向けのサービスを拡充している。

有名企業の社長や芸能人――そして売れっ子作家などのいわゆる「億万長者」たちに、一般の顧客とは一線を画した高いレベルの資産運用サービスを提供する部署が、この後輩の職場だ。

七野が働く新宿支店が花形なら、雛森が働く本店プライベートバンク部は精鋭を集めた

「特殊部隊」と言ったところだ。当然、そこには全店の中でも特に優秀なセールス成績を残した預金係が集められている。

結果を出せば栄転で報われるのが銀行の世界であり、しかも雛森の場合は一年目に配属された新宿支店預金係で、全店でもトップクラスのセールス成績を叩き出しての抜擢だった。

「うちは結果を残してれば何も言われませんからねー。この私が、お金持ちのおじさんを手玉に取るスキルで誰かに負ける訳ないですし。しばらくは私の時代って感じです」

「あんたが言うと説得力あるわ……」

大学時代にゼミの友人に「どうしても穴埋めが必要で」と無理矢理手伝わされたというキャバクラで、開始一時間で十万のシャンパンを二本開けさせ、店長に「金はいくらでも出すから是非うちで働いてくれ」と言わせたのはゼミの中ではもはや伝説になっている。その類い希なる接客技能は衰えるどころか、就職して更に磨きが掛かっているらしい。

「でも、新宿支店のみんなは『あの大奥で雛森がやってけるのかな……』って心配してるよ。主に男性陣が、だけど」

「そう言えば赴任の前に、支店長に『大変だと思うが、頑張れ』なんて脅されましたけど」

「けど？」

「金持ちオジサンに投信だとか保険を売ってガッポリ手数料を取るだけですもん。簡単過ぎてちょっと拍子抜けしちゃったくらいですよ」

「微妙に表現がアレなのが気になるけど……でもほら、先輩女子からのやっかみとかないの？　嫌がらせとかさ」

と興味本位の質問をぶつけてみるが、

「それぞれの弱みは既に握ってますから、私に手を出すときは相応の覚悟をする必要が」

「時々あんたが素で怖い！」

「えー、この程度女社会を生き抜くための基本技能ですよー」

「じゃあ何だそういう技能がない私は女子として基本がなってないのか」

「大丈夫です。先輩はむしろ男子の括りです」

「ねぇ大丈夫の根拠が間違ってない⁉」

「そうですか？　今日だって、新宿支店の渉外七課に肝の据わった男勝りの女子がいる――って本店審一で話題沸騰って感じでしたけど」

初耳の話に、ほろ酔いながらにぎょっとする。

「審一って、何で……」

「え？　だって先輩、北大路審査役に噛み付いたんでしょ？　何かメールで『次は殺す』とかって」

「ちょっと待ってどこ情報だそれ⁉　尾ヒレ付きまくってる！」

七野が審一の北大路審査役の直通アドレスに抗議のメールを送りつけたのは昼頃だ。

同じ本店内と言えど、当日中に雛森の耳に入るのはいくら何でも早すぎる。

「審査部で事務をしてる知り合いがいますから。それに、よっぽど北大路審査役のツボに入ったんでしょうね。あの北大路審査役がコーヒーを吹き出すなんて前代未聞だって、フロアが一時騒然としてたそうですよ」

「ぎゃ――――っ、何それ超恥ずかしいんだけど！　でも！　殺すとは言ってない！　ただ『次は絶対承認させる』って書いただけだから！」

「審査役からしたら似たようなものですよ。ま、先輩の他にも結構いるらしいですけど。本部の決裁に納得できなくて直接抗議しちゃう人。私は恥ずかしくてできませんけど」と最後の一言が引っかかったがこの際無視だ。

「結構いるならなんで私だけ話題沸騰なのよ⁉」

「知らないんですか？　北大路審査役って、入行後、すぐに審査部のコンテンツ産業担当に配属っていう、異例人事のお方ですもん」

「はぁ⁉」

普通、現場で経験を積み、特定の業界に詳しくなった後、三十代とか四十代でようやく審査役になるはずだ。

それが、新人の段階でいきなりコンテンツ産業担当に抜擢だって？

「何よそれ、コンテンツ業界によっぽどデカいコネでもあるの？」

「さぁ？　でも明らかに偉い人の思惑で採用されてる人だから、少なくともそんな真っ向から噛み付いて来たのは七野先輩が初めてなんですって」

「そんな相手だったのか！　ていうか誰か教えてよそういう大事な話は！　うちの支店冷たすぎない⁉」

「まぁ、渉外七課は戦線離脱が間近のベテラン組が多いですから、あんまりそういう人事の話に興味がないんじゃないですか？」

渉外七課は課長の前田を除けば、全員があとはもう出向か定年を待つばかりというういわゆるベテラン組ばかりだ。

確かに七野が知る限り、人事の話題など一度も上がったことがない。

「でも、先輩の評価についてはむしろ好意的な意見が多いですから安心してください」

と、ここで雛森がフォローに転じた。

「え、何よそれ」

「あの『ハイパークール』がコーヒー吹く程に笑ったって、審一ではむしろそっちの衝撃が大きくて噂になったみたいですから」

「ん？　何、ハイパークール？」

「あ、知らないですか？　北大路審査役の愛称というか、キャッチコピーというか。職場では一切の笑顔を見せない冷静沈着な仕事ぶりなので、陰でそう呼ばれてるんです」

「へぇ」

「七野先輩とは真逆ですよね」

「ちょっと待てなぜそこで私を引き合いに出す」

「んー、具体例を言っちゃうと台無しなのでキレイな言葉を選ぶと、——勇猛果敢って感じですかね？」

「具体例は」

「平気で上司に噛み付くし、時にはフロア中に怒号が響く。最近のさとり世代には珍しい熱血行員だって本店でも噂です」

「そんな噂は嫌すぎる！」

「今日だって七野先輩の『またか北大路！』って怒号で、地上三十一階建て免震構造の新宿支店ビルが震えたとか」

「震えるかあの馬鹿でかいビルが！　っていうか本当にどこからの情報よ⁉」

「ビジネスでは情報の早さが勝負を左右しますから。いつか七野先輩が敵に回った時に備えて、先輩の弱みになりそうなネタは押さえておかないと」

みたいな？　と小首を傾《かし》げて言う雛森に、

「可愛く言っても怖いものは怖い——っていうかあんたはそんな恐ろしいシナリオまで考

えてたのか！」

「そりゃそうですよー。いくらハキダメとは言え、その若さで大企業ばかり担当されてるじゃないですか。私に言わせれば、いつライバルになってもおかしくない存在です」

「……ん？」

絶対に敵《かな》わない、とそう思っていた相手である雛森に真顔でそんなことを言われて、七野は言葉を失う。

「どうしたんですか先輩、変な顔して」

「いや……私なんてむしろ落ちこぼれで」

七野にしてみれば、一つ下のこの後輩は実力で本店精鋭部隊への転属を勝ち取ったスーパーエリートだ。

「私があんたに敵うわけないじゃん。私なんてほら、所詮体力バカの駅伝部だし」

後輩相手に言うにはプライドがちくりと痛む敗北宣言だったが、実際に敵わないものは仕方がない。

七野が小声でそう言うと、雛森はうーん、と思案顔を浮かべて、

「まぁ七野先輩に負けたらやっぱり凹みますけど。多分ショックで三日は寝込みますけど」

「おい後輩。オブラート。オブラートに包め」

「それでも、七野先輩をライバル視するのは、別に間違ってないと思いますけどね」

「は？　何よそれ」

「噛み付かれた張本人である北大路審査役が『七野さんの書く稟議、筋は悪くないから次が楽しみだ』って言ってたらしいですよー。審査役が担当者を褒めるのって、すっごく珍しいことらしいです」

「え、ちょっと待ってそれってどういう」

「さぁ、これ以上は北大路審査役に聞いてみないとわかりませんけどー」

あ、先輩、ワインもう少しどうです？　という雛森の言葉がこの話題の終わりを告げる合図だった。

「あ、ありがと」と差し出したグラスに、雛森がやたらと洗練された仕草でワインを注ぐ。くそ、なにやっても格好いいなコイツ。

そこからしばらく、互いの職場の愚痴を言い合っていると、

「あ、そうだ。忘れないうちに、七野先輩に渡さなきゃいけないものがあるんです」

雛森が席を立って、カバンから一冊の本を取り出した。

「はい先輩、これ、例の作家さんからです」

「え？」

高校生らしき男女のイラストが表紙を飾る、一冊のライトノベル。タイトルから察するに、若い世代向けの恋愛小説だろう。

表紙に記されている作者の名は、

「──『九条《くじょう》春華《はるか》』の本じゃない。どうしたのこれ」

高校生から大学生向けのエンタメを得意とする作家で、──七野にとっては因縁の相手でもある。

かつて七野が対応を誤り、結果として苦情案件になった個人客。

その相手が、この九条春華だった。

「新作だそうですよ。七野さんに渡してくれって」

「……そう、ありがとう」

本を受け取って、ぱらぱらとページをめくる。「九条さん、最近はますます売れっ子になったよね。今や泣く子も黙る本店プライベートバンク部のお客様だし」

「今でもたまに聞かれますよ。『私がいじめちゃった七野さんは、元気にしてますか』って」

私がいじめちゃった七野さん。その言葉は、まだ胸に痛い。

二年前、当時預金係だった七野への「セールスがしつこい」という苦情。

恨んでいるかと問われれば、イエスと答えるほかない。たとえそれが逆恨みだと言われようとも、「お前が余計なことを言ったせいで、私はハキダメなんかで過ごすことになっている」という思いは消えない。

何か言いたげに視線を送ってくる雛森に、七野は努めて明るい声で応じる。

「……本当？　じゃあ、渉外として都内を走り回ってますって伝えておいてよ」

「わかりました」

雛森は苦笑して応じた。「でも本当に、私が本店で働けてるのは七野先輩のお陰です。ありがとうございます」

「やめてよ、それはあんたの実力よ」

七野がハキダメに配属される切っ掛けとなった苦情から、少し後の話だ。

九条春華自ら「少し言い過ぎた。お詫びという訳ではないが、ミツバに預金を預けたい」と七野に頭を下げに来てくれ、それが縁となり、結果としてミツバ銀行と取引が始まったのだ。

雨降って地固まる。

そういう意味では七野の手柄と言えなくもない流れだったが、しかし当時の支店長は七野を外し、その頃から既に頭角を現しつつあった雛森を担当者に指名した。

その結果、雛森は九条春華から預かり資産を成約したという大きな実績を残して本店プライベートバンク部への切符を勝ち取った訳だが——そんな経緯もあってか、雛森は負い目に感じている節があった。

——あの実績が私のものなら、ハキダメなんかには行かなくてすんだのかな。

時折浮かぶその思考を振り払って、七野は強引に話を変える。

「て言うか、このワインまじで美味いんだけど。その合コンの話、詳しく聞かせなさいよ！」

「……はい」と、雛森も応じ、結果としてこの日はもう互いの仕事の話が出ることはなかった。

4月19日

七野

「で、社長、ご相談頂いていた運転資金の話なんですけど」

この日、七野は朝から九段下にあるスタジオきょーと本社の応接室で、社長である長崎サトシとの交渉に臨んでいた。

先週訪問した際に、「三億を、五年スパンで貸して欲しい」との申し出があり、今日はその条件交渉に出向いたのだ。

三億、五年。

十億、時には百億単位の融資を行うこともある新宿支店では小さいレベルの案件だ。

だが、新宿支店渉外七課《ハキダメ》で担当している企業からの申し出となると話は別だ。

返済の見通しが立たない取引先には、三億どころか一円たりとも貸すことはできないのが銀行の世界だ。その意味で、業況悪化先であるスタジオきょーとに三億は厳しい。少なくとも長期資金は、よほどの理由がない限り否認される。

――この案件は無理だ。

渉外になって二年。

まだまだ新人に毛が生えた程度だと自覚もあるが、それでもその程度の見極めが付くらいには経験を積んでいた。

案の定、支店で案件メモを回したところ、支店長から「ネガティブ。短期、金額も減なら可」との否定的なコメントが入っている。

長崎には悪いが、今日は断りに近い交渉になるぞ、と七野は気を引き締めた。

「うん、どうかな？　この間の条件で何とかなりそう？」

すっかり白くなった頭を掻きながら、長崎はこちらに気弱げな視線を向けた。

長崎サトシと言えば、アニメ映画界で知らぬ者はいない著名監督だ。

これまでに有名なアニメ映画を何本も世に送り出している一流の映画監督で、世界的にも評価が高い。

だが八年前に、長崎が当時所属していたアニメプロダクションが倒産。

その際に、倒産した会社から五十人程の従業員を引き連れて独立したのだが、その後は経営者としての役割に奔走するあまり、監督としての実績は皆無だ。もはや、映画監督としては「歴史上の人物」になっている——というのがミツバ銀行としての評価だった。

長崎自身も「俺はあくまで映画監督で、社長には向いてなかったな」というのが口癖になっているほどで、今はＣＭなどの短いアニメの受注で何とか社員を食わせている状況だ。

その厳しい経営状態は決算書にも赤字として現れている。少なくとも七野が担当して二年間、数千万規模の赤字を出している状態である。

そんな現状で長期の融資ができるか？　答えはノーだ。

七野は難しい顔を作って言う。

「それですが、やはり三億を五年は長いです。最近の業況を見る限り、この条件でお手伝いすることは難しい、というのが支店で相談した結果です」

七野の言葉に、長崎はがっかりしたような表情を見せる。

「ウチは五年も持たないだろうと、そういう判断？」

「そうは申しません。短期資金なら、少なくとも支店内では前向きに検討可能というところまでは話を整えていますので、まずは一億を一年といったラインで検討させてもらえませんか？」

ここで「支店内では」と付けたのは、この案件は本部申請――審査第一部への稟議が必要になるレベルの内容だったからだ。

支店レベルで前向きな案件でも、本部で否認される結果になることは少なくない。まだ長崎に「融資を受けられる」と期待させないよう、七野は言葉を選んだ。

「短期で一億、か」

「もちろん長崎監督のネームバリューはまだまだ価値がありますから、また前回のような大ヒット映画を作って業績が上向けば、五年と言わずその先までご支援させて頂くことも可能かと」

「その長編を作るには長めの金がいるんだ。短期の金ばかり借りて明日の資金繰りばかり気にしてたら絵コンテだってまともに切れやしない。物語を創るには、もっと安心できる環境が必要なんだよ」

よくある話だ。

金がなければ業績は良くならない、と経営者は言う。

だが銀行は、今の業績が良くなければ金は貸せない。

「社長、気持ちはわかります」

七野は言葉を探す。ハードな交渉は感情に訴えかけるのがコツだ。「私も、長崎監督のファンの一人ですから」

そう言うと、長崎の固かった表情がふっと緩んだ。七野はほっとしたが、少しだけ心が痛む。

実際、七野は長崎監督が創る映画が好きだった。だからこそ、それを交渉の材料として持ち出す自分に少し、嫌気がさす。

「七野さんは、『えきでん！』を観てくれてたもんねぇ」

「はい」

と、七野は笑顔を作って応じた。

多くの子供がそうであるように、七野が長崎監督のアニメ映画に初めて触れたのは、物心が付く前のことだ。

世代を超えて愛されるアニメ。

長崎はそんな作品を創る才能を持つ、数少ない映画監督だった。出世作となった初の長編映画が全国で公開されたのはちょうど七野が生まれた頃だ。

田舎町の中学校の、女子駅伝部を舞台にした『えきでん！』というタイトルの映画。

日本のアニメ映画史に残る空前の大ヒットとなったその作品は今でも毎年のようにテレビ放映されており、七野はそれを小さな頃から何度も何度も観てきた。

そしてこのアニメが、七野が中学から大学まで女子駅伝に熱中する切っ掛けになった。

その話題が、長崎社長との初対面の時にがっちりと彼の心を摑《つか》むことになったのは余談だが、ともあれ。

「だったら、もうちょっと頑張ってもらえないかな。担当の七野さんが頑張ってくれたら、何とかなっちゃうんじゃないの？」

「残念だけどそうも行かないんです」

七野は大げさにため息を吐く。

実際、七野のような渉外担当者が持つ権限など、銀行全体の融資決定権限から見ればゼロに等しい。

ミツバ銀行ではよく「担当者はソルジャーだ」と言われる。

要するに、渉外担当などいくらでも替えがいる一兵卒に過ぎないのだ。いくら頑張ろうと、融資の是非を決めることなどできはしない。

それこそ前田のような課長職になってようやく案件の方針を左右できるようなレベルだが、それでもまだまだ上がいる。

融資の決定権を持つのは支店長レベルで、課長は絶対にこの層に逆らうことなどできないし、ましてや今回のスタジオきょーとのような業況悪化先への融資であれば、支店の裁量を超えていると見なされて本部申請が必須である。

支店長が承認した案件をも否認できる、いわば融資決裁の最終権限者——審査役。

審査役に否認されてしまえば、どれだけ頑張ったとしても案件はそこまでだ。それこそ、昨日のタキガミ出版の稟議のように。

と、そこに思い至って審一の北大路審査役への怒りが蘇《よみがえ》る。

くそ、北大路め。

怒りが顔に出たのだろう。向かいに座る長崎が七野の形相を見て微妙に引いていた。慌てて七野は取り繕う。

「あ、そう言えば社長、そもそもどうして長期の資金が要るんですか？　今まで一度だってそんな話なかったじゃないですか」
七野がスタジオきょーとの担当になって以来、あったのは「税金が払えない……」とし
て話があった納税資金や「ボーナスが払えない……」と相談のあった賞与資金などの短期
資金だけで、これまで長期の相談が出たことは一度もない。
もしかして、新作の構想でも固まった？　だとしたら一ファンとしてちょっと嬉しいん
だけどと少しミーハー心が顔を出した。
「うーん、これはまぁ、七野さんだから言うんだけどね」
長崎はいかにも内緒の話をするように声を落とした。
「七野さん、クールジャパン？　クールジャパンって知ってるかな？」
「クールジャパン？　まぁ、聞いたことはありますけど。あの『日本のアニメとか漫画を
海外に売るぞ！』ってやつですよね？」
銀行員たるもの、毎朝の経済新聞のチェックは欠かせない。
そして一応七野も出版社などのコンテンツ業界の担当者である。自分がチェックした出
版業界にまつわる記事の中に「クールジャパン」の文字が躍っていたのは記憶に残って
いた。
「そう、それそれ。実はこの間、ウチにもその話が来ちゃってね」
そう言って、長崎はソファーから腰を上げると、インターフォンを手に取った。

「ああ、雅俊《まさとし》か。応接に、例のパンフレットを持ってきてくれないか」

うぐ、と七野は身構えた。

電話の相手は長崎の長男で、専務を務める雅俊のようだ。

有名大学を卒後後、大手出版社で長く財務畑を歩んできて、長崎が独立した際にこの会社に呼び戻されたのだという。

今ではすっかり『金庫番』としての風格を身につけ、経営者としては今ひとつ頼りない長崎に代わる勢いで辣腕を振るっている。

七野も融資の条件交渉でたびたび話をしたことがあったが、父親に比べてドライなところがどうも苦手だった。

こんこん、とドアがノックされ、「失礼します」とその専務が顔を出す。

「おお、雅俊。悪いな急に呼び出して。パンフ持ってきたか？」

「会社では専務と呼んでください、社長」

しかめ面のまま、専務は手元に持っていた封筒から一通のパンフレットを取り出して長崎に渡すと、七野の向かいに座る。

「ミツバさん、すみませんね、うちの長崎が時間を取らせまして」

外部の人間の前では、決して「父」などと呼ばないそのプロフェッショナルな振る舞いが七野からすれば少し居心地が悪い。

「いえ、こちらこそ大した話もないのにお邪魔しまして」と愛想笑いを浮かべておく。

「はい、七野さんこれ見てこれ」

差し出されたのは一冊のパンフレットだった。

表紙には「クールジャパン事業について」の文字が躍り、有名漫画のキャラクターがいくつかと、着物や京都の神社仏閣のイラストがあしらわれている。

そして発行元としてクレジットされているのは――「経済産業省」の文字。

七野はぎょっとする。銀行にとって、役所は最も緊張する相手だ。日本経済を司る経済産業省サマともなれば七野の職場たるミツバ銀行への影響力も大きい。

一体何を言い始めるのかこの人は！　という緊張が伝わったのか、長崎は「まぁまぁそう固くならずに」と笑みを浮かべた。

「なんかお役所の方で、うちが創る映画を海外に売りたいって話が持ち上がってるみたいでさ。この前も経産省の課長が来て、『そろそろ次回作を考える時期では？』みたいな話をしてったんだよね」

「それは……すごいですね」事態が飲み込めず、七野は首を傾げる。「でも、それが今回のご相談とどう関係するんですか？」

「それは、私の方から説明しましょう」

と、専務が言葉を継いだ。

「経産省は、どうやら弊社のアニメ映画を海外に輸出することを考えているようです。ですが、社長は映画製作から離れて久しく、話題性には今ひとつ欠けるものがある。そこで、何とか新作映画の製作ができないかと、そういう話がありまして」

「ええ！　それってすごいことじゃないですか⁉」

驚いた七野が長崎を見ると、長崎はまんざらでもなさそうに胸を張る。

「でしょ？　僕もやっぱりクリエイターの血が騒いでさ。それに『そろそろ経営者じゃなくて映画監督に戻ろうと思ってたところだ』みたいな話をしたら、経産省も乗り気でね」

「社長、あなたが監督に戻ったら誰がこの会社をまとめるんですか」

「それはほら、雅俊がやってよ」

長崎の何の気なしの発言に、くわっ、と目を見開いて専務が吠《ほ》えた。「仮にも銀行サマの前で変な冗談を言うな！　経営意欲のない社長だと思われたらどうする！」

「あ、せ、専務落ち着いて！」と思わず七野が仲裁に入るが、息子の剣幕に長崎はすっかり意気消沈してしまった。

「ああ、これは失礼。見苦しいところを」

さすがに専務もバツが悪そうだ。

「このクールジャパンの話が持ち込まれてから、社長はずっとこの調子なんです。すっかり浮ついてしまったというか、何と言うか……。社長業の方も引き続きしっかりやらせるように、私も目を光らせますので、どうか変わらぬご支援を」

と、そう言って専務は深く頭を下げた。

「あ、こちらこそ」と慌てて七野も礼を返す。

「でもさ」

と、長崎が口を開いた。

「本当に、今回の三億の融資が受けられれば、またイイ物が作れる気がするんだよ」

七野は顔を上げて、まじまじと長崎の顔を見つめる。

還暦を過ぎた男の顔に、まるで少年のような活き活きとした表情が現れていた。長崎は続ける。

「ほら、やっぱり資金繰りに頭を悩ませてたらストーリーを考える余裕なんてなくて。だから七野さんに、当面資金繰りの心配はしなくて済むようなお金をお願いしてみたって訳。ほら、七野さんも観たいでしょ、僕の次回作」

「そりゃ、私もめっちゃ興味ありますけど！」

思わず素の声が出た。

かつて大ヒットを連発し、惜しまれつつも引退状態にあった長崎監督の次回作。それがもしかして『えきでん！』のように心躍る作品なのであれば――

「一ファンとして、観たいと思います」

「だからなんとか融通してくれないかな。ほら、七野さんもわかってるでしょ？　僕、経営の才能は無かったみたいだからさ。なのに毎日専務には絞られるし」

ちらり、と長崎は専務を見た。どうやら本気で息子が怖いらしい。

「しばらくは金の心配をしないで良いような環境を整えないと、筆が進まないんだよね」

「ってことは、うちがこのお金を出せば、長崎ブランドの映画をまた観ることができる。そう理解してよろしいのですか」

七野の確認に、長崎は頷《うなず》いた。

「うん、そう思ってもらっていいかな」

「――わかりました。では、一度行内に話を持ち帰らせて頂きます」

このクールジャパンの話と、長崎監督としての最新作の話がどれだけのプラス材料になるかは不透明だったが、それでももう一度、支店内で話をしてみる価値はある。

そしてそこに――七野自身も期待があった。

映画製作をする間の運転資金。

七野が望んでやまない「前向き」な融資案件として申し分ない内容だ。

ここで頑張って「前向きな案件もちゃんとできるじゃないか」と認めてもらえれば、ハキダメから抜け出せるかも知れない、というのはちらりと頭をかすめた打算だ。

「あ、専務。このパンフ、コピーもらって良いですか？　ウチの中でもう一度検討する材料にしたいので」

「ああ、結構ですよ。少しお待ちを」と、専務がコピーを取りに応接室を出た。

残った長崎が、また頭を下げる。

「どうか頼むよ。もし上手くいったら、映画の試写会にも呼ぶからさ」

「本当ですか⁉」

「むしろアテレコとかだって声を掛けてあげるよ。ほら、ウチは結構有名な俳優さんを使うから」

「約束ですよ、社長！」

今までは後ろ向きな話ばかりだったが、この案件は違う。

きっと誰もが認める前向きな融資案件になるし――ここで成果を出せば、もしかしたら、前向きな営業を任せてもらえるかも知れない。

――なんて、そんな期待はすぐに裏切られたのだけれども。

＊

夕方、支店に戻った七野は、すぐに案件メモの作成に取りかかった。長崎社長との面談記録を作成し、経産省が持ってきたというパンフを添付して社内システムに載せる。

これで、とりあえず担当としての仕事は終わりだ。

あとは課長、次長、部長、支店長という流れで記録を読んで、それぞれが意見や指示を出していくことになる。稟議であればその後「審査役」に回すことになるが、案件メモは稟議前の事前相談なので、そこまでは不要だ。

ふぅ、とため息を一つ。頑張って前向きな案件メモに仕上げたつもりだが、果たして上司らはどう判断するだろうか。

このまま前向きに進める案件か、それとももっと検討すべきか。あるいは、先日七野が書いたタキガミ出版の稟議のように、お断りする話になるのか。

――今回は経産省の話があるからきっと大丈夫！

七野は自分にそう言い聞かせ、タイミングよく席にいた前田に「記録、回覧します」と声を掛けた。


「クールジャパン、ねぇ」

しかし、多少なり前向きな姿勢を見せてくれると思っていた前田の反応は鈍かった。

「これ、それだけで前向き検討ができる材料かな、七野ちゃん？」

「あの、私としてはもうちょっと良い反応してくれると思ってたんですけど……」

「まぁ、悪くはないよ、悪くない。でも一度決まった『一億・短期』の方針をひっくり返せるようなレベルの良い話かと言えば、そうじゃないな」

「どうしてですか？」

「まず第一に、長期資金を融資したところで、長崎社長が経営者としての仕事から逃れられないからね。資金繰り以外にも、社長が考えるべき事が多いのはわかるよね」

「ええと……宣伝とか？」

「それもあるけど、やっぱりメインは人事とか総務とかかな。あのレベルの会社ならまだ社長の判断が必要な場面が多いだろうねぇ。そうなると、社長が言うように『監督業に専念』というのは難しくなる」

「それはまぁ、そうかも知れませんけど」

「第二に、仮に監督業に専念したところで、次に創る作品が大ヒットする保証はない。世間が長崎監督の名前を忘れてどれくらいになるっけ？　あの人のネームバリューだけでかつてのような満員御礼の映画になるかはちょっと疑問だね」

「……でも！」

七野の抗議を前田は落ち着いた声で封じる。

「第三に、銀行融資の原則はあくまで『足元の業況から見て返済見通しが確実であること』だよ」

前田は経産省が持ち込んだパンフを手に取った。

「経産省が長崎監督に『映画を創って欲しい』と持ち込んだという話が本当だとして、それがスタジオきょーとの黒字化や返済資金の捻出を担保してくれる訳じゃないからね」

その通りだった。七野は反論の言葉を探すが——見つからない。

前田の理屈は、七野の耳にどれも正しく響いた。

「以上の三点により、残念ながらボクの結論はこうだ」

そう言って前田は、七野が『前向き検討したい』として回した案件メモに『不可』の二文字を書き込み、『前回判断を踏襲のこと』と補足コメントまで付けてきた。

「まぁ、お役所がスタジオきょーとにどんな夢を見たのかわかんないけど、ウチはあくまで金貸しだからね。こういうふわふわした話を根拠にしての金は貸せない」

七野は俯《うつむ》くばかりだ。

「こういう話はむしろ投資ファンドとか、あとはナントカ製作委員会とかを立ててやる話だろうね。わかる？」

「……はい」

それらのスキームについては、コンテンツ業界を担当するようになって最初の研修で嫌と言うほどに叩き込まれたのですぐに答えが出る。

「投資ファンドは投資家から集めたお金を使って大ロットで出資するのと、製作委員会はその作品が完成した際に利益が見込めるテレビ局とか出版社がお金を出す仕組み……です」

利益を見込んで金を出す。それは銀行も同じだが、一つだけ大きな違いがある。投資ファンドや製作委員会スキームは、基本的にハイリスクハイリターンだ。成功すれば莫大な利益を得ることができるが、失敗すれば莫大な損をすることになる。

それに対し。

銀行の仕事は地味なもので、一億を融資しても、そこから得られる利益は多くても百万程度だ。

「銀行は預金者から預かったお金で融資するからね。預金者にいつか金を引き出される以上、ボクらの融資はローリスクである必要がある。だから、返済見通しのない金は貸せない。今回のスタジオきょーとの話はローリスクかい？」

ここまで言われれば七野だって反論の余地は無い。

「……いえ」

「危ない橋は渡れない。わかるよね？」

前田の言葉はそのまま指導の口調だ。至らない部分を指導し、今後の成長を促すための言葉だと、七野も理解する。

「……はい」

そう言って、七野はしぶしぶ引き下がる。これ以上前田と押し問答しても勝ち目がない。

「じゃ、ボクはちょっと本店に顔出して、そのまま直帰するから」

「え？」

「七野ちゃんが摑んだこの案件、ちょっと別の使い方ができないかなって、昔の部下に売り込んでくるよ」

「別の使い方……ですか？」

「そ」

そう言って、前田はテキパキとデスクを片付けると、そのまま「じゃ、お先」と言い残して外出してしまった。

4月20日 七野

翌朝。

七野が出社するなり、課長席の直通電話が鳴った——という事実を意識する前に受話器を取る。一コール以内に電話を取るのは新人の間に叩き込まれたので着信時の動作はもはや条件反射の域だ。

課員の所在を示すホワイトボードを見ると、「前田・支店長室」と書いてある。

こんな朝から支店長との打ち合わせ？

何かあったのかなと不思議に思いつつ、手元にメモ用紙を準備しながら「お電話ありがとうございます。ミツバ銀行新宿支店、七野がお受け致します」といつもの応対を——

「お疲れさまです。審査第一部、審査役の北大路です」

受話器から聞こえた名乗りに、七野の思考が停止した。

やりたい。

「お疲れさまですっ!」と声が裏返りながらもマナー研修の通り対応できた自分を褒めてやりたい。

——北大路審査役っ⁉　何で⁉

通常、審査役は次長以上と直接やり取りするので、こんな風に課長席に電話することなど滅多にない。

課長に何の用だ、と考えるや否や、すぐに一昨日に送った「次は絶対承認させます」という宣戦布告のメールを思い出す。やばい課長宛にお叱《しか》りの電話か!

審査役は、融資に関しては支店長よりも上位の権限を持つ。そんな相手に噛み付けばお叱りの電話の一本くらいはあっても不思議ではない。

「あの、先日は失礼なメールをお送り致しまして!　大変申し訳ございませんでしたっ!」

「ああ」

少し間が空いたのは反応に困ったからだろうか。「別に気にする必要はありません」

「あれ、でもこれって課長にお叱りの電話じゃ……」

恐る恐るお伺いを立てるが、

「いえ、前田課長に電話させてもらったのは別の話です」

「そ、そうでしたか」

七野は思いっきり胸をなで下ろした。

「課長はただいま打ち合わせ中ですが、折り返しでもよろしいでしょうか」

「あ、いえ。スタジオきょーとは、七野さんの担当ですね？」

「え？」

スタジオきょーと？

「あ、はい。私が担当してますが」

「では先日、七野さんが起案されたメモの内容について教えてください。少しお時間を頂戴してもよろしいですか？」

「は、はいっ！　ちょっとお待ちください、いま手元に準備しますので！」

――メモ⁉　何で審査役が見てるの⁉　まだ支店内相談の段階なのに！

慌ててPCを操作して案件メモのシステムを立ち上げる。

スタジオきょーとの画面を呼び出すと、そこには「本部閲覧中・審査第一部北大路審査役」の文字が表示されていた。

――支店のメモを勝手に覗《のぞ》かないでよ！

胸中で悲鳴を上げつつ、受話器を持ち直す。

「お待たせしました！　こちらも同じ画面を開きました！」

「じゃあ、まず教えて欲しいんですが、添付資料についてる経産省のパンフ。これがスタジオきょーとに持ち込まれた、ということでいいですね？」

「あ、はい。長崎社長とお会いしたときにコピーをもらいました。先日、経産省の課長クラスが持ってきたそうで、話の内容はメモに記載した通りです」

「七野さんは、お一人で社長とお会いできてるんですね」

「え？　そうですけど……それが何か？」

答えるとやや間があった。

「……いえ、その年で社長と直接交渉ができるのは大したものだと思っただけです」

北大路は何の気なしに言ったようだが、七野のテンションは一気に上がった。

通常、いくら業況悪化先とは言え、スタジオきょーとのような有名企業になると、担当者が訪問しても社長が出てくることは稀《まれ》だ。

課長が訪問しても経理部長あたりで応対するケースが多く、社長を引っ張り出すにはこちらも次長以上を出さねばならぬ場合が多い。

そういう意味で、北大路の「一人で社長と会えるのは大したもの」という言葉は賞賛に等しい。

「いえ、たまたまです。昔から長崎監督の作品が好きだったって話をしたら、社長が『こういう担当を待ってたんだよ』って言ってくれて……」

答える言葉にも照れの色が混じる。

「そう言えば他の先も、お一人で交渉されているようでしたね。それでいて稟議の質も申し分ない。前田課長も安心して仕事を任せられるのでしょう」

確かに、七野が担当している取引先は、ほとんどが担当一人で交渉から条件の詰めまでをやれている。

同期の話を聞くとまだまだ上司の同行がないと社長に会えなかったりするらしいので、そこは自分でも上手くやれている自負があった。

「ありがとうございます」

と、ここは照れながら素直に賞賛を受けた。

「まぁそれも後ろ向き案件の話で、新規案件の判断はまだまだ甘いので全部否認させてもらいましたが」

——そうでしたね。

たったひと言でテンションが急降下だ。

こいつは私が必死の思いで書いた新規稟議を、上げた端から全部否認しやがった北大路審査役サマだった。

褒められて一瞬でも有頂天になった自分がバカのようである。

「と、話が逸れました。スタジオきょーとの件ですが」

「ええ、なんでしょう」と、応じる声が不機嫌になったのはやむなしだ。

「この案件、申し訳ないですが本部預かりとさせて頂きますので、クレジットファイル一式を整理しておいて頂けますか」

北大路の言葉に、一瞬耳を疑った。本部預かり？

かっと頭に血が昇り、思わず敬語も吹き飛んだ。

「はぁっ⁉　なんで⁉」

本部預かりというのは、支店の案件を本部人員が担当する制度のことである。

本部の方が人員も厚く、支援体制が確立しているというのが表向きの理由だが、支店サイドからすれば要するに「手柄の横取り」に他ならない。

大企業先への巨額融資案件や、銀行間の調整が必要となる協調案件、そして今回のスタジオきょーとのような「お役所」が絡む役人案件がそうなることが多いとは聞いていたが――、

「ちょっと待ってよ！　これは私が見つけた案件なんですけど⁉」

一度外れてしまった敬語は戻って来ないが、そのまま勢いに任せて突っ切る。

――ここで引いたら負けだ。

このままではこのクソッタレな北大路に、案件を横取りされる。

「ええ、それはわかっています。しかしこのスタジオきょーとの話は、支店で抱えるには負担が大き過ぎますから」

と、対する北大路は冷静そのものだった。

雛森から聞いた「ハイパークール」とかいう呼称を思い出す。

「負担って何ですか。私は全然こなせてますけど！」

「今はそうですね。ですが、この話は近いうちに支店レベルでは処理できなくなります」

「じゃあその『近いうち』が来たらそちらに差し上げますので、『本部預かり』でも何でもどうぞ。でも、この案件はまだウチの仕事です」

受話器の向こうで、北大路がため息を吐いたのがわかる。

「……どうしてそこまでこだわるんですか。このメモを見る限り、支店内の方針はネガティブかと思いますが」

たしかにその通りだ。だが、

「それを言うのなら、どうしてそのネガティブな話に本店の審査役サマが首を突っ込んで来るんですか。客の申し出は三億で、支店方針は一億。本部預かり案件にするにはロットが小さ過ぎる話じゃないですか！」

通例、「本部預かり」となるのは最低でも数十億ロットの案件である。

今回のスタジオきょーとの案件はどう考えてもそのラインに届かない。

「役人が絡む話は、金額の多寡を問わず本部申請が原則です。特にこれは、これから話がこじれそうな内容です。となれば早々に本部預かりとするのが筋だ。わかりますね？」

「わかりません」と即答すると、今度はやや困ったような間があった。

「……上司の方はご在席ですか？」

逃げる気かこの野郎。

「先ほども言いました通り上司の前田が打ち合わせに入っておりますので担当の私がお受けしておりますが」

「そうでしたね。いや、すみません」

私も少し動揺しているようです、と受話器が北大路の小さな呟きを拾った。ざまぁみろだ。

電話だからどうせ見えまい、どうせなら中指でも立ててやろうかと受話器を首に挟んで両手を自由にしたところで、

「はーい、そこまでだよ七野ちゃん」と、背後からひょいと受話器を取り上げられた。

「お電話代わりました、課長の前田です」

「えっ⁉　あ、課長！」

いつの間に戻っていたのか。七野の背後で盗み聞きしていたらしい。

「一昨日に引き続いて、部下の七野ちゃんがとんだ粗相を致しまして」

「課長謝んないでくださいそんなヤツに！」と抗議するが、前田は無視の構えだ。

「で、北大路クン何の用？　あ、昨日の件？　スタジオきょーとを本部預かりにするっていう。ついさっき、支店長に決裁もらってきたよ」

びくっ、と自分の肩がはねたのを自覚する。もう支店長に相談が済んでいるのか。冗談じゃない。担当者の私に断りもなく！　と思うが、一担当者に過ぎない七野にこういう「大事な話」が届くのはいつだって最後の最後だ。

「一応、支店内のオーソライズは取れたね。え？　ああ、七野ちゃんにはこれから説明するとこだったの、怒んないでよ北大路クン。キミもちょっと電話が早すぎるよ、まったく」

どうやら支店長に話を通したにもかかわらず、担当の七野が猛反対したことに苦言を呈したのだろう。前田が軽い調子で応じる。

「で、そっちへの引き継ぎはどうする？　クレジットファイルはすぐ準備できるけど。あ、こっち来る？　相変わらず仕事が早いね北大路クンは。うん、じゃあ十九時にウチの応接取っておくから」

「ちょっと待ってください課長！　私はオーケーしてないんですけど！」

抗議の声を上げるが、前田はそのまま「じゃあ、お待ちしてるよー」と軽い調子で電話を切ってしまった。

「課長！」

「落ち着いてよ七野ちゃん。気持ちはわかるけど、もう決まったことだから」

「でもこれ私が見つけた案件ですよ！　スタジオきょーとも私の先です！」

「うん、だから引き継ぎよろしく。北大路クンがこっち来るから準備しておいてねー」

「嫌です！　何とかならないんですか⁉」

「ボクもサラリーマンだから上には逆らえないねぇ。悔しいは悔しいんだけど」

「そんな冷たい！」

「ま、銀行員として生きてたらこの先何度もこういうことはあるよ。こういう理不尽が嫌ならウチを辞めるしかないね」

――辞めるって、そんな。

思わず言葉に詰まる。

銀行員にとって上の判断は絶対だ。部下は上司の判断に逆らえず、そして支店は本部の決定には逆らえない。融資の決定も人事も、――そして案件の裁き方も。

権限カーストで言えば最底辺の七野がいくら抗議しようと、「本部預かり」の決定は覆らないのだ。

「はい、じゃあファイルを準備して。万が一にも引き継ぎ残しがないようにね」

ぐっ、と反論を飲み込む。ギリギリのところで理性が勝った。

前田の指示に、七野は「はい」と答える。そう答えるしかなかった。それ以上の言葉を出せば涙が混じると自分でわかったからだ。

普通の女子なら、ここでトイレに駆け込んで泣いたりするのだろう。

そういう意味では雛森の言う「むしろ男子の括り」という私の評価はまんざら外れでも

ない――なんて思いながら、七野はスタジオきょーとのファイルを開く。

この会社を担当してから、わずか二年。

社長の長崎とも上手く信頼関係を作れて、厳しい専務とも何とか打ち解けたところだった。

そして何より、――ようやく見つけた前向き案件だったのに。

案件メモは確かにネガティブだが、まだ最終結論ではない。ここから頑張れば道が開ける可能性は残っていたのに――こんな形で私の手元から奪われるなんて。

ぎりっ、と奥歯が鳴る。

歯を食いしばっていないと声が漏れそうだった。罵詈雑言《ばりぞうごん》ならまだいい。けれど嗚咽《おえつ》を漏らすのはプライドが許さない。

七野は怒りで震える指で、なんとか案件メモをクレジットファイルに綴《と》じると、ファイルを課長席に置いた。

「どうぞ。引き継ぎ内容も、急いでまとめます」

「うん、ありがとう。十九時に北大路審査役がこっちに来るから。出迎えよろしく」

「はい」

大丈夫だ。声は震えてはいない。

七野は深呼吸をして、残った雑務をこなし始めた。

＊

通用口に現れたその若い男が「北大路審査役」だと、はじめ七野はわからなかった。融資判断の最終ラインとなる審査役は、基本的にある程度の経験を積んで審査目線が磨かれたベテランが就く。

実際、いまの審査第一部の審査役は三十代半ば以上が中心のはずだが、北大路はどう見ても二十代後半といったところだ。

そう言えば雛森が「新人でいきなり審査部配属」とか言ってたな、といまさらになって思い出す。電話で聞いた声のトーンが落ち着いていたので、てっきりもう少し上の年代かと思っていた。

「審査一部の北大路です。先ほどはお電話で失礼いたしました」

銀縁フレームの眼鏡が冷たい印象に残る。本店の中でハイパークールと呼ばれるという理由がわからないでもなかった。

左手の薬指に指輪をしているのが、ちらりと見えた。どうやら既婚者のようだ。

こんな性格の悪いヤツと結婚する女性がいるなんて、と七野は少し驚く。

「渉外七課の七野です。応接室にご案内します」

気を抜けば恨み節が口を突きそうだった。苦労して事務的な応対を心がける。

応接室は十階にある。

エレベーターを待つ間に、北大路が口を開いた。

「今回は突然のお願いで申し訳ありません」

「何がですか」

「本店への転籍です。ご迷惑だったかと思いまして」

——転籍？

耳慣れない表現だが「本部預かり」のことかと当たりをつける。

スタジオきょーとの案件を無理矢理横取りするという「ご迷惑」を、たかだかひと言の謝罪で片付ける気なのか、この男は。

「全くです。本部は支店の都合なんて無視なんですね」

「まぁ、そういった側面があることは否定できませんが」

かちんと来た。

——そこは「ミツバ銀行全体を見ての決定です」とか何とか言って嘘でも否定しろ。

本店エリートサマはそんなに偉いのか。

「ですが、きっと七野さんにとっても良い経験になると思います」

頭に血が上る。

――良い経験⁉　案件を横取りされることが⁉

「っ！」

一瞬、頭が真っ白になった。

ぱん、という破裂音。気が付いたら平手が出ていた。

かつん、と足元で響いた金属音で我に返る。見れば、北大路のシルバーの眼鏡が床に落ちていた。

「……つぅ」

よろけた北大路が、痛みをこらえる声を出す。

右の掌がじんと熱い。この手で相手の頬《ほお》を張ったのだといまさらながらに自覚する。

「ご、ごめんなさいっ！」

慌てて眼鏡を拾うと、片方のレンズが割れてしまっている。

――嘘でしょ⁉

壊しちゃった！　審査役の眼鏡を！　平手打ちで！

丁度、仕事が終わる時間帯ということもあり、人目もあった。通用口に何人かいた職員たちが「え、何？」とこちらに注目するのがわかるが、一旦無視だ。

「平手打ちをされるほどの話でしたか」

と、こちらを睨《にら》み付ける北大路に慌てて駆け寄る。

良かった、少なくともケガをしている様子はない。

「だ、だって北大路審査役がムカつくこと言うから！　あの、すみません眼鏡！　壊しちゃったみたいで！」

「……壊した？」

七野は頭を下げつつ、片方のレンズが割れてしまった眼鏡を差し出した。

「あの、弁償しますから！　っていうか、見えますか⁉」

親しくしている雛森がシャンプーとリンスの区別さえ付かないレベルの近眼持ちなのでよくわかる。もし北大路もそんな目の悪さだとしたら、眼鏡なしでは相当の不便を強いてしまうだろう。

しかし七野の予想に反して、北大路は「大丈夫ですよ」と応じた。

「家にスペアの眼鏡がありますし、そもそもこれはダテ眼鏡です。弁償は結構です」

そういって北大路は足元に落ちていたレンズの破片をハンカチで拾い、背広のポケットに入れた。

「……ダテ、なんですかそれ？」

「ええ。交渉ごとでは若く見られると損だろうって。だから眼鏡で雰囲気を変えてるんです」

そう言いながら、北大路が野次馬らに「お気になさらず」と会釈をするのを見て、七野も慌てて頭を下げる。

「ビンタだ」「ビンタ」とざわめきが聞こえてきて「うっさい、散れ！」と叫ぶべく息を吸ったところで、

「違います。どうやら季節外れの蚊がいたようで。刺される前に彼女が潰してくれて良かったです」

と、北大路がフォローを挟んだ。その言葉に、野次馬たちの間に「なんだそっか」という空気が広がる。

「あ、え？」

——蚊？　なんて、いなかったけど。

事態が飲み込めないのは七野だ。

そんな、まるで私がビンタしたことが自然のような振る舞いをされても。

——もしかして助けてくれた？

判断に迷っていると、ぽーんとやや間の抜けた音がエレベーターの到着を告げた。降りる職員を待って、

「行きましょう」

北大路に促され、七野はエレベーターに乗り込んだ。

十階のボタンを押し、ようやく落ち着きを取り戻した。すると今度は沈黙が耐え難い。

「……あの、さっきは誤魔化してくれて、ありがとうございました。って言うか、ビンタなんてしちゃって、本当にすみません」

そう言うと、北大路はなぜか苦笑を浮かべた。

「ええ。平手打ちは、人生で二回目ですね」

「え？　北大路審査役、ビンタなんてされたことがあるんですか？」

「ええ。昔、妻に」

「はぁ。奥様と仲が悪いんですか？」

「あ、いえ、結婚する前の、それこそ十年以上も前の話です」

十年以上、前の話。

と言うことは、高校とか大学時代からの恋人と結婚したのかしら？

よくわからないが、さして興味のある話でもないので、それ以上は掘り下げないでおく。

応接室に入ると、前田がぱらぱらとクレジットファイルを検分しているところだった。

「やあやあ、北大路クン。忙しいだろうに相変わらず時間どおりで。あれ？　あのシルバーのダテ眼鏡は？」

「一身上の都合により、外しております」

ごまかす北大路に、七野は縮こまるばかりだ。

「うん、そっちの方がいいよ。雰囲気が柔らかくなる」

「それじゃあ困るんですけどね、交渉相手にナメられちゃいますから」

そう苦笑する北大路に、「まぁ、座って」と前田がソファーを勧めた。

七野も空いた一つに腰掛ける。

――って言うか何だろうこの前田と北大路審査役の間の、この旧知の間柄のような雰囲気は。

「あれ？　七野ちゃん知らなかったっけ。北大路クンは昔、ボクの部下だったんだよ」

「そうなんですか⁉」

だったらもっとこう、ウチから上げる稟議に優しくしてくれてもいいじゃないですか！

という本音は何とか飲み込む。

「その節はお世話になりました」

と北大路が折り目正しく頭を下げる。

「いえいえこちらこそ」

と照れくさそうに応じる前田が少し新鮮だった。「ん？　どしたの北大路クンそのほっぺ。何か赤くない？」

うぐ、やっぱわかるか。

先ほど七野が張った頬が、時間が経ってやや腫れてきてしまっていた。

「ええと、少しトラブルが。どこかで冷やせますか」

「あ、じゃあ私が！」と七野はポケットから自前のハンカチタオルを取り出す。「本当にすみません……ビンタなんて、とんでもないことをしちゃって」

「は？　七野ちゃん、北大路クンのほっぺにビンタしたの？　この腫れはそれってこと？」

目を丸くする前田に、七野は目を泳がせながら頷いた。

「ええと、はい……」

「……あはっ、あっはっはっはっ！」

どうやら前田のツボに入ったらしい。目尻に涙さえ浮かべて、前田は言う。「いやぁ七野ちゃん、怒るかなーとは思ったけど、ビンタとはね。ボクの予想以上だよ」

「いえ、前田課長。そもそも彼女が怒ったのは、私の勝手なお願いのせいですから。いきなり明日から本店で働けなどと言われて、七野さんが怒るのは当たり前です。むしろ七野さんの新宿支店への愛着の大きさを知りました」

「……ん？」

北大路の言葉の意味がわからなかった。

七野が怒ったのは、自分が獲ってきたスタジオきょーとの案件を横取りされた上に、それを北大路に「良い経験になる」などと言われたからだ。

それを、何？　本店で働け？

「またまた、審査役ったら何を言ってるんですか？　冗談だとしたらタチが悪すぎますよ、ねぇ課長」

と軽いトーンで言う。

しかし。

「え、ああ、うん」

と、前田は七野から気まずそうに目を逸らすばかりだ。

「冗談？」

と、北大路が頭を上げた。

「いえ、支店長にも話を通しましたし、先ほど前田課長にもお電話で」

と、その言葉を前田が「ごめん北大路クン」と遮った。

「——課長？」

見れば、前田が笑いを必死で堪える表情を浮かべている。

「あのね、七野ちゃんにまだ言えてないんだよね。スタジオきょーとが『本部預かり』って話はしたけど、その先の『転籍』の話はまだなんだ」

ごめんね？　と続ける前田。

応接室に何とも気まずい沈黙が満ちるが、七野は何の話かわからない。

少しの間があって、やがて北大路が口を開いた。

「七野さん」

「はい」

「今日、私はなぜここに来たと思っていますか？」

「ええと……スタジオきょーとを本部預かりにするため、です」

「はい、半分はそうです。ではもう半分の、あなたを『本店審査第一部・審査役代理』としてお招きして、引き続きこの案件を担当して頂く話は？」

「初耳過ぎておっしゃる意味がよくわかりません」

「そうですか」

失礼、考えをまとめる時間をください。そう言って北大路はソファーの肘掛けに腕を置き、悩むようにこめかみに拳を当てた。

「前田課長」

と平坦な口調で言葉を絞り出す。「言い訳があるのなら聞きますが」

北大路が注ぐ冷たい目線を受けて尚、前田は飄々《ひょうひょう》とうそぶいた。

「うーんと」

前田は笑みさえ浮かべる余裕まであるらしい。「ボクが手塩に掛けて育てた七野ちゃんを横取りするなんて許せないから、せいぜい北大路クンの第一印象が悪くなるように黙ってました、的な？」

「ええと、……じゃあ？」

「うん。おめでとう七野ちゃん。この年で本店審査第一部に転籍だなんて、スーパーエリートコース確定だね？」

「……ふっ」と、思わず声が漏れた。

ふざけんなぁ――――――ッ！　という七野の怒号は、この日、確かに地上三十一階建て免震構造のミツバ銀行新宿支店ビルを震わせたという。

＊

「急ぎ話なので、明日は朝一で本店に来てください。本店から新宿支店までは三十分もかかりませんから、よほど至急のものが無い限りは荷物の移動は後日でお願いします」

瞬く間に話が進み、結果として明日から本店勤務になってしまった。

ええと、たぶん、これはいわゆる栄転というヤツなのだろう。

栄転。ハキダメで苦しんでいる七野にとって、限りなく現実味のない単語だった。

頭がふわふわする。一体どこをどう帰ってきたのか、一応きちんと社宅マンションのエントランスまで辿《たど》り着いたところで、

「ゆ、う、め、い、じ、んっ！　の七野せーんぱーい」

ぽんっ、と背中を叩かれ七野が振り向くと、雛森がにこにこと笑顔を浮かべて立っていた。

有名人って。思い当たる節はないでもないが、まさかコイツ、もう本店配属の話を聞きつけて、

「聞きましたよー先輩。北大路審査役に全力ビンタをお見舞いしたそうですね！　本店に衝撃が駆け抜けてましたよ！　私も生で見たかったなー」

「有名人ってそっちでか！」

予想しなかった方向からの攻撃に戸惑っていると、雛森は小悪魔な笑みで付け加えた。

「あと、本店配属おめでとうございます。審査役代理だなんて栄転大出世ですよねー」

――ってこれだからこの後輩は――っ！

「私にとっての一大ニュースをまるでオマケのように！　っていうか本人の私がつい二時間前に聞いた話をどこでどう仕入れたあんたは！」

「それは企業秘密です」

「同じ銀行の同僚なのに企業秘密とはこれ如何に！」

「秘密は女を美しくするって言いますし」

「私の秘密があんたに筒抜けなんだけどそれは気のせい⁉」

「まぁまぁ、愚痴でも自慢でもいくらでも付き合いますから、晩ご飯どうですか？　頂き

物のお肉があるんですけど、お祝いに。Ａ５ランクの山形牛だそうですよ」

雛森に続いて、エレベーターに乗り込み、七階のボタンを押す。

「え、お肉って……この前ごちそうになったばかりなのに悪くない？」

「いえ、これも情報収集だと思えば楽しさが勝ちます」

「楽しさ！　私の人生の一大事を楽しさのひと言で片付けたよこの後輩は！」

「おっと口が滑りました」

「フォローがフォローの体裁を取ってない！」

雛森との会話に、やっと七野はいつもの調子を取り戻した。

何だかんだ、この後輩とだけは社会人になった今も学生時代のように楽しく話せる。

エレベーターを降りて共用廊下を歩きながら、雛森にふと思ったことを聞いてみる。

「ちなみにそのお肉も合コン男子からの貢ぎ物？」

「あ、いえ」と、雛森は言葉を濁す。「ちょっと父の関係で」

「ああ、そっちか」と七野は納得する。

雛森の父親は国会議員で、現政権の中で重要なポストに就いている、──というのは学生時代の友人らの間では有名な話だ。時折こうして、支援者だか後援会だかからの差し入れを分けてくれるので、貧乏学生だった当時の七野は、随分と救われたものだ。

「じゃ、お肉の下準備があるので、十五分後くらいにチャイム鳴らしてください」

と言って自分の部屋にするりと入っていった。

これもまたわかっていたことだが、A5ランクの山形牛を塩コショウだけで焼いた雛森お手製のステーキは感動するレベルで美味だった。

声を出す間ももったいなく、次から次へとナイフで切っては口に放り込んでいく。

その姿に七野の感動を察したのか、雛森が「そんなに美味しいですか、七野先輩」と聞いてくる。

「美味しい。何コレ。美味しさで頬が落ちるというのなら私の頬の寿命は今この瞬間まででいいレベル」

「それは何よりですー。後援会の方にお礼を言っておかないと」

「はぁ、あんたも大変ねぇ」と嘆息する。「もしかしてあんたも二世議員として、そのうち政治の世界に打って出たりするの？」

「あはは、今のところはそんなこと考えてないですよ。銀行の仕事、とっても楽しいですし」

雛森はそう言って笑う。ミツバ銀行の中で、彼女の父親が与党内で要職を務めていることを知るものは少ないのだと聞いている。親のコネだと思われるのを嫌った雛森は、上層部に頼んでその事実を伏せてもらっているのだ。

「雛森」という名字も実は本名ではなく、母方の旧姓なのだという。

親が有名人であるとか、本人が何らかの事情で名が売れてしまっている場合の特例措置だそうで、ミツバ行内でも数人が、そうして本名ではない名字を使って、日常の業務にあたっている。これは七野自身が入行時に人事部から「仕事で使う名字は、『七野』のままで良いですか？」と問われた際に聞いた話だ。

もっとも、七野の場合は大学時代の駅伝大会で入賞しただけの話で、特に業務に影響が無いのでそのまま「七野」で仕事をしているのだが。

「ところで」と、雛森が今日の本題に入る。「北大路審査役は何で七野先輩に白羽の矢を立てたんです？　面談で、そういう話も出たんでしょう？」

雛森の興味津々の目に、七野は抵抗を試みる。

「えー、内緒」

「『クールジャパン政策にミツバも一枚嚙みたいので、経産省が接触していると思《おぼ》しきスタジオきょーとの担当者、七野先輩を部下に欲しい』とかそんなところですか？」

「何なのあんた私に盗聴器でも仕掛けてるの？　全部合ってるわ超怖いんだけどと言うかあの話をそんな風にキレイにまとめないで欲しい。銀行員人生の一大事のつもりなのに、その短いセリフにまとめられるイベントかと思うと悲しくなる。

「でも嬉しいな、また先輩と一緒に働けるの」

「一緒にってまた大げさな……別に机並べて働けるわけじゃないのに。そもそもあのバカでかい本店ビルに何人働いてると思ってるのよ」

新入職員研修のときに聞いた話では、本店職員は二千人程度はいたはずだ。そんな状態では地図上で同じ場所だろうが、一緒に働く感は限りなくゼロに近い。

「まぁ、机は並ばないかもですけどー」

「ん？　何よ。また何か隠すような物言いを」

雛森がこういう口ぶりの時は何かある。

具体的に何がどうかはわからないが、多分、わかったときには七野がまた叫ぶような何かを――

「そのうちわかりますって。それより先輩、お肉冷めちゃいますよ」

「おっと」

と、七野はフォークを口に運ぶ。

どうせ雛森の隠しごとを聞き出せるようなヒアリングスキルなどない。今はとりあえず肉を優先すべきだ、と七野は諦めた。

「それより先輩、北大路審査役にビンタしたのって何でなんですか？　言ってみればヘッドハンティングしに来てくれた訳じゃないですか」

「私が獲ってきた案件を横取りしに来たのかと思ったの」

「は？　何でです？」

「ウチの前田課長が案件の本部預かりだけ伝えて、転籍の件は私に黙ってた」

「あはっ」と雛森が笑う。「それは怒りますすね！　でもそれなら前田課長にビンタするべきでは？」

「うっさい！　北大路審査役に日頃のうっぷんをぶつけただけ！　積み重なりし『否認』の恨み思い知れってもんよ！　まぁ、眼鏡壊しちゃったのはやり過ぎだったけど……」

「はあっ⁉　眼鏡壊したぁっ？」

あら雛森がこんなに素の声を出すなんて珍しい。どうせ笑われるのならいっそ盛大に笑ってくれとビンタの身振りまでつけて七野は言う。

「審査役の眼鏡、平手打ちで壊しちゃったの。こう、ぱしーんって」

これがいよいよ雛森のツボに入ったらしい。

結局、笑い過ぎたという雛森は「何だかお腹いっぱいなので」と半分ほど残ったステーキを七野に譲り、七野はそれを「いいの⁉　まじで最高の後輩ねあんた！」とぺろりとたいらげた。

大の男でもお腹が膨れるであろうステーキを一・五枚。それを余裕で食べ切った七野は雛森に「やっぱり男子……」と呆れられたのだった。

4月21日　七野

——やばい、すごい緊張する。

東京駅の中央口を出て徒歩数分という好立地に、ミツバ銀行本店ビルは古めかしい面構えで鎮座している。

バブル全盛期の頃に建てられた高層ビルで、七野がいた新宿支店のような最新の高層ビルに比べると華がない。

しかし、それでも尚「本店」の看板はやはり一種のステータスだ。新宿支店が「花形」なら、本店はさながら「本丸」といったところか。

職員用のゲートで、深呼吸をひとつ。

警備員に「本日転属になる七野です」とＩＤを見せて、本店内を歩くための権限を発行してもらう。

——わぁ。これで私も今日から本部職員だ。

栄転。

その二文字が頭の中でキラキラと輝いている。

「審査第一部は十四階フロアです。今、迎えの職員が来てくれるそうですので少々お待ちください」

という警備員の言葉に従ってロビーで待っていると、現れたのは他でもない雛森だった。

「あ、七野審査役代理ー」とにこやかに手なんて振ってきている。

おお、そうだった私今日から「審査役代理」なんだった！

ちょっと誇らしげな気分になりつつ「おはよう、雛森。迎えにきてくれてありがと」と応じる。

「いえいえ、話題のお人の七野先輩を迎えることができて、私も嬉しいです」

「え、話題の人なんてそんな」

この若さで審査役代理。本店への栄転。そりゃあ、ちょっとは話題になるかも知れないけど、なんて照れていると、

「北大路のトレードマークであるハイパークール眼鏡を破壊した武闘派って一体どんな子なんだろうって、審一はその話題で持ちきりですから」

「ちょっと待ってもう話が広まってんの⁉　北大路、口が軽っ！」

「あ、話したのは私ですけど」

言いながら、雛森はセキュリティゲートにＩＤをかざして執務エリアに入っていく。

七野も「待て。ちょっと待て雛森、おい」と後に続いた。

古めかしくも趣のあるエレベーターで、審査部のフロアだという十四階にあがる。

「こっちです」

先導する雛森についていくと、やがて「審査第一部」のプレートが見えてきた。

ガラス張りになっている壁から、中の様子が見える。

ひっきりなしに鳴る電話。

駆け回る職員と、デスクに積み上げられたクレジットファイル。

「……すごい」

始業時間はまだのはずなのに、既にフル稼働状態だ。今日から、ここが私の職場になる。

もうハキダメでくすぶる時間は終わったのだ――

「審査第一部はいつもこんな感じですね。特に月末は決裁が多いから、早朝から深夜まで駆け回る感じです」

そう言って、雛森はそのフロアに入り――ずんずんと奥へと進んでいく。

「あれ？　雛森、審査第一部ってここじゃ？」

不思議に思って聞く。すると雛森は苦笑して言った。

「ああ、先輩は審査第一部の中の『クールジャパン事業推進室』に配属なので。この審査エリアとは別のとこなんです」

「別？」

ていうか。

クールジャパン事業、推進室？

「はい。急ごしらえなので汚ぃとこですが……」

言いながら雛森はフロアの一番奥まで歩いて行く。

「ほら、あそこが先輩の席ですね」

雛森が指さした先、そこには——安っぽいパーティションで区切られた一角に、押し込まれるようにしてスチールの机が三つ並べられている。

そして壁には、コピー用紙に印刷されただけの『クールジャパン事業推進室（仮）』の張り紙が。

——嫌な予感しかしないんですけど！

「……ええと、まさか、ここ？」

「はい」

「どう見ても……急ごしらえな感じね」

「（仮）とか付いちゃってますしね。まぁ、正式発足もまだの部署ですから。七野先輩がバリバリ働いて結果を出したら、部署ごといい部屋に移れると思いますので頑張りましょう！」

「……はぁ」

と曖昧に頷く。

本店への栄転。ハキダメからの脱却。そんな期待を胸にしての初出勤だったのだが、何だろうこのみすぼらしい環境は。昨日まで想像していたキラキラした世界とは何かが違う。むしろ裏切られた感さえある。

七野が呆然《ぼうぜん》としていると、雛森が「さぁ、今日も一日がんばりましょう」と涼しい顔で隣のデスクについた。

「……は？　ねぇ雛森、ここ、審査第一部——の、クールジャパン事業推進室、なんだけど」

「知ってます。正確にはまだ（仮）ですけど」

「あんたプライベートバンク部の所属でしょ？」

「えと、実は私も今日付で審査第一部の審査役代理に転属なんです」

「はぁ——————っ!?」

ミツバ銀行で働く職員にとっての憧れそのもの——その本店ビルの防音性を確かめんと言わんばかりの大音声で七野は叫ぶ。

「転属!?　何それ!?」

「北大路審査役に引き抜かれちゃいました」

「ちょっと待った！　昨日『机は並ばないかもだけど一緒に本店で先輩と働けて嬉しい』とか言ってなかった⁉　机、並んでるじゃん！」

「向かい合わせか横並びか、まだわからなくて」

「心底どっちでもいい！」

「それにしても急な話ですよね。やっぱ一番の若手なのに、これまでのプライベートバンクのセールス記録を全て塗り替える勢いで数字を上げるのはいくら何でもやり過ぎだったんですかねー？」

「待て雛森。私への対応が適当過ぎる！　説明しなさい、説明を！」

果たしてこの後輩にどこから聞いたものか。

て言うか他部署からの引き抜きなんてそうそう滅多にある話ではないはずで、あれ？　でもそう考えると自分が今ここにいるのも不思議な話で、そうすると雛森がここにいるのもさして不思議な話でもないのか？　と堂々巡りの思考を繰り広げていると、「あ、おはようございます北大路審査役っ」と雛森が挨拶の声をあげた。

見れば、北大路が自席についてＰＣを立ち上げているところだった。

「あ、おはようございます！」

今日から上司となる人物の登場に、七野も慌てて挨拶をする。

「おはようございます。お二人とも、今日からよろしくお願いします」

「あ、はいっ。精一杯やらせて頂きますので、ご指導のほどよろしくお願いします」

と、七野は起立して頭を下げた。

さて、通常であればここで上司となる北大路に対し着任の挨拶をするところだが、七野としては昨日の経緯が経緯だけに少々気まずい。

ぱっと見た限り、昨夜七野が打った頰の赤みはとりあえず引いているのが唯一の救いだろうか。

心配していた眼鏡もとりあえず問題なさそうでほっとする。どうやら「家にスペアがあります」との言葉は嘘ではなかったらしい。

いつもより甘い声で雛森が言う。

「あ、北大路審査役、今日から私たちは審査役の部下になるので、ここで一つ訓示をもらえませんか？」

可愛らしく小首を傾げるポーズつきだ。

この美人極まりない後輩女子の「お願い」に、北大路も簡単にオチるだろう、と思いきや。

「いえ、訓示であればこの後、もっと上の方からして頂きます」

北大路はその申し出を――断った。

——え、断った？

横目でちらりと確認してみたら雛森の笑顔にヒビが入っている。

この対男子攻略兵器みたいな後輩を打ち砕くとは。七野は少しだけ北大路を見直した。

「そのうち迎えが来ると思いますので、皆さんも身だしなみを整えておいてください」

言いながら、北大路が緩めていたネクタイを締め直す。雛森も不満げな表情のままポケットから手鏡を取り出し、前髪を整えている。

事態が飲み込めず「え？　どこかに行くんですか？」と聞くと、

「このチーム設立を命じた『上』のところにご挨拶に伺うんです」

「上？　審査部長とか、その辺りですか？」

「違います。もっと上です」

「……ってことは、審査部担当常務ですか」

七野からすれば雲の上の人物だ。むしろ顔すら知らないレベル。

「いいえ、もう少し上です」

「更に!?　ってまさかそんな」

——じゃあまさか上席常務!?

と聞こうとしたところで、「お話し中に失礼します」と一人の若い女性職員がやって来た。

「秘書課の者です。北大路審査役でいらっしゃいますね?」

「はい」と、北大路が頷く。

「副頭取がお呼びですので、ご案内致します」

——副、頭、取っ⁉

従業員六万人を抱えるメガバンク、ミツバ銀行のナンバー2。

さすがの七野もこれにはいつものように驚きの叫びを上げる訳にもいかず、ただ言葉を失ったのだった。

*

役員専用だというエレベーターを降りた瞬間、七野は小さく「えっ」と呻《うめ》いた。最近、ようやく履き慣れてきたヒールが沈むような感触に驚いたのだ。

足元を見れば、毛足の長い絨毯《じゅうたん》が敷き詰められていた。なるほど、これが役員フロアか。

「こちらです」

先導する秘書の後をついて行くと、いくつかの重厚なドアの向こうに「副頭取執務室」というプレートが見えた。いよいよだ。緊張が高まる。

秘書がドアの前に置かれた電話の受話器を取る。普通の会議室のようにノックして入るのではなく、内線で了解を取ってからドアを開けるようだ。

「失礼します。審査第一部の北大路審査役をお連れ致しました」

数秒の間を置いて、ドアロックが解除される音が響いた。秘書が受話器を置いて、重厚な木製のドアを開ける。

「失礼します。審査第一部の北大路です。新配属者の着任挨拶に参りました」

北大路が一歩を踏み出し、いつもより大きな声で用向きを伝えた。

雛森がそれに黙って続き、七野も執務室に足を踏み入れ——北大路が大きな声を出した理由を察した。

広い。

七野がこれまで働いていた新宿支店の支店長室もたいがい広いと思ってはいたが、この執務室はその十倍はあるだろう。七野が住むワンルームの部屋が二、三個は入りそうなスペースに、重厚な木製のデスクがひとつ。

「やぁ、ご苦労さま」

そう言って立ち上がった男が副頭取のようだ。年の頃は六十を過ぎたくらいだ。

一目で高級だと分かる仕立ての良いスーツを着て、ゆっくりとした歩みでこちらにやって来る。どこか優しげな雰囲気のただよう男だった。

メガバンクのナンバー2だというのだから、もっと豪快な猛者めいた人物を想像していた七野は少し面食らう。

副頭取は北大路らの前に立つと、手にしていた封筒から書面を取り出した。

「よく来てくれました。さて、早速ですが――まずは辞令を」

そう言って、副頭取は七野と雛森に向かって微笑んだ。

「ことがことだけに、君たちには内示もないままの異動になってしまいました。ですが、期待されてここにいることだけはわかってもらいたい。存分に力を振るってください。

――七野夏姫、雛森紗々の両名には、本日付で審査役代理への昇格と共に、同案件に係る担当業務を命ず」

「お受け致します」と緊張しながら書面を受け取る。

雛森も書面を受け取り優雅に一礼、慌てて七野も優雅とはいかないまでも形になる程度には倣って頭を下げた。

栄転だ。確かにちょっと部屋は急ごしらえだったけど、これは紛うことなき栄転だ。

まさか副頭取から直々に辞令があろうとは。

胸が高鳴り過ぎて爆発するんじゃないだろうか。

「さて、立ち話も何ですね」

副頭取の声に頭を上げる。どうやら訓示を受ける流れのようだ。

先ほど北大路が訓示を遠慮したのはこれを見越してか、と七野は納得した。

確かに副頭取直々に訓示を受ける予定があるのに、一審査役が先を越す訳にはいくまい。

「まずは座りましょう」

副頭取に促されるままに、七野らは執務室の一角にある応接用ソファーに腰掛ける。

恐らくものすごく高いのだろう。まるで雲の上に座っているかのような柔らかい座り心地だ。

「さて、今日から君たちには、審査部の業務とは異なる仕事をしてもらいます。いわゆる裏人事ですね」

副頭取の言葉に、七野は「それはそうだ」と内心で頷く。

昨日まで、七野は新米同然のヒラ行員だったのだ。審査業務などできるはずもない。

裏人事。

ミツバ銀行では、時折こうした秘密裏の発令がある。

例えば極秘に話を進める必要があるインサイダー案件や、スピードが求められる企業買収などに対応するために編成されるケースが多い、というのは噂程度には聞いていた話だ。

「案件はご存じの通りです。新宿支店取引先のスタジオきょーとへの支援方針の策定。いまの担当者は七野さんでしたね」

「あ、はい！」

「新宿支店からも話を聞いています。取引先とは十分な信頼関係を結べているとのこと。期待しています」

「ありがとうございます！　頑張ります！」

北大路のような本部エリートでもなく、雛森のように抜群のセールススキルがある訳でもない。自分で言うのも悲しいが、本当に何の取り柄もない平凡な若手行員だ。

そんな自分が、こんな精鋭部隊に呼ばれる日が来ようとは。

たとえそれが「元々の担当者だったから」という理由であろうとも、嬉しいものは嬉しい。こうなると渉外七課に引っ張ってくれた前田に感謝するばかりだ。

「さて、見ての通り、今回は若手中心のメンバーを集めました」

七野は横目でチームの面々を見る。

いくら優秀とは言え、まだまだ審査役としては「若手」の北大路に、ほとんど新人のような七野と雛森。

たしかに若手に偏った人員配置だが、そもそもスタジオきょーとの案件はロットが数億と小規模だ。

この融資は、仮に成約したところでミツバが得られる収益はせいぜい数百万程度。

普段ミツバ銀行が扱う案件からすればごく僅かなので、このメンバーになったのだろう。

だが、続けて副頭取が放った言葉は想像していたものとは若干異なっていた。

「チームを若手三名と少数に絞ったのは、私が案件の方針を決めたいからです。ベテラン職員は良くも悪くも派閥がからみますからね。スピード重視の案件で、つまらぬしがらみは百害あって一利なしです」

——副頭取が方針を決める？

七野はぎょっとする。

たかだか数億ロットの案件にそんな体制を敷くなど、いくらなんでも異例過ぎる。

そこでようやく北大路が口を挟んだ。

「スタジオきょーとの案件は、獲りに行ってよろしいのですね？」

「はい」

副頭取は頷く。

「いよいよ動きますよ——クールジャパン政策が。スタジオきょーとの支援は、経産省からの試金石だと考えてください」

ミツバ銀行の取り組みが試されています。

副頭取のその言葉に、メンバーの間に緊張が走る。七野を除いて、だが。

ちょっと待ってなんでそんな重い雰囲気になるの。

——誰か説明を！

一人だけ置いてけぼり状態だった七野を見かねたのか、副頭取が苦笑しながら助け船を出してくれた。

「七野さんは、新宿支店の渉外七課で出版社や映像製作会社などの大口先を担当されていらっしゃいましたね？」

「あ、はい、そうです」

「実はそれらの取引先は、かつて私が新宿支店で支店長をしていた時代に取引を開始した先ばかりなんです。当時はコンテンツ業界の景気も良かったですからね」

今では想像もできない話だった。

「七野さんが渉外七課で担当していた先のほとんどが、こちらから頼み込んでお金を借りてもらったようなものです。私が支店長をしていた三年間だけでも、数千億は下らない量の貸出を実行したはずですね」

「でも今は」と言いかけて「しまった」と口をつぐむが、もう遅い。

副頭取は、苦笑して七野の言葉の先を読んだ。

「そう。今では業況が悪化し、『ハキダメ』なんて言われる取引先ばかりになってしまいましたが」

自嘲めいた笑みを浮かべる副頭取。「当行の決算への打撃も実に大きい」

銀行が貸出したお金は、予定どおり返済されている場合は全く問題がない。

しかし、ひとたび取引先の業況が悪化し「注意しなければならない取引先への融資」となった瞬間に、その融資はじわじわと銀行の首を絞める真綿に変わる。

業況が悪化した取引先への融資には、倒産に備えた「引当金」を積む必要があるのだ。いわゆる与信関連費用と言われるこの引当金は、往々にして銀行が赤字に陥る原因となる。

実際、ミツバ銀行も不況時には多額の引当金を計上し、赤字決算を余儀なくされてしまっていた。

今でこそかろうじて黒字を確保しているが、またかつてのような不況が訪れれば、多額の引当金処理により赤字に転落することは目に見えている。

ましてや、景気が上向いたにもかかわらず低迷を続けているコンテンツ業界だ。このままでは、ミツバ銀行の決算に与えるダメージは計り知れないものになる。

「なるほど、だからクールジャパンですか」と、隣に座って思案げな表情を見せていた雛森が口を開いた。

「え？」

きょとん、とする七野を尻目に、雛森は続ける。「たしか、政府は五百億もの予算を積んで、コンテンツ業界の会社を支援してくれるんですよね」

「その通りです」

と、北大路が応じた。

「このまま行けば、ミツバはコンテンツ業界への融資に数百億ロットの引当金を積み上げる必要がある。しかし、政府が潤沢な予算を確保しているクールジャパン政策を活用し、コンテンツ業界の取引先の業績を回復させれば、引当金の計上は不要になる」

北大路の言葉に、雛森が後を続ける。

「結果として当行の黒字決算は確保される。そういうことですよね？」

確かめるように言う雛森に、副頭取が「その通りです」と応じた。

後輩の頭の回転の速さに七野は舌を巻く。

同じ情報を聞いたのに雛森は二歩も三歩も先を読み、自分は単語の理解で精一杯だ。

――要するに、どういうこと？

置いてけぼりの七野を見かねたのか、副頭取がもう少しかみ砕いた説明をしてくれた。

「経産省は、クールジャパン事業に五百億の予算を準備しています。しかし、政府には企業支援のノウハウがない。このままでは予算の適切な執行などできません」

「はぁ」

「そこで彼らはこう考えました――ノウハウがないのなら、ノウハウを持っているところに聞けば良い、と。今回、政府はクールジャパン事業のアドバイザーに銀行をひとつ選び、国を挙げてコンテンツ産業を支援するための助言をもらいたいと言っています」

ああ、なんとなくだが話が読めてきた。

アドバイザー行になれれば、ミツバは五百億の予算を使えるということか。

「我々からすればこれは大きなチャンスです。銀行は金を貸すことしかできないけれども、クールジャパンの予算を使えるのなら、もっと積極的に幅広い企業を支援できる」

「支援って言うのは、融資とかですか?」と七野が聞くと、

「さすがに政府のお金を融資に回す訳にはいかないと思いますが」と副頭取に苦笑され、七野は身を縮めた。

「でも、融資じゃないとしたら……」

「宣伝とか広告とか、直接金を出さないまでも支援する方法はあります」

口を挟んだのは北大路だ。

「特に出版業界の売上は、広告宣伝の量に左右されるケースが多いですから。五百億の予算を上手く使えば、数多くの企業を救えると思いませんか?」

「そして取引先の業績が良くなれば、我々ミツバ銀行も利益を得ることができる」

と、副頭取が話をまとめる。

そう言われてようやく七野は腑《ふ》に落ちた。自分が獲ってきたスタジオきょーとの案件は、ただの融資案件ではなかったのだ。

このミツバ銀行の業績を回復させる起死回生の一手。――少なくとも、そうなる可能性を秘めた案件、ということになる。

副頭取が自らトップに立つという異例のチーム編成や、支店の一担当者を即日で引き抜いてくるなどという強引過ぎる人事にも納得だ。

そして——引き抜かれたのが自分であることを誇らしく思う。

ぞくり、と七野の背筋が震える。

恐怖の悪寒か、それとも武者震いか。

「さて、我々の置かれた状況については以上です」

副頭取は大きく頷くと、決意を込めた声で言った。

「クールジャパンの総予算は五百億です。これだけあれば、企業支援の選択肢は無限に広がります。我々ミツバが持つノウハウと、政府が持つ潤沢な予算を合わせることで企業を再生させ——当行も利益を得る。このプロジェクトに、失敗は許されません」


役員フロアを出て審査第一部のフロアに戻ったところで、七野はようやく緊張から解放され安堵《あんど》のため息を吐く。

そんな七野とは対照的に、相変わらず冷静な表情を浮かべている北大路が、

「お疲れさまでした。それでは早速ですみませんが、今後の案件の進め方について、軽いミーティングをしましょう」と、七野と雛森にレジュメを手渡す。

「ここに、これからの役割分担と大まかなスケジュールが書いてあります。質問があれば

どうぞ」

役割分担とやらに目を通す。そこにはメンバーの役割と、その仕事をいつまでにこなすのかが記されていたのだが。

「あの、北大路審査役。よろしいでしょうか」

と、七野は紙面を睨んだまま右手を挙げた。自分でも不思議なくらいに冷静な声だった。人間、本当に怒ったときには意外と冷静になれるものだ。

役割分担の表。

北大路のところには、『全体統括』としての仕事が細かく書かれている。財務分析、再建案検討、関係各所との調整などだ。

雛森は『事務全般』として情報収集と資料作成。まぁ、まだわかる。

ここまではいい。

「何でしょうか、七野さん」

「私の名前の欄に割り振られた仕事なのですが、これはどういう意味でしょうか？」

「どういう意味、とは？」

「何をすれば良いのか、これではわかりません」

七野の欄には、たったひと言。こう書いてあるだけだった。

——『通常業務』。

「ああ、そうですね。七野さんには」と、北大路がシルバーの眼鏡を押し上げて言う。
「今までどおり、新宿支店で担当していた取引先への営業活動をお願い致します」
残酷なほどに冷静な北大路に告げられたのは、七野にしてみればこれ以上なく明確な
――戦力外通知だった。

*

そして午後。

七野は北大路が運転する営業車に乗り、二人でスタジオきょーとへと向かった。

先方へのアポは午後二時からということで取れていた。ちなみに、七野が午前中にした仕事はこのアポ取りの一件だけだ。

あとはひたすらパソコンをいじって過ごしていたという体たらくである。取引先のアポを取って、訪問し、渉外交渉をする。それは昨日まで「ハキダメ」でしていた仕事と何ら変わらぬ内容で、そんな指示に不満を覚えない訳がない。

――ぶん殴りたい。グーでぶん殴りたい。

運転席でハンドルを握る北大路を横目で睨み付ける。

――期待させるだけさせておいて、この仕打ちはないでしょ⁉

突然本部へ引き抜かれ、しかも配属先は副頭取の直轄チームだというのだ。誰もが羨む栄転。

キラキラと輝く自分を夢見なかったと言えば嘘になる。

ところが実際に上司である北大路から割り当てられた仕事は「通常業務」のひと言だ。

不満、爆発。いっそあの場で荷物をまとめて新宿支店に帰ってやろうかと思ったくらいだ。

そして腹が立つことに、――北大路は七野がそうしたところで痛くも痒《かゆ》くもないのだろう。

そう容易に想像できてしまうことが尚のこと腹立たしい。こんな風にぞんざいに扱われるのなら、まだ「ハキダメ」でくすぶっていた方がましだった。

イライラした様子を隠そうともしない七野を見かねたのか、ハンドルを握る北大路が口を開いた。

「不満ですか」

「不満そうに見えましたか」と、応じる口調も固くなる。

「また平手打ちが飛んできそうな雰囲気です」

先日の新宿支店での一悶着《ひともんちゃく》を思い出して顔が赤くなる。この話題では加害者である七野の分が悪い。

「あの！　理由を教えてください！」と七野はビンタから話を逸らす。

「理由？」

「本店に引き抜いておいて、こんな飼い殺しじみた使い方をされるのでは、新宿支店に顔向けできません」

頑張っておいで、と見送ってくれた前田のことを持ち出す。北大路とは馴染みの様子だったので効果があるだろうとの読みだ。

「前田課長には、悪いことをしたと思っています」

「だったら」

「ですが、今の七野さんに任せるべき仕事は、『通常業務』以外にはあり得ないと思っています」

正面から切り込まれた言葉に怯《ひる》む。

聞いたのは自分だが、それでも——誰かの口から「自分が戦力外と見做《みな》された理由」を聞くのは辛い。だから。

「自分でもわかってます。私がまだ『使えないヤツ』だってことくらい」

逃げ込んだのは社会人になってから身につけた卑怯《ひきょう》な技だ。

自虐めいた言葉で自分をこき下ろしてしまえば、相手はフォローに回らざるを得なくなる。自己嫌悪を飲み込んで、七野は言葉を吐いた。

「私なんて所詮は駆け出しの渉外ですし。審査役みたいな融資判断の目線も無ければ、雛森みたいなセールス力もないですから」

でも、それでもこのプロジェクトに引き抜いてきたのだから、そこに何か理由を付けて欲しいと思うのは甘えか？　自分が必要とされる理由が欲しいと、そう思うのはワガママか？

なんて——そんな女々しい言葉はさすがに口に出しては言えないけれど。

「私は使えないと判断されたってことですよね」

「……七野さんは、自分を『使えないヤツ』だと思っているんですか？」

と、北大路の言葉の意味がわからなかった。

「どういう意味ですか？」

「七野さんをチームに招いた理由は、我が行であなただけが持っている武器が欲しかったからですよ」

「は？」

私しか持っていない、武器？

「そんなものある訳——」

「七野さんに『通常業務』をお願いした理由は、何だと思いますか」

「だからそれは、私に任せるような仕事がないからじゃ」

「この私が、使えない人材を自分のチームに招くような非合理的な人間に見えるのであれば、その評価は修正して欲しいところです」

……ん、どういう意味だ？

間接的に、七野のことを「使える人材」だと言ってくれていることはわかる。けど、肝心の理由がわからない。

だって私は、私自身を使える人材だなんて思っていない。

使える人材なら――私は「ハキダメ」になんていなかったはずだ。

「だったら、その理由を教えてください」

「理由がなければ仕事ができませんか？」

今度こそかちん、と来た。

「じゃあ結構です」

どうせただの誤魔化しだろう。思わせぶりなことを言って相手をなだめる。ほとぼりが冷めるのを待つ。言い方は悪いが、銀行員の常套《じょうとう》手段だ。

そんなもので有耶無耶《うやむや》にされるならいっそ聞かない方がマシだ。

でも、いいか。あんたは私の敵認定だ。

――いつか潰すから覚悟しとけ。と胸中で中指を立てる。

「それで、審査役」と、七野は強引に話を変えた。このままではまた噛み付いてしまいそうだった。

「今回のスタジオきょーとの案件、どのように進めるおつもりなんですか？」

「どのように、とは？」

「えっと、取引先の申し出は三億、五年の長期資金です。金額は大きいとは言えませんが、それでも返済能力を超える借入になります」

だからこそ、新宿支店で七野が書いた案件メモは消極扱いとなった。

金額一億、期間は一年。それが支店で検討した結果だし、何より七野自身も、今のスタジオきょーとの業績からみて妥当なラインだと思っている。

「でも多分、長崎社長はそれでは納得しません」

「と、言いますと？」

「少なくとも、私が交渉していた感触では、経産省の後押しに相当の期待を持っているみたいでした。きっと増額長期で粘ってくるんじゃないかって思います」

金を貸すか、貸さないか。貸すのであれば、いくら貸すのか。いつまで貸すのか。

その交渉をこなすのが銀行員の仕事である。時には取引先と意見が折り合わず、ぶつかることだってある。

このスタジオきょーとの案件は、そうなることが目に見えていた。

「今回は事情が事情ですからね――通常の与信判断としては否認するべき案件であって

も、トータルで見て当行の利益になる場合は、リスクを冒してでも融資することがあります」

「トータルで見て、当行の利益になる……？　今回で言うと、クールジャパンへの参画が当行の利益ということですか？」

「そうです。経産省は、この国家事業に五百億もの予算を投入する構えです。彼らがスタジオきょーとに注目しているのであれば、それを支える判断も間違いではありません」

その言葉とは裏腹に、北大路の表情は苦々しいものだった。

融資の鉄則は「返済の見通しに心配がないから貸す」ことだ。

返済見通しがないのに融資を実行するなど、いくら国家事業という理由があれど、与信管理セクションを司る『審査役』の立場からすれば面白くない話だ。

「ただ――今回に限って言うと、私はそれもノーだと考えていますが」

「え？」

「我々が融資するお金は、全て株主やお客様の預金として預かっているものです。そして我々には、それを正しく運用する義務がある」

ハンドルを切りながら、北大路は言葉を続ける。

「『危ない先だと思いましたが、政治的な理由もあって融資しました』なんて、株主の前で言えますか？　同じように借りたくても借りられない取引先の社長の前で言えますか？

『その三億を、どうしてウチには融資してくれないんだ』と別の取引先に責められたら。そのとき、七野さんはどう答えますか？」

他の取引先のことなど考えたこともなかった。

確かにこの三億があれば、救える企業はたくさんあるだろう。

そうだ。今この瞬間にも、ミツバ銀行に融資を申し込んでいる取引先は数多いはずだ。

助けてくれ、と。お金を貸してくれ、と。

そう思っている経営者が、果たして全国にどれだけいるか。

そしてその懇願が、全国の渉外担当者を通して——審査役に集まるのだ。そしてその懇願を捌《さば》き、時として否認する判断を下してきたのがこの男だ。

——スタジオきょーとのことしか考えていない私とは、視点が違う。

そう思い知らされる。

そして北大路が口にした次の言葉が、七野を更に打ちのめした。

「それに、この融資はスタジオきょーとを殺すことになると、私は思っています」

一瞬、頭が真っ白になった。

「この融資が……あの会社を殺す？」

前向きなメモを書いた七野としては、聞き捨てならない言葉だ。

「だって、お金を借りることができたら、企業は助かるわけですよね？」

貸し渋りや貸し剝《は》がしは悪で、だから世間は銀行のことをバッシングするんじゃないか。融資を受けることができれば、取引先は幸せなはずで——

そう思う七野の思考を読んだのか、北大路が固い声で言う。

「我々はボランティアではなく、ビジネスでお金を貸しているんです。貸した金は、きちんと回収しなければならない」

「それは、そうですけど」

「ここでミツバ銀行が三億もの資金を融資すれば、あの会社の返済スケジュールはどうなると思いますか？」

北大路の静かな問いかけで、七野も気付いた。

ミツバ銀行からのスタジオきょーとへの融資は、既に九億を超えている。そこに三億もの資金を融資すれば、合計額は十二億。そうすると月々の返済は——

「……毎月、数千万もの金額を返すスケジュールになります」

「そうです」と、北大路が頷く。「それに、金利負担が重くなることも忘れてはいけません。スタジオきょーとの支払利息は、既に年間で三千万を超えています」

三千万。

莫大な金額だ。そしてその金利負担が、あの会社の収益力を削ぐ元凶となってしまっている、というのは専務から散々聞いた話だった。

「長崎社長は、お金を借りてしまえば資金繰りの心配をしなくて済むと考えているようですが、それは違う。――借りた金は、返さねばならないんです」

そしてその返済の為の資金繰りが、また長崎社長を追い詰めることになる。

「でも！　長崎社長が新しい映画を作って、それがヒットすれば――」

「スタジオきょーとに、長編映画を作るだけの力があるとでも？」

がつん、と殴られたような衝撃だった。

そうだ。

――あの会社は、もうずっとＣＭやＰＶといった短い商品しか作っていない。

それは、担当者であった自分が一番よく知っていた。

「あの会社は、倒産したアニメプロダクションの社員のうち、行き場のなかった人間を救うために作った受け皿に過ぎない」

北大路が現実を告げる。

「長崎監督はまだ良い。才能があるし、ネームバリューもある。ですが、他の社員はいかがでしょう。長編映画を製作するだけの能力が、あると思いますか？」

答えられず俯く七野に、北大路は落ち着いた声で突きつけてくる。

「ここで三億を借りて、そして長編映画が完成しなかった場合――あの会社は、恐らく潰れることになるでしょう」

「……はい」

「さて、七野さん。我々はあの会社に融資を行うべきでしょうか？　私の答えはノーです。この融資は、あの会社を殺す融資です」

強く断じる北大路。「仮に融資するとしても、短期で一億。それが上限ラインだと私は考えます」

この案件を、どこかでまだ「前向きな話」として考えていた七野としては、返す言葉もない。

「……すみません、考えが至らなかったです」

「いえ。私も少し、言い過ぎました」

北大路がブレーキを踏んだのだろう。車が減速する。

「七野さんは渉外担当ですから。今はまだ、こういうことを考えなくても大丈夫です。むしろ目の前の案件を愚直に追い掛けるくらいで丁度いい。それが結果的に、取引先を助けることになりますから」

そうフォローしてくれる北大路がありがたかったが、七野が感じた情けなさは消えることはなかった。

「さて、そろそろ着きますね」

北大路が話を切り上げる。

――助かった。そう七野は思った。

＊

「はー、審査役代理って。栄転したね、七野さん」

社長の長崎は七野の名刺を受け取るなり、大仰にのけ反ってみせた。

隣で専務も驚いた顔をしている。確かに七野のような若手での審査役代理への昇任は、異例中の異例だ。

こそばゆい思いを隠すように、七野は「で、こちらが私の直属上司になります、審査第一部の審査役、北大路です」と北大路を紹介する。

「ミツバ銀行審査第一部の北大路です。いつも七野が大変お世話になっております」

北大路はスーツから名刺入れを取り出すと、ビジネスマナーの教科書通りに折り目正しく名刺を差し出した。

長崎は「ああ、これはご丁寧に」と、自分の名刺と交換する。

次いで専務とも名刺交換を終えると、長崎が「ささ、どうぞ座って」とやや緊張した面持ちでソファーを勧めた。

面談の口火を切ったのは北大路だ。

七野としては本部エリート北大路サマのお手並み拝見といったところである。新宿支店時代にさんざんこき下ろしてくれたのだ、さぞや見事な交渉術を披露して頂けるんでしょうねぇ、と胸中で嫌みを呟く。

「ご挨拶が遅くなり申し訳ございません。弊行内で配置替えがございまして、今後は私ども、審査第一部が御社を担当させて頂きます」

「審査第一部、というと……もしかして、ウチの業績に対する目線が厳しくなる、ということですか？」

専務が不安そうに問う。スタジオきょーとの経理を一手に担う彼らしい観点の質問に、七野は少しバツの悪い思いをする。

確かに審査第一部には不良債権処理を専門にしているチームもある。いきなりの担当替えとあってはその不安はもっともだ。

「いえ、今回の担当替えはクールジャパンのお話をさせて頂くための一時的な措置であるとご理解ください。それに、担当者は引き続きこちらの七野を充てさせて頂きますので、どうぞ変わらぬお付き合いを頂ければと」

北大路が言うと、専務はあからさまにほっとした表情を浮かべ、長崎も「ああ、それはよかったよ。七野さん、とてもいい人だから」と七野に笑いかけてくれる。

「ありがとうございます」と七野は満面の笑みで応じつつ内心で勝ち誇った。

——どうよ北大路！

審査役だか何だか知らないけど、本部エリートサマにこの現場の信頼関係が作れるか！

ちらりと横目で北大路を確認する。これで七野のことを見直して、仕事を振ってくれたりしたら嬉しいのだが。

「でも七野さんだとやはり経験不足なところもあるでしょうから、こうして本部の北大路さんが付いて下さるのは心強いですね」

——え、専務それはマイナス！

七野は胸中で悲鳴を上げたが当然相手には届かない。

「そうだな。弊社にとってもクールジャパンの話は今後の方針を左右する話だと思っておりますので、ぜひ今後とも、よいお付き合いを」と長崎は深々と頭を下げた。

よいお付き合い。

それが意味するところを察して、七野は身をこわばらせた。

三億、五年の運転資金。

しかしその申し出を、北大路は断ろうとしている。

その融資は、スタジオきょーとを殺す金だから。借りない方がこの会社のためだからと
——長崎社長の期待を裏切るのだ。

「ご相談頂いておりました、長期資金の件ですね」

と、北大路がやや固い声で応じる。

先ほど北大路は「融資をするべきではない」と断言していたが、一体どう説明するつもりなのか。

七野にしてみれば北大路のお手並み拝見といったところだが、――しかし。

「ああ、それですけどね。実はミツバさんに無理を言う必要がなくなりまして」

と、長崎が心底ほっとしたような表情で告げた。

「え？」

七野の口から思わず声が漏れる。

――ウチに無理を言う必要がなくなった？

「ええ」と後を続けたのは専務だ。「実は、他の銀行さん――政投公庫さんから提案を頂いてしまいましてね」

「政投公庫？」と、北大路が反応した。

嫌な予感が七野の背筋をこわばらせる。

専務が出した名――政投公庫というのは、日本政策投資公庫の通称だ。

国が政策として掲げる「公的な企業支援」のために運営している政府系金融機関で、政府の後ろ盾という強みがある投資銀行だった。

その特色は、なんと言っても「政府系」にしかできない超低金利の融資である。民間銀行では実現できないレベルの融資でも、「ウチは政府系ですから」のひと言で実現するのだ。

政府の方針に合致するプロジェクトであれば、有無を言わさず奪い去っていく強引な手腕が特徴的な、紛れもないライバル銀行である。

「でも、御社はウチとしか取引がありませんよね？　政投公庫さんなんて、今まで話が出たこともないじゃないですか！」

大体、スタジオきょーとは他の銀行がセールスに来たくなるような業績の良い会社ではない。今だってギリギリの資金繰りで、ミツバ銀行も業況を注視しているような状態なのだ。

――そんな状況下の会社に、新規融資の提案があるなんて。

言葉には出さなかったが、七野が言わんとすることを察したのだろう。

「まぁ、僕も信じられない話なんだけどね」と長崎は苦笑した。「実はつい先ほど、経産省の方が見えてたんです。そこに、政投公庫の担当者が一緒に来てまして」

と、長崎が差し出して来たのはA４サイズのペーパーだった。

真っ先に目に飛び込んで来たのは、

「融資、提案書……！」

七野は息を呑《の》んだ。

他行からの融資提案書。それは即ち、この案件が横取りされる可能性を示している。銀行の渉外担当者にとって最も恐れる事態であり——そして何より、今回の案件では、また別の意味を持っている。

——ライバル銀行が、クールジャパンのアドバイザー行に名乗りを上げるための一手。

それが、政投公庫が持ち込んだ提案書の意味だ。

「拝見させて頂きます」

北大路が提案書を手に取る。七野も慌てて横からのぞき込んだ。

いつも格別のご愛顧を賜り、というよくある挨拶文に、『政投公庫とは』という簡単な説明。

そしてその下に今回の提案内容が簡潔に記載されていた。

その内容は、

「三億、五年っ⁉　しかも金利が〇・五％っ⁉」

客の前であることも忘れ、七野は思わず叫んでしまう。

安い、なんてものではない。文字通りの破格レベルだ。

国内トップクラスの超優良企業に提案するならまだしも、スタジオきょーとのような業況悪化先に持参するような提案内容ではない。恐らく初めから採算度外視なのだろう。

まるで——「政投公庫は、スタジオきょーとと付き合いがある」という既成事実を作るための提案だ。

「何ですかコレ!?　こんな赤字覚悟の大安売り、見たことないです！」

――気でも振れたか政投公庫！

というのは七野の本心から出た言葉だったが、一方で相手方である長崎と専務は冷ややかな目線だった。

「そうかも知れませんが、事実、こうした低金利の提案を頂いているのは事実です」

そう告げたのは専務だ。銀行取引を一手に引き受けてきただけあってカネの話には敏感だ。

「いやぁ良かった。これで新作映画が作れますよ」と、そう言って長崎は笑った。

「それはっ……！」

――ダメだ、専務はもう、三億を借りるつもりだ！

先ほどの北大路の話を思い出す。――この融資を受けても、スタジオきょーとには何のメリットもないのに！

七野が口を開こうとした瞬間、

「ところで、政投公庫の担当の方が、『ミツバさんの金利は三％ですが、ちょっと高すぎるんじゃないでしょうか』と言ってたんですが」

「……っ」

七野は言葉を失った。

——だって政投公庫は政府系金融機関だし！

ミツバ銀行と違い、政府の後ろ盾のある政投公庫は当然金利も安くなる。

だが、企業からすればそんな事情は関係ない。コストは安ければ安いほど良い。経営者にとって安さは正義で、高いものは悪だ。

そして今回、政投公庫の提案によって、七野らミツバ銀行は——スタジオきょーとにとって「悪」と断じられる側になった。

七野は焦る。まずい、先手を打たれた、と。

ビジネスにおいて、致命傷になりかねない事態だった。

専務は七野らに問う。

「我々はミツバ銀行さんに、年間三千万近い金利をお支払いしております。もしこれを政投公庫さんがおっしゃるレートなら、年間五百万足らずで済んでいたことになる」

専務が口にしたのは、今までのミツバの支援姿勢への不信感だ。冷たいナイフをのど元に突きつけられているような気分で、七野はうつむく。

こんな状況で、北大路が車中で語った内容を伝えればどうなるか。

今この場で「この会社に、長編映画を作る力はない」だとか、「三億の金はこの会社を潰すでしょう」と言えば、二人の怒りの火に油を注ぐようなものだ。

ミツバへの不信感は更に強まり、何を言っても聞き入れてはもらえなくなる。

それはそうだろう。これまで七野たちミツバ銀行に年間三千万ものコストを払っていたのが、政投公庫は五百万で良いと言うのだ。

その差額、およそ二千五百万。

万年赤字と言われたスタジオきょーとが黒字回復するのに十分な金額だった。

特に、経営者としての知識が弱い父親を支え、長年苦労してきた専務の胸中は穏やかではないだろう。

——駄目だ。

このままじゃ、政投公庫にクールジャパンの話を持って行かれる上に、スタジオきょーとが潰される！

どうしよう、何か言わなくては——と言葉を探していると。

「いや、参りましたね」

と、隣に座る北大路が言葉を発した。

「どうやら政投公庫さんは御社との取引に、とても大きなメリットを感じているようですね。でないと、とてもこんな低金利での提案はできない」

「できない、と言うのはどういう意味でしょうか」と、専務が問う。

「今回は、クールジャパンの支援とのセット案件です。恐らくその件も見据えての金利設定なのでしょう」

　専務が無言のまま、視線だけで先を促した。

「クールジャパンの試みはメディアの注目度も高い。もしもスタジオきょーとの新作映画への支援という形で政投公庫が参入すれば、新聞などに大きく取り上げられます。結果、広告宣伝費をかけることなく『日本政策投資公庫』の名前を売ることができるでしょう」

　それに、と北大路が続ける。

「クールジャパンは五百億もの潤沢な予算がつく話です。この案件を取っかかりにして、より大きな利益を獲得することも難しい話ではありません。そう考えれば、政投公庫の提案は言わば『見せ金』であって、いっそ損をしてもかまわないと思っている可能性が高い」

「つまり北大路さんは、政投公庫はあくまでクールジャパンの話があるから金利を低く設定できると仰りたいのですか？　年間五百万の負担で済むという政投公庫さんの提案はウチ本来の評価ではないから、ミツバさんが今まで強いてきた年間三千万もの負担を納得しろと？」

　――あ、これは怒る一歩手前の声だ。

　専務の迫力を知る七野は身を固くし、お願いだからこれ以上は刺激するなと北大路に視線を送る。そこから先は地雷原だ。ここは引き返すしかない。

　だが、北大路はあろうことか、涼しい顔で真っ正面から地雷を踏み抜いた。

「納得するも何も、潰れることになる会社に対する金利としては、むしろ安いくらいですが」

――これだから本部エリートサマは！

叫び出したい衝動に駆られる。許されるのなら北大路の頭を摑んでテーブルにこすりつけるように下げさせたい！

よりによって「潰れることになる会社」とは。

あまりの言いぐさに呆然とする長崎。そして怒りに顔を赤く染める専務。そんな二人にどうフォローすれば良いのかわからない七野、という混乱の中で、北大路だけが一人冷静だった。

それはもういっそ、憎らしいほどに。

「――と言っても、どうか誤解しないで頂きたい。私は別に御社の経営状態が悪いと言っている訳ではありません。御社のビジネスはとても堅実だ。数多くのアニメ製作会社が苦境にあえぐ中で、スタジオきょーとだけが別格と言ってもいいでしょう」

不意をつく賛辞が、北大路の口から出た。

「スタジオきょーとは、いい会社です」

潰れる、と言い放ったのと同じ口で、今度は一体何を言い出すのか。つい先ほどまで激怒寸前だったはずの長崎らも、一体どんな顔をすればいいかわからないといった様子で固まっている。

「ですが、ここで三億の金に飛びついてしまえば、『潰れることになる』――というのは少々大げさかも知れませんが、少なくとも、幸せな結末にはならないことだけは確実でしょう」

「どういう意味だね？」

と、長崎が怪訝《けげん》な表情で聞いた。

「順を追って説明しましょう。スタジオきょーとが政投公庫から三億を借り、その金で長編アニメ映画を作る。世界に名を轟《とどろ》かせる長崎監督の新作。すばらしい話です」

「ああ。そして政投公庫の提案は利率も安い。はっきり言って、これまでのミツバさんの対応には不信感を覚えているんだよ、私は」

不機嫌そうに口を挟んだ専務に、北大路は落ち着いて答える。

「確かに利率は〇・五％と、今までのミツバ銀行とは比べものにならない良い条件です。ですが考えてもみてください。そこに飛びついてしまえば――」

社長の長崎、そしてその息子である専務の順でしっかり目を合わせたあとで、北大路は言葉を続けた。

「スタジオきょーとは、我々ミツバ銀行に支払う年間三千万の利息に加えて、新たに政投公庫に年間二百万近い利息を払うことになります。残念ながら、今の御社にその負担は重くのしかかる」

二百万。

その重みは、長崎らが一番良く知っているだろう。若いアニメーターであれば追加で一人、雇えてしまう額だ。

「それに、返済負担も忘れないで頂きたい。今三億を借りて、すぐに映画が完成する訳ではないでしょう？　三億を五年かけて返済する場合、年間の返済額は六千万にもなります。長崎社長、新作の構想はまとまっていますか？」

話を振られた長崎は、俯きがちに答える。「それは、まだだが」

「では、前回の作品は、構想にどれだけかけましたか？」

「……二年半、だ」

「なるほど。五年で借入した三億のうち半分を返したところで、ようやく製作スタートになりますね。しかも社長としての仕事をこなしながらの製作となれば、負担も大きい。ひょっとしたら構想だけで三年、四年とかかってしまうかもしれない。ものづくりは、だから難しい」

北大路が言っていることは恐らく正しい。

いまここで政投公庫の提案に乗っても、映画が完成する前に資金は尽きてしまう。

「お詳しいですな」

専務が苦い顔で言う。

「私も学生時代に、コンテンツ業界の片隅で、絵を描いて過ごしていたもので。さすがに筆一本で食べていくことができなかったので、こうして銀行に就職しましたが」

あら、ちょっと意外な話、と七野は思った。

北大路が、絵を嗜《たしな》んでいたとは。もしかして、それがコンテンツ業界の審査役を務める切っ掛けになったりしているのだろうか。

「ですが、私が言いたいことはわかってもらえたと思います。今ここで政投公庫の三億に飛びつくのは、決して得策ではありません」

北大路の断言に、長崎が反論する。

「……だが、せっかく政府がクールジャパンなんていう大事業に我が社を抜擢してくれたんだ。このチャンスを逃すのは惜しいと思うのは、社長として、そしてクリエイターとして当然じゃないか」

だから目の前の政投公庫の話に飛びついて何が悪い――と、そう続けたかったであろう長崎の言葉を、北大路は「おっしゃる通りです、社長」と先回りで肯定する。

「だから私どもミツバ銀行は、こうして御社の担当である七野を本部に招き、私ども『クールジャパン事業推進室』のメンバーに致しました。御社にとってベストな方法で、御社を支援させて頂くプランを練るために」

「我が社を支援する？　だが、ミツバさんから借りても利息の支払いや、期間の問題が解決する訳ではあるまい。結果は一緒ではないかね？」

聞いてきた専務に、北大路は応じる。

「金を貸すだけが銀行の仕事ではありませんよ、専務。これまでは御社にとって『融資』が最適な支援だったというだけの話です。ですが今回のクールジャパンの案件においては、もっと有効な手段が別にあるはずです」

「別の手段？」

不思議そうに聞いた長崎に、北大路は力強く言い切った。

「ええ。それを考えるのが——我々、ミツバ銀行の仕事です」

その力強い言葉を。

少しだけ格好いいと、七野は不覚にも、そう思ってしまった。


面談を終え、営業車に戻ったところで、運転席に座る北大路に七野は聞いた。

「審査役、昔、絵なんて描いていたんですか？」

「ええ。学生の頃に、イラストレーターの真似ごとを少し」

「はぁ、意外です。てっきり、学生の頃からカタブツだったのかと思ってました」

「カタブツって……」

北大路は少しだけ、凹んだような素振りを見せた。

七野は慌てて、「あ、そう言えば！」と話を変える。

「さっき、どうして長崎監督たちに『長編映画を作る力が残ってないから、金を借りるべきではない』って言わなかったんですか？」

ああ、と北大路は苦笑した。

「あの場でそんなことを言えば、二人を怒らせるだけでしたから。まずは、政投公庫の登場で生まれたミツバ銀行への不信感を払拭することを優先したまでです」

「はぁ。じゃあ……融資とは別の手段って、一体何をするつもりなんです？」

「それをこれから考えるんです」

「ええ⁉　じゃあああれ、ブラフなんですか⁉」

「仕方がないでしょう。あのままでは、政投公庫に案件を奪われてしまうだけでした。少なくとも時間を稼がねば、我々は負けます」

「でも、もしいい案が浮かばなかったら……」

「大丈夫ですよ。政投公庫は金利の低さで勝負して来ています。それは、金利競争になれば絶対に勝てるという自信があるからでしょう」

「それはそうですよ！　三億、五年を〇・五％なんて、出せる訳ないじゃないですか！」

「だから、私はこれから、金利以外で戦う手段を考えます。雛森さんに各部署のエース級をピックアップしてもらって、意見を聞くところから始めようかと」

「じゃあ、私は何をすれば――」

張り切って聞いた七野に、しかし北大路は辛辣だった。

「ああ、言ったはずです。――七野さんは『通常業務』をお願い致します」

にべもない言葉に、七野は「駄目だこいつぶん殴りたい」と胸中で呟いた。

4月22日　七野

翌日の朝。通常業務の指示の下にぺらぺらとクレジットファイルをめくっていると、「七野さん」と声を掛けられた。

顔を上げると、難しい顔をした北大路が手招きしていた。

「この後は特に予定はありませんね？」

北大路に断定口調で問われる。

――そりゃあ仕事を振るのはお前だからわかってんだろ。

そこは嘘でも「予定はありますか？」と聞けこんちくしょう。

「はい。残念ながら私は特にこれと言った仕事を与えられていませんから。『通常業務』ですので、いくらでも融通が利きます」

せめてもの反撃とばかりに皮肉たっぷりに答えたのだが、北大路の表情はぴくりとも動かなかった。

「では午後から、経済産業省への訪問に同行してください」

「経産省……ですか？」

「ええ、こちらの都合がつく時間で良いので、顔を出すようにと連絡がありました。私と七野さんをご指名ですので、すみませんが付き合ってください」

「はぁ、それは構いませんが」

「良かったです。では私は今から副頭取と打ち合わせをして来ます。何かあれば秘書室に頼んで呼び出してください」

「あ、はい」という七野の返事を聞く前に、北大路はいくつかのファイルを抱えて席を立った。

北大路の姿が見えなくなったところで、隣の雛森に小声で問う。

「何か、トラブルな感じ？」

「スタジオきょーとの件で、経産省から物言いが付いたみたいです」

「物言い？　何で？」

「私の推測になりますが……。昨日、北大路審査役とスタジオきょーとに行ったとき、政投公庫が工作して来てるって情報をキャッチして来たじゃないですか。多分、その関係かと」

「え、何ちょっと待って私だけ置いてかないで」

残念ながら全然わからない。

昨日の面談のどこに経産省に呼び出されるような話があったのか。むしろ七野としては、「ミツバががっちり食い込んでた取引先に、いくら政府系だからって、クールジャパン目当てに無理矢理割り込んで来るなんてマナー違反！」と文句を言いたいくらいなのだが。

すると、雛森は更に声のトーンを落として答えた。

「政投公庫だって政府系としてのメンツがありますから、ミツバにうろちょろされたら面白くないでしょうからね」

「はぁ？　だってそもそもこれ、私が最初に見つけた案件なのに」

「銀行の案件は早い物勝ちではなくて、最後に獲った物勝ちですからね。政投公庫がなりふり構わず獲りに来たら、ウチに勝ち目はないですし」

雛森は難しい顔で言った。

いつも余裕の表情で仕事をこなす後輩の真剣な表情に、七野は戸惑う。

「そんなに難しい戦いになるの？」

「だってクールジャパンは経産省のプランなんですよ？　政府が主導する話なら、民間のミツバよりも、政府系金融機関の政投公庫の方が有利に決まってるじゃないですか」

「でもほら、選ぶのはお客さんでしょう？」

「金利だってあっちの方が断然低い訳ですから、余程の理由が無い限りは、お客さんも政投公庫を支持すると思います。国もお客さんも政投公庫の味方の状態で、勝ち目なんてほとんどゼロです」

「……北大路審査役は、スタジオきょーとは政投公庫の話に乗るべきじゃないって言ってたわよ？」

「だから、それが政投公庫の逆鱗《げきりん》に触れたんじゃないですか？」

「どういう意味よ」

「彼らだってきっと、相当苦労して赤字企業への融資稟議を通したはずです。なのに、ミツバが横から『長崎社長、この案件は考え直した方が良いですよ』って言ってきた訳ですから」

「……ああ、なるほど」

七野も想像してみて納得した。三億を借りてもメリットがないなどという北大路の言葉は、政投公庫からすればとんだ横槍《よこやり》である。確かにそれは腹が立つだろう。

「でも、それがどうして経産省からの呼び出しになるの？　政投公庫からならわかるけど」

「だって政投公庫にしてみたら、ミツバはメンツを賭けた戦いをしている相手ですもん。なのに『余計なことをするな』なんて呼び出し、格好悪くてできないでしょう」

「そういうもん？」

「だからクールジャパンの親玉である経産省を通して文句を言って来たんだと思います。ウチも、さすがに政府には逆らえませんから」

「うわ、セコい手使うなぁ……って、雛森。何でウチのピンチにあんたはそんなに活き活きした顔してるのよ」

「だって！　こんな楽しい情報戦争を間近で見られるなんて幸せ、二度とないかもですよ！」

そう言う雛森の表情は恍惚《こうこつ》にとろけている。親しい間柄の七野が見てもドン引きだ。

「まぁ、あんたが楽しいみたいで何よりだけど」

でも、と七野はふと思った。

——そんな状態になって、果たして北大路審査役は大丈夫なのかしら？

＊

その日、北大路は昼食も取らず経産省への訪問準備を進めていたが、それでも説明用の資料が完成したのは夕方になってからだった。

外訪カバンを準備する北大路に、七野は「もう遅いですし、明日にした方が良いんじゃないですか？」と聞いてみたが、

「お役所が『今日中』って言ったら、何時になっても出向かないといけません。今から出れば、午後五時過ぎには向こうに着くでしょう」

「そうなんですか？　でもほら、お役所って九時五時とか言いません？　てっきり残業とかとは無縁なのかと」

「とんでもない。省庁は日本の中枢です。特に経産省なんかは別名不夜城って言われるくらいですから」

「不夜城？」

「夜になっても灯りが落ちない。夜通し仕事をしている経産省」

「うわ」と七野は呻いた。「嫌ですねそんな職場」

「さて、七野さん。お待たせしました。出られますか？」

どうやら北大路の準備ができたらしい。

「あ、はい」

と七野も自分のカバンを持って席を立つ。と、何やら北大路の視線が七野の脚に落ちている。

いくら生脚が見えないパンツスーツと言えど、じろじろと見られるのは何だか嫌だ。カバンで脚を隠して後ずさる。

「な、何ですか審査役、私の脚なんか見て」

「いえ、靴が」

「靴？」

言われて自分の足元を見ると、「こっちの方が楽だし」と愛用しているランニングシューズのままだった。

本店に来てからというもの、一応社内ではヒールを履くようにしていたが、今日は「どうせ通常業務だし」と油断していたので履き替えをさぼってしまっていた。

「し、失礼しました！」

脚を見られているのかと誤解していた分、二重に恥ずかしい。

「すぐに履き替えます！　ってしまった！　パンプス、ロッカーだ！　すみません審査役、すぐに追い付くので先に行っててください！」

「そうします。私は先に営業車を出しています。靴を履き替えたら通用口のロータリーに来てください」

「いえ、ここから霞ヶ関なら車で行くよりも走った方が早いですし！」

「……走る気ですか？」

何か理解できないものを見る目で北大路が七野に問う。

「え？　駄目ですか？　乗り継ぎとか駅までの距離を考えたら、少なくとも山の手線のこっち側半分なら走った方が早いですけど」

そう言うと、思いっきりため息を吐かれた。

「その場合、ボサボサの髪と上がりまくった息でお客様と面談するわけですね。駄目です。私が上司でいる間は、移動は電車か車にしてください」

「でも私、車の運転できません！」

「……」

北大路は七野の言葉を無視して、車のキーを手にさっさとフロアを後にしてしまった。

そんな二人のやり取りに、雛森が「やれやれ」と肩をすくめているのが気になったが、とりあえずそっちは捨て置いて、七野は慌ててロッカーへと向かった。

――何よバカにして、走った方が早いのに。

なんて愚痴りつつ、七野は胸中の「北大路ムカつくリスト」にまた新たな項目を書き加えたのだった。


その後、北大路の運転する営業車で経産省へと向かったものの、やはり大手町から霞ヶ関までの短い距離でも、信号待ちやら渋滞やらで時間が掛かった。それこそ、七野でなくとも「走った方が早い」ような状態だ。

内心で勝ち誇りつつ、

「せめて電車の方が良かったのでは？」

と北大路に言ってみるが、

「我々銀行員のカバンは、重要な書類がたくさん詰まっています。紛失や盗難のリスクを軽減するためには、できるだけ営業車を使った方がいいです」

と冷たい返答だった。

しかもそこに「そういう意味で、走るなんて論外です」と付け加えられ、七野としては更にムカつくポイントが加算だ。

結局、霞ヶ関でも空いている駐車場を見つけるのに時間が掛かり、結局、経産省の建物に入れたのは六時前だった。

ほーら走った方が絶対に早かったのに、と胸中で勝ち誇って少しだけ溜飲《りゅういん》を下げる。

ともあれ、問題はこれからの経産省との面談である。果たして何を言われるのかと緊張しながら案内された会議室で待つこと数分、

「お待たせしました」

やって来たのは、あまり公務員には見えないスマートな雰囲気の男だった。年の頃は北大路よりも少し上か。ネイビーに白いストライプが入った仕立ての良いスーツ。ちょっとイケメン、と七野の心が弾む。

「ミツバ銀行様ですね。本日はお呼び立てしまして、申し訳ありません」

「いえ、こちらこそ出向くのが遅くなり申し訳ございませんでした」と北大路が頭を下げる。

そこから名刺交換の流れになり、北大路に続いて七野も挨拶を交わすが、

「ああ、あなたが七野さんですか。お噂はかねがね。コンテンツ産業課で課長をしております、朝倉です」

と、爽やかな笑顔で言われて戸惑う。

「ええと、ミツバ銀行の七野です。あの、噂って……？」

「いやぁ、今日もスタジオきょーとの長崎社長と話をして来たんですがね。長崎社長が言ってましたよ。ミツバ銀行に、とっても面白い若手職員がいるって。なんでも、駅伝をやってらしたとか」

「あ、はい、そうですが」

七野は不思議に思って聞いた。「長崎社長が、私のことを話してたんですか。意地悪なやつだとか、言ってませんでした？」

恐る恐る付け加えたのはちょっとした探りだ。

半ばケンカ別れのような話になってしまったのはつい昨日のことだ。

クールジャパンへの参画を狙う七野らミツバ銀行にとって、自分たちを悪者扱いするような話を経産省に話されていたらたまったものではない。

だが、朝倉は笑顔でそれを否定した。

「長崎社長は『七野さんは珍しい銀行員だ』って笑ってましたよ。『ウチみたいな業況が悪い先に、あんなに顔を出してくれる人は今までいなかった』って」

「あ、そうですか」

ほっとした矢先、朝倉の視線が七野の足元に落ちた。

「今日はヒールなんですね」

「え？」

「長崎社長が、『七野さんといえばランニングシューズ』って言ってたので期待していたんです」

「何ですかそれ！」

社長ひどい！　と憤るが、その反応が朝倉のツボにはまったらしい。くすくす、という上品な笑いで、固かった雰囲気が吹き飛んだ。

「それで、朝倉課長。本日お招き頂いたのは、そのスタジオきょーとの件でしょうか」

笑いが落ち着いたところで、本題に切り込んだのは北大路だ。

お招きも何も呼びつけられたようなものだが、相手は年上で課長クラスだ。ここは下手に出ることにしたらしい。

「ええ、そうです」

朝倉は一転、真剣な表情で頷く。

「ここは単刀直入に用件をお伝えさせて頂きます」と、そう言って朝倉は深く頭を下げた。「スタジオきょーとの件から、手を引いてもらいたい」

――いきなり来た！

七野は身をすくませる。

想定通りの申し出ではあったが、それでもこんな序盤からぶつけてくるとは予想外だった。

「朝倉課長、顔を上げてください。我々には、あなたに頭を下げられる理由がない」

北大路は、あえて戸惑う振りをして見せ、顔を上げた朝倉に問う。

「どういう意味でしょうか。手を引くもなにも、我々はまだあの会社に対して『融資をする』とはひと言も申しておりませんが」

確かにそうだ。

北大路はむしろ融資に否定的な立場のはずで、こうして経産省の課長クラスから頭を下げられるような理由はないはずだった。

「北大路さん、あなたは昨日、スタジオきょーとの長崎社長にこう言ったそうですね。政投公庫と経産省が持ち込んだプランに乗ってしまうのは危険だと」

「……否定はしません。ただ、それはスタジオきょーとのメイン銀行として当然のアドバイスです。返せない金を借りても、それはただ負担になるだけですので」

北大路の言葉に、朝倉は固い表情で頷いた。

「長崎社長はこうおっしゃっていました。これまで長く付き合ってきたミツバ銀行さんがおっしゃるのだから、本当に危険なのかも知れないと」

「最終的には社長が判断されることです。我々ミツバ銀行がどうこうできる話でもないですから」

アドバイスはできても、最終的な判断は経営者が行うものだ。

大丈夫。北大路の言葉は正論だ。

「もちろんです。ですが、長崎社長は迷っておられる。メイン行であるミツバさんの助言ですから、当然でしょうね。ぽっと出てきた政投公庫、そして経産省の言葉を、どれほど信じて良いものかと疑っている様子でした。今まで七野さんには良くしてもらったから、と」

苦笑混じりの朝倉の言葉に、七野は驚いた。

「長崎社長が、そんなことを……？」

「ええ。特に七野さんのことは、随分と信頼しておられるようでしたよ。他の銀行員にはない、熱意があると」

「私は、そんな――」

そうだ。

自分はそんな賞賛を受けるような仕事をしていた訳ではない。

ただ単に、ハキダメと呼ばれるような自分の担当取引先の中で、唯一と言って良い「マシな先」だったから足繁く通っていただけだ。

自分は、本気で取引先のことを考えていた訳ではない。むしろ考えていたのは「前向きな案件を成功させれば『ハキダメ』を脱出できるかも」という利己的な打算だ。

恥ずかしい、と七野は思った。穴があったら入りたいとはこのことだ。

「そんな風にスタジオきょーとからの信頼も厚いミツバ銀行さんに、お願いがあります。——スタジオきょーとの件からは手を引いて頂きたい」

「それはつまり」と、北大路が口を開く。「たとえ、今回の政投公庫の融資案件のせいでスタジオきょーとが倒産することになろうとも、我々は黙って見ていろと、そういう意味でしょうか？」

——え、ちょっと北大路その言い方は怒られるんじゃ⁉

七野は焦ったが、しかし。

「その通りです」と、朝倉ははっきりと肯定した。「北大路さんが言う通り、政投公庫が持ち込んだ三億の融資は、スタジオきょーとを潰すかも知れません」

「……っ、それがわかってて、どうして⁉」

落ち着け、冷静に。そう自分に言い聞かせて声を発したつもりだったが上手く行かず、詰問するような口調になってしまった。

「七野さん、落ち着いてください」

北大路に腕を引かれ無理矢理座らされる。そんな風にされて初めて、自分が立ち上がっていたことに気付いた。

「……すみません」

ぺこり、と頭を下げる。

朝倉は経産省の役人だ。七野のような若造が気軽に問い詰めて良い相手ではない。

そんな七野の無礼にも、朝倉が穏やかに応じる。

「お怒りはごもっともです。ですが、我々には我々の理由があって長崎監督を支援するのです。我々が欲しいのは——スタジオきょーとの看板ではなく、『長崎サトシ』の名前だと言えば、おわかり頂けますでしょうか」

朝倉の静かな言葉が、脳に上手く入っていかない。

経産省は、『長崎サトシ』という名前だけを欲している……？

それはつまり——

「あの会社には、五十人を超える社員がいます」と、そう口を開いたのは北大路だ。「彼らは不要だと、そうおっしゃるのですか？」

朝倉は静かに頷き、

「長崎サトシが、スタジオきょーとを立ち上げてから八年が経ちます。その間に、彼が映画の製作から離れ、細々とした受注で社員を食わせるだけで精一杯になっているのは、ミツバ銀行さんもよくご存じのはずだ。あの会社は、長崎サトシの重荷になっている」と、そう言い切った。

そんなことはない、――とは決して言えない。

むしろ、七野自身もずっと思っていたことだ。

あの会社では、長崎は映画作りに専念できない。

だが、それが長崎が選んだ道なのだ。自分を慕って入社してきたアニメーターたちを、必死になって食わせる道を――長崎は選んだ。

なのに、長崎にその社員たちを見捨てろ、と。経産省はそう言うのか。

長崎サトシの名さえあればそれで良いと――そんなことを口にするのか。

「なるほど。経産省が持ち上げたクールジャパンという事業に必要なのは、『長崎サトシ監督』という存在だけなのですね。スタジオきょーとは、むしろ邪魔になると。お話はわかりました」

「審査役⁉」

ちょっとあんた何言ってんの⁉

「落ち着いてください、七野さん。朝倉課長がなぜ私たちに頭を下げたか、本当にわからないのですか？」

「どういう意味ですか⁉」

「経産省は、クールジャパンのために『長崎サトシ』のネームバリューが欲しい。世界的に有名な長崎監督の新作映画。日本のコンテンツ産業を世界に売る事業としてこれ以上のアピール材料はないでしょう」

「だからってスタジオきょーとを潰していい理由にはならないでしょう⁉　あの会社は長崎監督の会社です！」

「ですが、あの会社には長編映画を作る能力はない」

朝倉が、真剣な眼差しで七野に言った。

「……それは」

七野は言いよどんだ。

そうだ。

この二年間、誰よりも近くでスタジオきょーとを見てきた。社長の長崎が資金繰りに奔走する様子を。専務が社内の管理に手を焼く様子を。

あの会社の経営状態を。

受注の状況を――七野は、この場の誰よりも知っていた。

「この八年間、あの会社は短いＣＭや、長くても数分程度のＰＶの製作で生きて来ました。長編映画を作るようなノウハウは、今のスタジオきょーとにはありません」

「だから、潰すんですか……？」

七野の呟きに、朝倉が応じる。

「まだ潰れると決まった訳ではありませんが、そうですね。経産省としては、そうなってもらった方がありがたい」

驚きのあまり、七野は言葉を失う。

それは一体、何の冗談だ。五十人の従業員を抱える企業が潰れた方が良いなどと、一体なぜそんなことが言える。

七野の表情から、胸の内を察したのだろう。朝倉が静かに理由を述べる。

「『長崎サトシ』の才能と名は、今でも一種のブランドです。彼がクールジャパン政策の案件として新作映画を作るとなれば、様々な企業がこぞって協力するでしょう。映画配給会社に、広告会社、TV局……きっとクールジャパンの始まりにふさわしい、大規模案件になります」

そうすれば、何が起きると思いますか？

視線で問う朝倉に、北大路が答えた。

「何十億もの金が動き、そしてその金が、日本のコンテンツ業界、その全てを潤すと、そういうことですか」

「ええ。おそらく、国内外のメディアもこぞってクールジャパンを取り上げてくれるでしょう。広告費ゼロで、世界中に日本のアニメを宣伝できるようなものです」

「そうすれば、日本の出版社やアニメ産業といったコンテンツ業界は、復活を果たすという筋書きですか。スタジオきょーとを犠牲にして尚、メリットのある話だと」

返事はなかった。経産省として、そこは肯定してはならないラインなのだろう。

「……そんなの、酷い」

七野は声を漏らす。

「もちろん私たちも、誰もが幸せになる方法があるのなら、そうしたい。だが、この経済情勢の中で、全ての会社を救うのは不可能だ」

固い声で朝倉は続けた。

「七野さんは『冷たい方程式』という話をご存じですか？」

「――冷たい、方程式？」

「それこそ漫画やアニメの世界ではありふれた話です。私の口から説明するのも恥ずかしいくらいなのですが……」

苦笑混じりに、朝倉は続ける。

「一人を殺せば、百人が助かる。そのとき、果たしてその一人を殺すのが正しい行いかと、そういう話です」

七野が呆《ほう》けてしまうほどに、本当によくある話だった。

それこそ、アニメや漫画、小説で何度も何度も目にしているような展開だ。物語を盛り上げるための舞台装置。

そしてその「冷たい方程式」は、七野が親しんできた漫画やアニメの世界でなら、主人公の頑張りによって、全員が助かるハッピーエンドが待っているのがセオリーだ。

「それが、一体何の」

言いかけて七野は気付く。

その方程式の天秤《てんびん》に——スタジオきょーとが載せられている。

百人を助けるための『一人』として。

そしてこれは現実で、漫画やアニメとは違って、そこには約束されたハッピーエンドなど存在しない。

一人と、百人。その天秤の傾きを見て、経産省は選んだのだ。

スタジオきょーとを犠牲にして、他の大勢を救う道を。

「……そういうことですか」

長崎サトシの名前があれば——日本のコンテンツ業界全体を救えると、そういうことか。

「わかって欲しいとは言いません。ですが、誤解だけはしないで頂きたい」

朝倉は、深く頭を下げた。「我々とて、好きでその『一人』を犠牲にしようというのではありません。ただ、日本のコンテンツ産業の将来を考えたときに、スタジオきょーとを犠牲にすることで他の百社が救われるのなら——」

——我々経産省は、スタジオきょーとを殺します。

朝倉の言葉に、七野は静かに息を呑んだ。

経産省の言い分はわかる。

長崎監督の八年ぶりの新作映画。話題性は十分だ。クールジャパンの第一弾案件として、メディアはこぞって報道に乗せるだろう。

そうすれば、第二弾、第三弾と続くであろうプロジェクトにも注目が集まり、このクールジャパン政策は世界中に発信されることになる。

結果として——日本のコンテンツ産業は、莫大な利益を得る。

だが、その「莫大な利益を得る」企業の中に、スタジオきょーとは入らない。あの会社は、映画監督としての『長崎サトシ』の重荷になる。

経産省はそう判断して、その上で、長崎が映画の製作に専念できる環境を整える策を練ったのだ。長崎からスタジオきょーとという重荷を切り離す、策を。

それが、唐突すぎる政投公庫からの融資提案のカラクリだった。

そうすると、安すぎる提案はむしろ罠《わな》か。長崎たちを飛びつかせ、そして思い通りに事を進めるための。

「お話の内容について、我々が即答できる内容ではないため、一旦行内に持ち帰らせて頂きます。我々ミツバ銀行は既に、スタジオきょーとに九億もの融資を行っております。仮にあの会社が潰れれば、弊行のダメージも大きい。黙ってみている訳にも参りませんので」

北大路の言葉に、朝倉が質問を返してきた。

「では、どうするおつもりですか？　長崎監督は、我々経産省がクールジャパンとして後押しすることで、既に長編映画を製作する方向で心を決めています。政投公庫が提案している三億の融資についても、間違いなく借り入れするでしょう」

「そうなれば、我々はただ淡々と、いつもの仕事を行うだけです」

「いつもの仕事とは？」

「簡単なことです。企業の将来性を見極め、返済見通しに不安のない融資であれば行うし、一度実行した融資は、お約束どおりにご返済頂く。もしも経営状態が変化し、返済が危ぶまれるような事態になれば、企業再建の方法を一緒になって考える」

「教科書通りの回答ですね」

そう言って朝倉は苦笑した。

北大路はその言葉を受け流し、代わりに口を開いた。

「ところで朝倉課長、我々としては、もう一つ確認しておかねばならない事があります」

「なんでしょう」

「本当に、長崎社長は、政投公庫の提案を呑むつもりなのでしょうか？」

「どういう意味ですか？」

「たしかに長崎社長にとって、三億の長期資金は喉から手が出るくらい欲しい金です。クリエイターとして、しっかりと腰を据えて作品をつくるためには必要不可欠な資金だ」

「その通りです」

「ですが、もし本当に朝倉課長がおっしゃる通りなのであれば、こうして我々をここに呼び出す必要はなかったはずです。ただ黙って、我々から案件を奪ってしまえば良かった」

はっとして、七野は北大路を見た。

そうだ。もし本当に朝倉が言うように長崎の決意が固いのであれば、こうしてミツバ銀行の担当者と面談する意味がない。

黙って待っていれば、スタジオきょーとの方から、罠に飛び込んできてくれるのだ。

「……さすがはミツバ銀行さんですね」

朝倉は苦笑した。

「ご推察の通りです。長崎監督は、こうおっしゃっております。『先日、ミツバ銀行の担当者から、政投公庫の資金を借りるのは待った方が良いというアドバイスを受けた』と。そしてこうも言っています。『ミツバ銀行が何か提案を持って来ると言っていた。それを見てから、最終的な判断をしたい』――だそうです。『担当の七野さんはいい人だから』

と言ってね」

　――七野さんは、いい人だから……？

「長崎社長が、そんなことを……？」

　あの会社とは、ケンカ別れしたも同然だと思っていた。きっと長崎はミツバ銀行のことなど無視して、話を進めてしまうだろうと。

　だがあの時、「解決策を考えたい」と言った北大路と七野の言葉を、長崎社長は信じてくれたのだ。

「本日、お二人をお呼び立てしたのは、我々の提案を受けるように長崎監督を説得してもらいたいと思ったからです。メイン銀行であるミツバ銀行さんから話があれば、長崎監督の決意も固まるでしょう」

「我々にスタジオきょーとを騙《だま》せって言うんですか⁉」

「そう思ってもらっても構いません。ですが、日本のコンテンツ産業を担う企業は他にもたくさんあります。それらの企業を救うためには、この方法が最善です」

　冷たい方程式。一人を見捨てて、百人を救う方法。

　朝倉が言葉を続ける。

「日本の政治において、クールジャパンのような政府主導のプロジェクトが採択されるのは非常に稀です。それこそ、奇跡と言ってもいいくらいに。このプロジェクトの成否で、低迷する日本のコンテンツ産業の未来が決まると言っても過言ではありません」

　真剣な声だった。

　日本のコンテンツ産業のために、スタジオきょーとを見捨てろ、と。朝倉はそう言っているのだ。

　北大路が口を開く。「……我々はあくまで民間銀行です。日本のコンテンツ産業の全てを見据えた判断をする必要はないはずですが」

「ミツバ銀行さんも、他の出版社やアニメ会社などと取引が多いでしょう。それらの企業が全て救われるとなれば、九億程度の損失など安いものだと思いますが。クールジャパンが動き出せば、御行も数十億単位の利益が得られるようですからね」

　こちらの手の内を読んでいる回答だった。

　確かにそうだ。クールジャパンのプロジェクトで取引先が潤えば、それはミツバ銀行に莫大な利益をもたらすだろう。

「それに、この三億でスタジオきょーとが潰れるかどうかは誰にもわかりません。逆に、スタジオきょーとが本当に大ヒット映画を作って、莫大な利益を得るかも知れませんよ」

　朝倉はそう言うが、本心からの言葉ではないことは明白だった。あの会社に、長編映画を作る力は残っていない。この場にいる誰もが、それをよく理解していた。

「その件を含め、持ち帰り検討させて頂きます」

「イエスもノーも言わない。言質も取らせない。北大路さんは銀行員の鑑《かがみ》ですね」

「お褒めにあずかり光栄です」

ちっとも光栄そうな口調ではないが、北大路はそう応じた。

このままでは議論が平行線のまま進まないと、そう朝倉は思ったのだろう。

「我々としては、この課題は早々に解決しておきたい。お二人の協力を得られないのであれば、別の手段を考えさせて頂きます」

「別の手段？」と北大路が問う。

「政投公庫と、ミツバ銀行の支援策を持ち寄って、どちらの提案を受けるか、長崎監督に選んでもらいましょう。最新作の製作資金として、政投公庫から三億の融資を受けるのか。それとも融資を受けず、引き続きミツバ銀行とだけ付き合い、ずるずると過去の資産を食いつぶしていくのか」

「コンペということですか」

北大路が驚いたように聞いた。

複数の銀行がそれぞれの提案を持ち寄って、お客様にプレゼンを行い、そのうちの一つだけを選んでもらう文字通りのコンペティション――銀行同士の戦いだ。

「はい。政投公庫の融資案と、ミツバ銀行さんのプラン。選ぶのはスタジオきょーとの長崎監督です。何も文句はないはずでしょう？　時期は、そうですね……ゴールデンウィークが明けた頃に設定しましょう。二週間もあれば、さぞや優れたご提案が準備できることでしょうし」

と、そう言って微笑む朝倉に対し、

「持ち帰り、検討させて頂きます」

この日、何度目かになる逃げの口上を、北大路は口にした。

＊

「どうするんですか、北大路審査役！」

経産省の庁舎を出たところで、七野は北大路に食ってかかった。「このままじゃクールジャパンの話に一枚嚙むどころか、経産省には目を付けられるしスタジオきょーとは潰れちゃうし、挙げ句、政投公庫がアドバイザー行の座を持って行っちゃいますよ⁉」

コンペになれば融資条件で比較されることになる。いくら貸せるか。いつまで貸せるか。そして金利はいくらか――そのどれを取っても、政投公庫の圧勝だろう。七野たちミツバ銀行に勝ち目はない。

「そうかも知れませんね」

あっさりと同意し、北大路は駐車場に停めていた営業車に乗り込む。

「そうかも、って……！」

助手席に回りながら、七野は抗議の声を上げる。

「審査役はムカつかないんですか!?　あんな滅茶苦茶なこと言われて！　スタジオきょーとが潰れてもいいいって！」

ちょっとイケメンだからっていい気になってんじゃない！　と七野は胸中で憤る。

だが、対する北大路はいたって冷静だった。「朝倉課長の話は、別に我々が怒る筋合いの話ではないでしょう」

「どうして!?」

「経産省は、日本の経済を司る中枢です。日本経済を支えるような大企業ならまだしも、スタジオきょーとみたいな小さな会社のことなど、本来なら視野に入れる必要もないはずです」

「でも、実際に！」

「はい。今回、経産省は敢えてスタジオきょーとを論点にしています。それは長崎監督の才能と、世界的な名声があってこそです。そしてその長崎監督の名を国内経済の発展に利用しようというのは、全くもって正しい判断です」

赤信号で、北大路はブレーキを踏んだ。この時間の都内は車の流れが悪い。これではストレスがたまるばかりだと七野は思った。

「七野さんは、経産省を悪役だと思っていませんか？」

「え？」

突然の問いに戸惑う。経産省が、悪役？

——思ってますけどそれが何か⁉

「だって悪役じゃないですか！」

「それは、七野さんがスタジオきょーとに肩入れしているからです。むしろ日本の他のコンテンツ業界の会社から見れば、我々ミツバ銀行の方が悪役かも知れません」

「どういう意味ですか⁉　だって、経産省はあの会社を潰そうとしてるんですよ⁉」

「考えてみてください。スタジオきょーとを見捨てて、長崎監督が映画製作に専念できる環境が整ったときのことを」

「どうなるって言うんですか⁉」

「長崎監督の新作映画を、経産省がクールジャパンとして世界中に宣伝してくれます。『日本のアニメは高品質だ』と世界が驚く。そうなれば海外から多くの注目が集まる」

「それはそうかも知れませんが！」

「その恩恵は計り知れません。クールジャパンプロジェクトは、大成功を収めることでしょう」

信号が青に変わる。北大路は前の車に続いて、アクセルを踏み込んだ。

「……北大路審査役も、朝倉課長みたいに、それが他の企業に利益をもたらすって言いたいんですか？」

「ええ。そうなれば、日本のコンテンツ産業にとってどれだけのメリットがあることか」

ですが、と北大路が言葉を続ける。

「ここで我々が経産省と政投公庫のプランを打ち砕けばその利益は失われます。朝倉課長の言葉を借りるのなら、一人を助け、百人を見殺しにしたも同然の行いです」

北大路のその言葉に、七野は息を呑んだ。

「どうでしょう、七野さん。その時、我々ミツバ銀行の判断は正しかったと自信を持って言えますか？」

七野は答えを探すが、結局出てきたのは「……わかりません」という言葉だけだ。

いや。頭ではわかっている。自分の取引先にこだわり、業界全体に損をさせるような判断をしようとしている自分の方が間違っているのだろう。

「では、質問を変えましょう。その場合、経産省とミツバ銀行、どちらが悪役でしょうか」

——あんたの言うことはわかるけど。

一を助け、百を殺すか。

一を殺し、百を救うか。

どちらが正しい行いかなど、数の上では明らかだ。

そして経産省は百を救おうとしているのだ。

けれども、それを認めてしまえば——七野たちミツバ銀行が、悪役ということになる。

いくら日本のコンテンツ業界全てを考えた選択だとは言え——スタジオきょーとを潰して、長崎監督の名だけを使おうとするヤツらが正しいだなんて思いたくなかった。

「経産省は、日本のコンテンツ業界のことを本気で考えています。恐らく、朝倉課長も悩み抜いた上での結論なのでしょう」

北大路の声のトーンが、少しだけやわらかい。

「……今回の経産省の騙し討ちみたいなやり方は、私は嫌いです」

七野は小さく言った。

「そうですか」

「そうです」

しばし、車内の会話が途切れた。沈黙を嫌ったのか、北大路が話題を変えた。

「そう言えば、ここから九段下のスタジオきょーとは近いですね」

「え？　ああ、そうですね。走って十分くらいでしょうか」

「また脚で換算してますね……。せめて車か電車を使う想定でいてください」

「だって走った方が早いですよ、この距離なら」

夕方の都内の車の歩みはイライラするほどに遅かった。この分では、また往路と同様に三十分はかかってしまうだろう。「あ、スタジオきょーとに行くのなら、私、先に降りて走って行きますけど」

「やめてください」と北大路は首を振った。「無策でスタジオきょーとに乗り込んでも勝ち目はありません。まずは本店に戻って、作戦会議をしましょう。我々、ミツバ銀行は民間銀行です。国の利益の前に、まずは自行の利益を確保せねばなりません」

＊

帰社してすぐ、北大路と共に経産省との面談内容をメモにして、この案件の決裁権限を持つ副頭取に報告した。

ちなみに同席した雛森が「そういう政治トーク大好き！」と顔を輝かせて、北大路が軽く引いていたのは余談だ。

「実際問題として、政投公庫が三億の融資を実行したら、スタジオきょーとは借入過剰で倒れるのかね？」

そう口にしたのは副頭取だ。言外に、そうなった場合のミツバの損失を気にしているのが見て取れる。

「その可能性は非常に高いかと思います」と北大路は言う。「少なくとも経産省は『長崎監督』というブランドだけが目当てのようです。私なら、スタジオきょーとに映画を発注せずに、他の企業に製作を依頼して、監督だけを長崎サトシに引き受けてもらうでしょう」

「えげつない……」

思わず七野は顔をしかめたが、雛森らは「ああ、あり得ますね」とむしろ納得の様子だ。

「政投公庫と仲が良い芥川出版も映画部門を持っていたな」と副頭取が国内大手出版社の名を挙げた。

芥川出版は、コンテンツ業界の最大手で、国内シェアの三割を占める大企業だ。出版業のみならず、アニメや映画の作成部門を持つなど、その事業展開は幅広い。

メインバンクは政投公庫。ミツバとは、残念ながら取引がない。

「その可能性は高いでしょう。芥川グループのネームバリューもあるし、スタジオきょーとより人員も豊富です」

北大路の推測に、七野は頭を抱えた。長編映画製作の話に目がくらんでいる今の長崎は、その話にも飛び乗りかねない。

結果、どうなるか。

映画の利益は大半が芥川出版に入り、スタジオきょーとは、ただ三億の借金を抱えて行き詰まる。

「あの、長崎社長たちに経産省と政投公庫の狙いを暴露したらどうです？」

そう雛森が口にする。

ちなみに七野も帰りの車中でそれを思いついて北大路に聞いてみたが、難色を示された。

「私と七野さんも真っ先にその手を考えましたが、あまり良い手ではないため、却下しています」

「良い手ではない？」

首を傾げる雛森に、北大路は営業車の中で七野に説明したのと同じ内容を話した。

「ここで経産省を悪く言ってしまっては、我々ミツバ銀行がクールジャパン政策に参加することは難しくなります。たとえスタジオきょーとを救えたところで、結果的には、このプロジェクトは失敗に終わることになります」

「ああ、なるほど」

と、雛森は納得した様子で頷いた。

車の中で同じ説明を受けて「意味がわかりません！　ちゃんと説明してください」と北大路に食ってかかった七野は少し凹む。

ちなみに七野が説明を求めた際の北大路の回答はこうだ。

――ミツバ銀行の目的は、クールジャパン政策のアドバイザー行となり五百億の予算を握ることであり、スタジオきょーとを助けることではない、と。

スタジオきょーとへの支援検討は、あくまでクールジャパンのアドバイザー行の座を勝ち取るための手段でしかない。

ミツバ銀行のノウハウがあればクールジャパンは成功する、と——そう経産省に思わせなくてはならないのだ。

「目的と手段を取り違えてはいけません」と、北大路は言った。

経産省に目を付けられてしまっては、経産省にアドバイザー行として招かれることを目指すこのプロジェクトは失敗に終わるだろう。

スタジオきょーとを見殺しにして、九億の損をするか。

それとも五百億もの予算を扱えるクールジャパンへの参画を諦めるか。

いま、七野らに突きつけられているのは究極の選択だ。

自分たちも、結局は経産省や政投公庫と同じ穴のムジナだ。

その思いが七野を打ちのめす。ミツバ銀行とて、自分たちの利益のためにスタジオきょーとを利用しようとしているに過ぎない。

お客様のことを考えている訳ではないし、日本のコンテンツ業界を考えているわけでもない。

——五百億の予算があれば、ミツバの黒字決算が確保できるから。

それが、このチームが編成された理由だ。これでは経産省のことを悪くいうことなどできない。その現実が、七野を打ちのめす。

やがて、副頭取が判断を下した。

「スタジオきょーとの三億・五年の融資案件は否認。政投公庫が持ち込んだ〇・五％という条件とも、戦う必要はありません。ここで経産省を怒らせるのは得策ではない」

副頭取の言葉に、七野は「そんなっ！」と抗議の声を上げる。

しかし、北大路は静かに頷く。

「わかりました。我々は、経産省にアドバイザー行として認められることを優先いたします」

その言葉が全てだった。

二兎を追う者は一兎をも得ず、なんて言われるまでもない。

スタジオきょーとと、五百億のクールジャパン。

優先順位は明らかで、そして銀行員である七野たちにとって——上司からの命令は残酷なまでに絶対だ。

「よろしい」

副頭取が厳しい顔つきで頷く。

七野の目の前が真っ暗になった。

このままではスタジオきょーとが潰される——

「ただ、副頭取」

と、北大路が口を開いた。

「ミツバからの提案内容については、もう少し考える時間をください。経産省に『ミツバはアドバイザー行に適任だ』と思ってもらうには、政投公庫の提案よりも、優れた提案を示す必要がありますので」

はっとして北大路を見る。

そうだ。ただスタジオきょーとを見捨てるだけでは——ミツバ銀行がアドバイザー行の座を手に入れることは出来ない。

「優れた提案?」と、怪訝そうに副頭取が問う。

「ここで新宿支店のメモのように、一億・一年などというつまらない提案を持って行こうものなら、アドバイザー行の座は政投公庫に奪われてしまいます」

そこで一瞬、北大路が七野の方をちらりと見た、気がした。

「このチームで、融資以外の抜本的な支援策を考えます。スタジオきょーとはミツバの取引先です。このまま政投公庫に、いいように弄ばれるのは、気分が悪い」

それはほんの少しだけ、七野の気持ちを汲《く》んだ言葉のように聞こえた。

「それに何より、この案件をただ政投公庫に譲っただけでは、国内トップメガバンクの看板に泥を塗ることになります」

銀行にとって看板は何よりも大事なものだ。顧客の信用を失った銀行は、あっという間に落ちぶれる。

ミツバ銀行の看板を守ること。それがここで働く職員にとって、一番の義務となる。

しばしの沈黙の末、副頭取が口を開く。

「……スタジオきょーとへの支援については、よく検討するように」

「ありがとうございます、副頭取」

そう言って、北大路は深く頭を下げた。


副頭取への報告を終えて、審査第一部のフロアに戻るなり、雛森が北大路に問いかける。

「で、どうします？　かなり旗色は悪いですが」

「今はまだ何とも。ですが、ここで諦めるわけにはいかないでしょう」

そう言って、北大路は取引先ファイルをデスクに並べ、そのまま真剣な表情でノートに何やら書き込み始めた。

七野もそれに加わろうと北大路の手元をのぞき込むが、「見栄えが良い提案。DDS？」だの「DESも視野に」だの、聞いたこともない単語が飛び交うノートを見て早々に諦めた。

一応、「あの……私は何をすれば」と声をかけてみるが、「七野さんは通常業務をお願いします」のひと言が返って来ただけだ。

――だから通常業務って何なのよ！

胸中で不満を爆発させつつ、しぶしぶ自席のPCを立ち上げる。

ふと隣を見ると、雛森はさっさと見切りをつけていたようで、自席でぱらぱらとスタジオきょーとのパンフレットを広げていた。

「あんたはドライね」

「え？　だって私、特にこの会社に思い入れはないですし」

「まぁ、そりゃそうか」

「それに、北大路審査役はコンテンツ業界の第一人者ですから。私みたいなプライベートバンク出身の素人が議論に参加しても、単語の理解すらおぼつきません」

「……雛森がそうなら、私だって絶対無理じゃん」

七野は諦めて机に突っ伏した。

確かに雛森が言うとおりだ。

与信判断を司る審査第一部のメンバーとして『金を貸すか、貸さないか』の最終結論を戦ってきた北大路に、「ハキダメ」での経験しかない七野が何を手伝えると言うのか。

――ほんと、何でここに呼ばれたんだろう、私。

と思いっきり凹んでいると、北大路が机に広げていた資料から顔を上げて言う。

「七野さんと雛森さんは、もう上がってください。お疲れさまでした」

時計を見ると、もう十時近い時間だった。

「あ、はい。ではお先に失礼します」

と、にこやかに席を立った雛森に、七野も続く。

「どうしよう雛森、私、今日も何も疲れてない。こんな扱いされるなら『ハキダメ』で後ろ向き案件をこなしてる方がマシだったかも」

雛森に言う体を装って、北大路に聞こえるように言う。

するとと珍しいことに北大路から反応があった。

「ああ、そう言えば明日からの仕事の指示をまだ出していませんでしたね」

「え！　仕事くれるんですか！　なんですか⁉」

ぱっと振り向いて尻尾を振ってしまった自分が少し情けない。だが北大路は、そんな七野の方を見ようともせずただひと言、

「明日からしばらく、毎日スタジオきょーとを訪問してください。何を話すかはお任せしますので、適当に顔をつないでおいて頂ければ」

適当に顔をつなぐって——だから！　それを通常業務って言うんじゃないのよ！

「お先に！　失礼します！　行こう雛森！」

そう言って、七野は早足にフロアを立ち去った。

＊

「先輩、なんか女子としてあるまじきすごい顔してますけど」

「自分でもわかってる。ほっといて」

退行した七野は、雛森の腕をとって「どっか美味しい店。飲ませて。愚痴らせて」と本店から徒歩数分のところにある居酒屋へと案内させた。

カクテルで乾杯した後、すぐに北大路の采配についての愚痴を放つ。

「今までどおり通常業務って何よ。だったら新宿支店のままで良いじゃない。何のために本店に呼び寄せたのよ。バカにすんなっての」

「まぁ、あれはないですよねー。北大路審査役ももうちょっと言葉を選べばいいのに」

「ハイパークールだか何だか知らないけど、ちょっと酷すぎない？」

「うーん。北大路ファンの私もあれにはちょっと閉口ですかね。フォローが難しいところです」

「え、何あんた悪趣味」

北大路ファンだって？　こんなイジメめいた扱いを受けて尚そんなフレーズを口にできるなんて、この後輩は心が広すぎる。

「て言うか、雛森は何で不満がなさそうなのよ」

「まぁ、私の場合は前もって北大路審査役から『キミに振るような仕事はないと思う』って言われてましたから」

「え？　そうなの？」

驚いた。前もって根回しをしたという北大路にも、そう言われて尚、この引き抜きに応じた雛森にも。

「じゃあそもそも、プライベートバンクの稼ぎ頭を引っ張った理由って何なのよ」

「んー、私が美人だからじゃないですか？」

「自分で言うな」

「まぁ実際のところは、父のパワーを期待してってとこでしょうね」

与党内で要職を務めている雛森の父親。その影響力を期待しての抜擢など、雛森が一番嫌がりそうな話かと思ったが、本人は笑顔で続ける。

「そもそも頭脳労働は、北大路審査役のお仕事じゃないですか。私にそんな仕事を任されても困りますし」

意外な言葉だった。

「そうなの？」

と聞いた七野に、雛森は続ける。

「じゃあ先輩は、政投公庫が持ってきた条件に勝てるような支援プラン、思いつきます？

少なくとも私はお手上げです」

「支援プラン……」

と、七野は少し考えてみる。

「あっちは三億・五年でお客様の要望通り。しかも金利は〇・五％ですよ。対するウチは一億・一年、オマケに金利は三％です。勝ち目、あります？」

認めるのは悔しいが、ここは見栄を張っても仕方ない。

「それはまぁ、難しいと思うけど」

そもそも一億・一年さえ、まだ融資できると決まった訳ではないのだ。そうなると、政投公庫の条件に対する勝ち目など皆無だ。

「……私の顔を立てて、ウチから借りてくれないかなぁ」

「ああ、七野先輩はあの会社と仲良しなんでしたっけ」

「うん、上手くやれてる気がする」

「でも、あっちもビジネスですからね。条件が同じレベルならまだしも、これだけの好条件をフイにしてミツバを選ぶって選択肢は、ないと思いますけど」

そりゃそうか、と七野はテーブルに突っ伏した。「金額も期間もボロ負けだもんね……」

「まぁ、そんな訳で、今は北大路審査役に任せるのが得策ですよ。私に期待されてるのは、支援策の検討とは別の部分だと思いますし」

「そう？」

「少なくともオジサンを手玉に取るスキルなら審査役にも負ける気がしません」

雛森は余裕の表情だ。多分それは自分の価値を信じているからだし、そしてそれを裏打ちする実力と実績があるからだろう。

「まぁ、確かに雛森はそうなのかもね……。でも、じゃあ私は何でこのチームに呼ばれたのかな」

「えっと、脚の速さとかでしょうか？」

「ねぇ雛森、私これでも一応は先輩なんだけど。もっと思いやりのある回答をもらえないかしら」

「うーん、難しいですねぇ」

「フォローがない！　接客プロフェッショナルにあるまじき対応！」

「先輩は客じゃないですし。あ、冗談ですよ冗談。そんな本気で凹んだ顔しないでください」

雛森はそこで少し迷った様子を見せた。

「『難しい』って言ったのは別に七野先輩のいいところ探しの話じゃないですよ。そうじゃなくて、これを私の口から言っていいのかなーって意味での『難しい』です」

「……ん、何？　意味ありげな口ぶりね」

まるで。

何か知っていそうな言い方だった。

「考えてみてください。先輩がただの渉外担当者なら、このプロジェクトに呼ばれるようなことはなかったと思います。でも、実際こうして七野先輩は呼ばれました。しかもあの忙しい北大路審査役が直々に新宿支店に出向いてまでのご指名で」

「でも呼び出した挙げ句に『今までどおりの通常業務をこなせ』って言われたんだけど」

「だから、それこそが七野先輩が招集された理由だとしたら、どうでしょうか」

「え?」

私が招集された理由が——通常業務をこなすため?

「意味がわかんないんだけど、雛森」

「先輩は渉外に上がってからの二年間、ずっとあの会社に足を運んでいて、信頼関係が構築できている」

「まぁ、その自信はあるけど」

前任地の新宿支店では、自分の担当先には——それがたとえどんなに業況が悪い先だろうと、月に一度は顔を出すようにしていた。

中でもスタジオきょーとは渉外七課の中で見ればまだマシな状態だったので、訪問頻度は高かったように思う。実際、社長の長崎とは気楽に茶飲み話ができる仲になっている。

「では、質問です。北大路審査役が何とか支援プランをまとめ上げたとして、その先はどうします？　支援プランを作ってはいオシマイ、って訳には、いきませんよね？」

「その先？　って」

七野は思い至る。「もしかして渉外交渉？」

そうだ。

それこそが、七野が新宿支店でこなしてきた「通常業務」だった。

いくら素晴らしいプランを考えても、結局、最後にお客様の首を縦に振らせなければ意味がない。

「そうです」

雛森は悪戯《いたずら》っぽく笑う。

「今回、いくら本部で支援プランをしっかりと練り上げたところで、なんの信頼関係も構築できてない審査役が説明に出向いて『うん』と言うほど、あの会社の社長は簡単な相手ですかね？」

「……あの人、クリエイター気質の塊って感じで、すごく気むずかしいよ。初対面だと特に。私も最初は苦労したもん」

そもそも最初の頃は、社長の長崎に会うことさえ困難だった。「会社のことは専務に任せてるから」という長崎を相手に、本当にコツコツと信頼を積み上げていくしかなかったのだ。

「でしょう？　この短いスパンのプロジェクトで、信頼構築を行う時間は取れないですよね。だから北大路審査役は七野先輩を招集したんですよ。七野先輩に通常業務をお願いしたのだって、恐らくそういう理由です」

「なるほど」

七野の通常業務、――渉外。

確かに雛森が言うように考えれば筋が通るが、

「だったら最初から、北大路審査役もそう言えばいいのに」

「まぁ、そこら辺がハイパークールなんですよ、あの審査役は」

雛森はそう言って笑った。そしてその笑顔を見た男子店員が「店からのサービスです」と、刺身の盛り合わせを持ってきてくれたのは余談だ。

4月27日

七野

北大路からの「七野さんは引き続き通常業務を」という指示――

「毎日、スタジオきょーとを訪問してください。長崎社長の構想時間を邪魔したくないので、専務あたりとアポを取って、適当に雑談していてください」

という不本意極まりない言葉に従い、スタジオきょーとを訪問するようになって一週間が経った。

せめてもの意趣返しにと営業車や電車を使わず、本店から九段下のオフィスまで走って移動しているが、当の北大路がちっとも気にしていない様子なのがまた悔しい。

――て言うか、一社を訪問するだけで一日つぶれる訳がないじゃないの。

そう思って北大路に、「あの、余った時間は何をすれば……?」と聞いてみれば、「新宿支店の取引先にでも渉外活動をしていてください。オフィスにいても頼むような仕事はありませんので」と冷たい返事だ。

――この野郎。今に見てろ。あっと驚くような成果を上げてびっくりさせてやるんだから！

この日も朝イチで本店を飛び出し、スタジオきょーとを皮切りにいくつかの取引先に顔を出して時間をつぶす。七野がハキダメ時代に担当していた取引先を適当にピックアップしては訪問し、役員クラスを捕まえて雑談に付き合ってもらうのだ。

雑談の中で、北大路が驚くような情報を仕入れてやろうと思っての行動だったが、——残念なことに空振りが続いている。

言い方は悪いが、七野が新宿支店時代に担当していた先は「ハキダメ」の名に恥じぬ業況悪化先ばかりだ。スタジオきょーとのように経産省が接触して来ている様子もなく、これといった成果は上がらなかった。

もちろん出版社やアニメ業界に軸足を置く企業ばかりなので、多少なり「クールジャパン」に関する話が出ることもあるのだが、それも世間話程度だ。

「経産省のクールジャパンで、日本のアニメ産業が元気になれば良いねぇ」

そんなことを言われても、七野としては曖昧に「そうですね」と言葉を濁すことしかできない。

そのクールジャパン戦略が——経産省が、スタジオきょーとを潰そうとしている。くそ。愛想笑いを浮かべながら、悔しさに拳をきつく握る。

何の成果も得られないまま、取引先のビルを出る。すると、

「あれ、七野ちゃん？　どうしたのこんなところで」

「……前田課長？」

新宿支店の上司、前田に声を掛けられ、七野は驚いた。「どうしたんですか、課長が外回りだなんて珍しい」

前田が率いる渉外七課の取引先は、「こちらから出向くような先ではない」というのが彼の持論だったはずだ。

「どうしたもこうしたも、七野ちゃんのせいだよ。君が本店に引き抜かれてから、お客さんから『どうしてウチに顔を出してくれないんだ。七野ちゃんを出せ』って電話が鳴り止まなくてね」

「本当ですか⁉」

「嬉しそうにしないでよ。お陰でこっちは全員総出で外回りだよ。キミ、毎日信じられない数の取引先に顔を出してたから、いっくら手分けしても追い付かなくて困ってるんだ。こちとら老い先短いベテラン集団なんだから勘弁してよ」

「あ、すみません」

確かに渉外七課のメンバーたち——あとは出向を待つだけの年配職員らからすれば、どうして今更こんな業況悪化先に顔を出さないといけないのかと思うことだろう。

ここは素直に謝っておく。

「まぁ、挨拶回りもできないままの転籍だったからね。こうしてボクらで説明にお邪魔してるんだ。あの子は栄転になったけど、いつか七野ちゃんが困ったときには、ちゃんと力を貸してねって」

前田の言葉に、ちょっと目頭が熱くなる。

「……ありがとうございます、前田課長」

そう言って頭を下げる。

前田の言葉が本当に嬉しくて、でも、それと同時に。

だからこそ、本店で何の仕事もさせてもらえないのが死ぬほど悔しい。


その後、前田と共にいくつかの取引先を回り、本店に戻ったのは定時を過ぎた頃だった。

とぼとぼと通用口をくぐったところで、カバンに入れておいたスマホが鳴る。見れば、着信相手は雛森だった。

「……はい、七野だけど」

「あ、雛森ですけど、今お電話だいじょうぶですか？」

「いいよ。ちょうど本店に戻ったところ」

「ああ、それは良かったです。悪いんですが、今からプライベートバンク部に顔を出せませんか？」

「あんたの古巣に？　なんで？」

「ええと、詳しくは後で話しますが、実は、七野先輩に頼みたい仕事がありまして」

「仕事？」

頼みたい、仕事？

誰に。この、私に？

プライベートバンク部と言えば――花形！

「ダッシュで行く！　ダッシュで行くから！」

そう言って通話を切ると、七野はプライベートバンク部へと駆けだした。


「失礼します。審査第一部の七野ですが……」

フロアをのぞき込むと、中にいた雛森がこちらに気付いた。席を立ってこちらに歩いて来るなり、「先輩、最後まで聞かずに電話を切らないでくださいよ！」と頬をふくらませた。

「だって仕事よ。ここ最近まともな仕事はやらせてもらってない私に、頼みたい仕事があるって言うのよ？　とりあえずダッシュで駆けつけるでしょう、普通」

「まぁ気持ちはわかりますけど……」と雛森はそこで、声のトーンを落とした。「実はひとつ、プライベートバンク部から仕事の依頼が来てまして」

富裕層相手の取引を一手に引き受けるプライベートバンク部の仕事。なんて華やかな響きなのだろう。そんな仕事に縁のなかった七野は全力で食いつく。

「やる。何すればいいの？」

そう応じた七野に、雛森が申し訳なさそうな表情を作って言った。

「実は、七野先輩もよくご存じの方なんですけど……」

と、そう言って雛森は応接コーナーに座っている、一人の若い女性を視線で示した。

その視線を追った七野は——目を疑った。呼吸さえ止まる。

——何で、あなたがここに。

そこにいたのは、

「お久しぶり、七野さん」


透明感のある声でそう言って、女性客は軽く頭を下げた。絹のような光沢をたたえた黒髪が、さらりと流れる。

「九条、さん……？」

「二年ぶりかしら。元気にしていた？」

メディアに「美人作家」として取り上げられるだけの美貌。自由業にもかかわらず、まるでどこか有名企業のOLのような高そうなスーツがよく似合っている。

九条春華。

二年前、七野が「ハキダメ」送りとなる原因を作ったあの人気作家が、まるでかつて傷つけてしまった昔の恋人に偶然再会したときのような気まずげな表情で、こちらを見つめていた。

*

「お久しぶりです。今日は、どうしてこちらに?」と、七野は必死に愛想笑いの表情を作って言う。

「えっと、九条さんがプライベートバンク部のお客様だっていうのは先輩もご存じですよね? 九条さん、今は銀行を舞台にした小説を執筆されているそうで、その取材としてミツバ行員の話を聞きたいそうです。そうなると、七野先輩が適任かなって」

雛森の説明に、七野は首を傾げる。

「そんなの、雛森がお相手をすればいいじゃない」

雛森は全行でも有数のスーパー行員だ。どうしてこいつに取材しないのかと不思議に思

ってそう聞くと、

「できる人の話は聞き飽きたの。七野さんくらいの話が丁度いいわ」と張本人である九条が答えた。

「ちょっ、九条さんそれは酷い！」

どうせ私は仕事できませんけど！

本気で凹みかけていると、

「なんて、冗談よ」

と九条が上品に笑って前言を撤回した。

「雛森さんから聞いたわ。七野さん、今は本店に栄転されたんでしょう？　たしか、クールジャパンに関係するお仕事を担当されてるとか。その話を聞きたいなって」

そして九条は、小悪魔な笑みでこう付け加える。「クールジャパンの仕事をするというのなら、私に恩を売っておくのも一手だと思うけど」

それを言われると弱い。

九条春華と言えば、芥川出版の看板作家である。もしかしたらこの再会を切っ掛けに、芥川に顔をつないでくれるかも知れない。

もしそうなれば一躍ヒーローだ。北大路に大きな顔だってできるだろう。

「……わかりました。私でよければ、何でも聞いてください！」

そう言うと、隣で成り行きを見守っていた雛森が、「よかった」と微笑んだ。

「それじゃ七野先輩、あとはよろしくお願いします」

「え？」

「ほら、他の職員がそばにいると本音で話せないでしょうから。プライベートバンク部の応接室を押さえてあるから、そこを使ってください」

「ちょっと待って雛森、もしかして私、九条さんと二人きりで話すの⁉」

「……ごめんなさい、七野さん」

と、横から九条が口を挟む。

「どうしても、他の人がいるとできない話もあるから」

そう言って、九条は気まずそうに付け加える。「——二年前のこと、とか」

そんな風に言われてしまっては、七野としても断ることはできなかった。

「わかりました」

そう言って、七野は九条を連れて、同じフロアの応接室へと向かった。


——二年前。

七野が新人として配属されていた新宿支店の預金係で、こんな噂がまことしやかに囁《ささや》かれていた。

曰《いわ》く、月に一度来店する若い女性客は、実は有名な作家で、相当な資産をため込んでいるらしいと。

定期的に多額の振り込み手続きにやって来るその客の名は、九条春華。いくつものヒット作を生み出した有名作家で、著作は漫画化や映画化もされている。雑誌やテレビに「美人作家」として取り上げられることも多い。

――この客を獲れれば、出世につながるはずだ。

今思えば、何て浅はかな考えだったのだろう。振り込み手続きにやって来ただけの相手を捕まえて、大口預金や投資信託のセールスを繰り返す。

「今は忙しいから」とやんわりと断る相手に、「ではご都合の良いときにお邪魔させて頂きます！」と強引にアポを取り付けようとする。

思い出すだけで顔から火が出そうだ。

「しつこいわね」

という九条の言葉が、たまたま近くで作業していた上司の耳に届き、「苦情案件」になってしまったのは不幸な事故でも何でもなく、七野自身が招いた失敗だと頭では理解している。

だが、同時にこう思ってしまう自分がいることも否定はできないのだ。

――あんたがあんなことを言わなければ、私がハキダメなんかに回されることはなかったのに、と。

「何やってるんだ、七野！」という上司の強い叱責《しっせき》と、同僚の白い目。

だって数字を上げろと指示したのは上司のあんたじゃないか。新人だからと言って甘えたことは許さないと断じたのは同僚のお前らじゃないか。

だから一生懸命に大口の顧客を捕まえようとしたのに、どうして私が責められるんだ。

どうして。

私は何も悪くないのに。

ただ一生懸命に仕事をしようとしただけなのに。

ぺこぺこと頭を下げる上司の背中を、悔しい思いで見つめていたあの時のことを、私は絶対に忘れない――

「……私のことを恨んでる？」

応接室に入り、向かい合わせにソファーに座ったところで、九条がためらいがちに発した問いがそれだった。

「え？」と、問い返すと、九条は困ったような顔で笑った。

「あれから、ずっと気になっていたの。私があのとき怒ってしまった若い行員さんは、飛ばされたりしてないかなって」

「まさか、そんな」

苦笑とも困惑とも取れるような中途半端な表情になっているだろうなと自覚しながら、七野は首を振る。「恨んだりだなんて、そんなことないですよ」

「本当に？」

「……本当、です」

「嘘つき」

「嘘だなんて、そんな」

「いいのよ。七野さんにはそれだけのことをしてしまったと、私は思っているわ」

そう言って、九条はゆっくりと頭を下げた。

「雛森さんに聞いて、ずっと謝りたかったの。私のせいで、あなたはずっと、ハキダメだなんて呼ばれている閑職に回されていたのでしょう？」

「……っ」

――雛森、あんたお客様にどういう伝え方したのよ⁉　普通言わないでしょそんな内部事情！　と思うが、脳裏で雛森が「ごめんなさい先輩、しゃべっちゃいましたー」と舌を出す様子が思い浮かび、どっと疲れた気分になる。

「あの、頭を上げてください、九条さん」

二年越しのその謝罪を受け入れるべきかどうか迷い、

――ごめん雛森、あんたをダシにさせてもらう！

「ほら、九条さんのお陰で、後輩の雛森が栄転できたんですよ」

と、七野は、九条の謝罪から逃げた。

顔を上げた九条は、どこか傷ついたような顔をしていた。「まだ、謝らせてはもらえないのかしら」

「謝るだなんて、そんな」

「一度目の謝罪のときだって、七野さんには取り次いでもらえなかったわ」

「……九条さんのお気持ちは、しっかりと組織で受け止めておりますので」

一度目の謝罪は、騒ぎのすぐ後のことだった。「あの時は言い過ぎた。お詫びと言っては何だが、まとまった印税が入ったので、定期預金を作りたい」と九条が来店したとき、七野は自宅謹慎中だった。

対応した管理職は、「いえいえ、こちらの指導が行き届かず――」と、そう言って頭を下げたそうだ。

機嫌を損ねた相手が、どうしたことか大口の預金を作ってくれると言うのだ。七野の謹慎明けまで待つようなことをして、その間に九条の気が変わってしまってはたまらないと、管理職は雛森に対応を指示した。

入行したばかりの新人でありながら、その頃から既に預金係として頭角を現し始めていた雛森は、巧みに九条の資産運用を手伝い、管理職からの信頼を得ていく。

経緯はどうあれ、九条という大口の顧客を獲得した雛森は、その実績を買われ、本店プライベートバンク部へ栄転を手にした。

その実績は、本当は私のものになるはずだったのに――

そんな思いが無かったと言えば嘘になる。

もちろん、仮に七野が九条の担当だったとして同じように大口の取引を獲得できたかはわからない。それこそ雛森は、他にも多数の富裕層を捕まえていた。九条の預金が仮に七野の手柄になっていたとしても、雛森のような栄転の話はなかっただろう。

――雛森だから、上手くいったんだ。

そう自分に言い聞かせる日々が続いた。否。そんな日々は、まだ続いているのだ。

ハキダメで過ごした二年間は消えない。一度ついたバツが一生残るバッテン主義の銀行で働く限り、今後もずっと、ついて回る経歴だ。

だから。

「それを言い出したら、私だって、九条さんにはまだまだ謝り足りないんですから。だからもう、お互いこの話はやめにしましょう」

内心で付け加える。

――私はまだ、あなたの謝罪を受け入れることはできないんです。

お前のせいで、と言い続けていられる間は、自分の力不足から目を背けていられるから。だから私はまだ、――九条のことを許すことはできないのだ。

「それより、取材っていうのは何を話せば良いんでしょうか？」

明るい声を出して、強引に話を変える。

「……そうね」と、九条は曖昧に微笑んだ。「私が今書いている小説は、銀行で働く女の子が登場するの。もし良かったら、銀行の裏話とか、教えてくれないかしら」

「ええと、守秘義務があるので、お客様のことはお話しできないんですけど……」

「もちろん話せる範囲で構わないわ。例えば、面白い風習とか、嫌な上司とかの話で大丈夫よ」

「嫌な上司……」

そのフレーズで思い浮かぶ相手は一人だ。「いますよ……とんでもないのが一人」

この質問だけで小一時間は語れる自信がある。「今の上司がほんと最悪で。『君が必要です』なんて言って本部に引き抜きに来たのに、そのあとはろくに仕事もさせてくれないんです！」

「あら、それは酷いわね」

「ですよね⁉　それでいてうちの銀行内では『ハイパークール』なんて呼ばれて評価が高いのがまた悔しくて！」

「ハイパー……クール……？」

きょとん、とした九条に、七野はまくし立てる。

「そうなんです！　仕事はできるみたいなんですけど、いかんせん冷たすぎるんです！」

「へぇ」と九条はおかしそうに笑った。「それは、小説のネタにできそうな話ね」

笑ってもらえると舌がよく回る。七野は日頃の不満をここぞとばかりにまくしたてた。

九条も途中までは面白そうに聞いていたのだが、不意に真顔になって、

「でもそのハイパークールさん、ずっと昔からそんな風に冷たい人間だったのかしら？」

「え？」

「昔は七野さんみたいに熱い人だったんだけど、とある挫折を経験して、『これからは冷静になろう』と思って今のクールな仮面を被った、とかならドラマがあると思わない？」

そう言われてみて、熱血な北大路を想像してみる。ダメだ。さすがに想像力の限界を超えていた。

「あとは、そうね……彼が銀行に入ったのは、実は愛する恋人のためだった——とかいう展開だと、面白いわね」

九条は少し考える様子を見せる。

「学生時代に、恋人の両親が営む会社が潰れて、担保にしていた家を銀行に奪われる。恋人と離ればなれになる主人公。その彼は恋人のために、必死に勉強して、入りたくもない

銀行に入って恋人の家を取り戻す――なんて展開なら、一本お話が書けそう」

「……はぁ」

あのハイパークールにそんな過去があることを思い浮かべようとして、また挫折する。

残念ながら自分にはそういうお話を考える想像力が欠如しているようだ。作家など目指さず、銀行員になっておいて本当によかったと、七野はそう思った。

「まぁ、例えばの話よ。作家はどうしても、物語の展開とか伏線なんかを考えちゃうの」

「伏線、ですか」

「そうよ。二年前に私が七野さんに苦情を言ったのだって、結果的に、今こうしてクールジャパンの話をする伏線になった訳だし」

そう言われて七野は思わず苦笑いだ。

「あ、そう言えば七野さんは、どうして就職先に銀行を選んだのかしら」と、そこで九条が話を変えた。

「え？」

「志望動機、って言うのかしら。何かやりたいことがあってミツバ銀行に入ったの？」

やりたいこと。

その言葉で思うことはたった一つだ。

「……内緒にしてもらえますか？　実は、雛森にだって話したことがないんです」

「雛森さんに内緒にすることはお約束できるけど、でも小説のネタにしちゃったらごめんなさい」

「内緒どころか世間様に向けて発信されてますよねそれ⁉」

「あら、私はデビュー作で自分の旦那との馴れ初めを小説にした女よ？」

有名な話だった。九条のデビュー作は自らの恋の話を題材にしたラブコメディで、そのストーリーは実体験にもとづいている、と。

「あの恋の話は、最終的に映画にもなってるの。知ってた？ 私が専属契約している芥川出版は、映画製作専門の子会社があるのよ。そう考えると、また映画になって全世界に発信されるリスクも否定できないわね」

「交渉ごとが下手すぎませんか九条さん！ そこは『内緒にするから聞かせて』とか言うべきでは⁉」

「ネタにできない話なんて聞く意味がないもの。でも、交渉ごとが下手って言うのは聞き捨てならないわね。いいでしょう。では私の交渉スキルを存分に発揮して」

九条の瞳に悪戯っぽい光が差した。

「そうね、もし七野さんの秘密の志望動機を教えてくれるのなら、芥川と政投公庫の内緒の話をひとつ、お伝えしようかしら」

――っ！

一瞬で、七野の思考が仕事モードに切り替わる。

「……はい⁉　それって、まさか」

「そう、クールジャパン政策に関係する話ね。どう？　悪くない交渉でしょう？」

と、九条が悪戯っぽく笑う。

「政投公庫と、芥川出版の話を、教えてもらえる……？」

初めからそんな下心があって受けた取材だ。どうやって切り出そうかとチャンスを窺《うかが》っていたところに、まさか九条の方からそんな提案があろうとは。

他行の動向を入手できるチャンスなど、そうそう滅多に得られるものではない。

何？　この人、もしや単純⁉

「まぁ、私レベルのどこにでもいる作家が得ている情報なんて、ミツバさんには役に立たないかも知れないけど」

「そんなことないです！　すごく、すごく助かります！」

どこにでもいる作家だなんてとんだご謙遜だ。この出版不況の中、数十万部を安定して売り上げる作家がどれほどいるか。しかも作品の中には漫画や映画といったメディアミックスされているものもあって、世間での知名度もある。

九条春華。芥川出版の動向を入手できる情報源という意味では、これ以上は望めないほどの条件を備えている作家だ。

「ぜひ、お願いします！」

七野の食いつき具合に満足げに頷くと、九条は「それじゃあ、あなたが銀行に入った理由を教えてくれる？」と手帳を広げ、取材をする態勢になった。

四年前　七野

――あなたが当行を志望する理由をお聞かせください。

九条が聞いた「志望動機」という言葉は、そのまま大学時代の七野を苦しめる難問だった。

就職活動を迎えた学生の誰もが通る道、エントリーシート。

志望する企業に提出するその書類には、学生時代に頑張ったことや志望理由などの設問が並んでいる。

多くの学生がこの欄に何を書くべきかと迷い、そしてそれは七野も例外ではなかった。

国内トップのメガバンク、ミツバ銀行。

就職人気ランキング一位を誇る銀行のエントリー画面を前に、学生時代の七野はかれこれ数日もの間、頭を悩ませていた。

氏名、出身大学、自己ＰＲまではするすると打ち込めたのだが、最後の「志望動機」を入力する段になって、言葉をまとめられずにいたのだ。

志望動機。難しい言葉だ。

何かヒントがないかと、就職雑誌を開く。ぱらぱらとめくると、エントリーシートの書き方特集が目に入った。

そこには「志望動機は『なぜ当社なのか？』を簡潔に伝えましょう」とある。

参考として、就職人気ランキングのメガバンクを志望する際の記載例が載っていた。実際に内定をもらった学生が実際に提出したエントリーシートをそのまま載せているらしい。

『留学で身につけた英語を活かしてグローバルな仕事がしたいからです』云々《うんぬん》。

――私は留学したこともなければ英語も苦手だ。次。

『数多くの企業を幅広くお手伝いできる銀行に入りたいと思うからです』云々。

――私は数多くの企業を手伝いたい訳ではない。次。

『銀行という金融システムの一員となり日本経済に貢献したいからです』云々。

――私は別に日本経済に貢献したい訳ではない。次。

次は無かった。

メガバンクの参考例はその三つで打ち止めだった。

実に耳触りのよい言葉の羅列ばかりで、それが銀行という業態を実に的確に表している気がした。要するに、何をしているのかよくわからない。

銀行には、車やカメラ、洗濯機などの形ある「製品」がない。

銀行が取り扱うのは「お金」で、――そして金は皆に平等だ。

極論、メガバンクだろうと地方銀行だろうと信用金庫だろうと、どこが取り扱う「一万円」も価値が等しく、だからこそ銀行業は同業他社との差別化が図りにくい。

燃費が良いとか。

省エネだとか。

小型化だとか――そんなわかりやすい差が、金にはつけられない。

「銀行が何をやっているのか、イマイチよくわからない」

世間でそう言われる理由はこの一点に尽きる。

そしてそれはそのまま「どうして数ある銀行の中でも当行を志望するのですか」という質問になって学生たちを苦しめるのだ。

――いま私が苦しめられているように。

と、そう考えて七野はパソコンの前で一人苦笑した。

さて、どうしたものか。

面接までこぎ着ければあとはどうとでもできる自信はあるが、ペーパーの段階で落とされてしまっては話にならない。

困ったな、と思いつつ何気なくめくった次のページは、出版社の特集だった。

先ほどのメガバンク同様に、志望動機の参考例も載っている。どうやらこの雑誌は業界の人気順に誌面を割いているらしい。この分だと、恐らく次は商社かマスコミか——とぼんやりと考えてながらページを眺める。

と、ページ中段に載っていた記載例に、興味を引かれた。

『私の父は出版社で人気漫画を作っていました。小学校の授業参観の「父の仕事」という作文にそれを書くことができた自分が誇らしくて——』云々。

お父さんが作ったもの、か。

——ああ、そう言えば私も昔、そんなことを書いたことがあったっけ。

何年前になるだろうかと考えてみて驚く。

自分が小学校を卒業して、もう十年が経つのか。

小学生の頃、父親は世間でも名の知れたアニメプロダクションで働いていた。同級生が観ているアニメを「それお父さんが作ってるんだよ」と言えばそれだけでヒーロー扱いだった。

当時、『えきでん！』というアニメ映画が爆発的なヒットを記録していた。

田舎の中学で、女子駅伝部の活動に青春を賭けた女子生徒らの群像劇。今でもテレビの映画枠で放送されればそれなりの視聴率を獲る人気作品である。

そのアニメ映画の製作を行ったのが父の会社だった。

職場見学という名目で、アニメ原作者の作家が集まるパーティーに連れて行ってもらったことだってある。有名な作品を手がける作家のサイン色紙をもらえて、子どもながらにとても喜んだものだ。

だが。

良い時代は――少なくとも父親にとって良い時代はその頃までだった。

少子高齢化。

インターネットの爆発的な普及。

ゲームやケータイなどの代替手段の台頭。

理由は様々だが、結果は一つ――要するに、本を読む人が減り始めたのだ。

基本的に、アニメを観るのは原作のファンだ。

その原作が売れなければ、アニメを観る人も減る。

時代も悪かった。長引く平成不況の中で、企業は身を守るために事業再編とは名ばかりのリストラに手を染めて――そしてそれは父の会社も例外ではなかった。

中学生になった頃、かつて友人らに「父が作っている」と自慢していたアニメの放映が終わった。

原作を連載していた雑誌が廃刊になり、その影響を受けた形だ。

アニメ製作会社は、アニメを作らねば利益が出ない。

それでも父はめげなかった。当時、父の役職は財務部長。本業で上がらぬ利益を穴埋めする術を模索して、毎日終電まで働いていた姿を、今でも鮮明に思い出せる。

会社が傾き始めて、数年は持ちこたえたが——それでも限界は来た。

七野が高校を卒業する間際、父が職を失った。

リストラではない。会社が倒産したのだ。

後で聞いた話だが、出版不況でジリ貧になっていたところで、メインバンクの貸し渋りにあったことが致命傷になったそうだ。

メイン行は——他でもない、ミツバ銀行だった。

経営状況が悪化した会社に、銀行はどこまでも冷たかったと父は言う。支援するどころか融資を引き上げ、結果として父が働いていたアニメプロダクションは倒産の憂き目にあったのだ。

その後、長崎サトシの独立もあって数十人の社員は何とか転職先を見つけたが、それでも路頭に迷うことになった元社員は少なくなかった。

父は毎晩のように「銀行が手を引いた」と漏らしていた。

父が職を失った後も、母方の実家の商売——地域に根ざすローカルな書店を手伝うことで、何とか一家が食いつなぐことができたのは、不幸中の幸いだったのだろう。

当時、日本は不況の波におぼれていた。

父の会社を見捨てた銀行とて例外ではなかった。あの頃、日本中の銀行が巨額の不良債権を抱えて経営危機に陥っていたが、しかし父の会社とは違い、見捨てられることだけはなかった。

「銀行が倒産するのは社会的な影響が大きい」という理由で、国が何兆もの税金を投入して経営を支えるという異例措置を採ったのだ。

――俺たちは見捨て、銀行は助けるのか。

公的資金注入のニュースを見ながら、吐き捨てるように言い放った父の言葉は今も耳にこびりついている。出口の見えない不況の中で倒産する企業が後を絶たなかった時代である。同じように思った勤め人は果たして全国にどれほどいたか。

いつかお前が就職先を選ぶときは、銀行がいいかもな。給料も良いし、何より絶対に潰れない。そして、

――俺の敵討ちをしてくれないか？

本当に、ただ一度だけ、そう言った父の言葉が志望動機です、なんて聞いたら、銀行の人はきっと驚くだろうな。

それは少しだけ愉快な想像だった。

少しの躊躇《ちゅうちょ》の後、やがて七野はキーボードを叩き始めた。

私が貴行を志望する理由は、――

「それで、お父様の復讐《ふくしゅう》のために、ミツバ銀行を志望したなんて、面接で話したの？」

九条の問いに、七野は苦笑しつつ首を振った。

「いえ、最初に会ったリクルーターの方に『この志望動機はやめた方が良い』って言われて、無難な内容に書き直しました」

「そう」と九条は安堵した様子を見せた。「その方がいいわよね」

「それに、確かに父は『復讐』なんてことを言ったこともありましたけど、今では『いい銀行に入ったな。銀行なら、絶対に潰れることはないだろう』なんて笑ってますし」

「……あら、そうなの？」

「はい。父も、きっと頭ではわかっているんです。会社が潰れたのは銀行のせいじゃなくて、自分たちの努力が足りなかったせいだって。ただ、心の整理が上手くできなかっただけだと思うんです」

「じゃあ、どうして七野さんはミツバ銀行を選んだの？」

「私は、ただ……確かめたかったんだと思います」

何を？　というような九条の表情を見て、七野は言葉を探した。

「父の会社が潰れたのは、仕方のないことだったんだって。その代わり、銀行は助けるべき企業はちゃんと助けているんだって」

だから。

「私は別に、ミツバ銀行のことを恨んでいるわけじゃないんです」

「……そう」

と、九条が息を吐いた。

「ありがとう。とても参考になったわ」

「あ、でもこの話は内緒にしてくださいね！　うちの銀行の人は誰も知らない話なんですから！」

「わかってるわ。雛森さんも知らない話、なんですものね」

「はい」と七野は頷いた。「でも、こんなつまらない話でごめんなさい」

「つまらない話だなんてとんでもない。とても参考になったわ」

「あ！　むしろハイパークールな上司にいじめられる話の方がネタになりますよね⁉　そっちなら、まだまだ話ができますけどどうします？」

と、おどけたように付け加えて九条を笑わせる。

ひとしきり二人で笑ったあと、

「そう言えば」

ふと思い出したように九条が言った。「クールつながりで話が飛んじゃうんだけど……七野さんはいま、クールジャパンのお仕事を担当されているのでしょう？」

「あ、はい。雛森も一緒なんですよ」

「あの子は優秀だもんね。そんなスタッフを集めているってことは、ミツバさんもずいぶんと力を入れてるみたいね」

「ええ、まぁ」

と曖昧に笑って誤魔化す。まさか頓挫寸前ですとは言えまい。

「それじゃあ、私からの情報提供」

と九条が小声で言う。

「どうやら芥川出版にも、政投公庫から話が来ているみたいよ。経産省がクールジャパン政策のためにアドバイザー行を選定する。ぜひ力を貸して欲しい、って。芥川は国内シェアの三割を握るトップ企業だし、協力企業としては申し分ないわ」

「……もう動いてるんですね、政投公庫は」

助かる情報だった。帰ったら北大路に話して手柄をアピールしておこう。

「でも、九条さんはどうしてそんな話をご存じなんですか？」

「ま、私も作家になって長いからね。そんな話が聞ける程度には、芥川出版に利益をもたらしているってことかしら。結構、芥川の上層部にも顔が利くのよ、私」

「は、はぁ」

「だから、七野さんもミツバを辞めたくなったらいつでも言ってね。芥川の上層部に働きかけてもらって、政投公庫のヒラ行員あたりなら、席を用意できると思うわ」

「じょ、冗談……ですよね？」

「あら、これでも私、あなたのキャリアに傷をつけてしまったこと、本気で後悔してるのよ。この借りを返すチャンスがあるのなら、その程度の労力は厭《いと》わないわ」

「借りだなんて、そんな」

「銀行員の得意分野でしょう？　貸したものに莫大な利息をつけて、根こそぎ奪い去っていくのは。時間が経てば経つ程、利息は膨らむからね。借りがある側からすれば、早めに返しておくに越したことはないわ」

＊

「ただいま戻りました」

九条の取材を終え、クールジャパン事業推進室の自席に戻ると、フロアに残っていたのは北大路だけだった。

「お疲れさまです。長崎社長の方は、何か動きがありましたか？」

「え？」

ああ、そういえば朝イチはスタジオきょーとに行ってたんだった。その後のイベントのインパクトが大きすぎてすっかり忘れていた。

「いえ、特には。でも、別件でひとつご報告が」

「……別件？　何でしょう？」

書類に視線を落としながら聞いてくる北大路に腹が立つが、ここはオトナの対応をしておく。

「先ほど、とある作家さんの取材応対を頼まれまして」

「作家？」と、北大路がクレジットファイルからやっと顔を上げた。

「ええ。九条春華さん。知ってますか？」

「……七野さんは私をからかっているんですか？」

「あ、いえ、そういうつもりでは」

仮にもコンテンツ業界を担当する審査役に対して今の質問は失礼だったか。ここは素直に詫びておく。

それで？　と北大路が視線で先を促してくる。

「何でも、九条さんは今、若い女性をターゲットにした小説を書いているそうで、その取材に付き合ってくれないかということで」

「応じたんですか」と北大路はため息を吐いた。

「あ、でも仕事のことは全然これっぽっちも話してません！」

「当たり前です。仕事の話なんてしてたら私は今この場で君の席をフロアの外に放り出さねばなりません」

「まじですか」

「ええ。それで、良い話というのは九条春華に会えたという、それだけですか？」

「あ、いえ。九条さんから、政投公庫が芥川出版と組んで、クールジャパン政策のアドバイザー行になるために動いてるって話を聞いたんですよ」

どうだ、お宝情報だろうと思って披露した七野だったが、しかし北大路の反応は鈍かった。

「……そうですか」

「あの、北大路審査役。反応、それだけですか？」

「あ、いえ」

そう言って北大路は七野に向かって頭を下げた。「ありがとうございます。大きな情報です」

「ですよね!?　ってことで、そろそろ私も『通常業務』じゃなくて何かクールジャパンの仕事をしたいなーって思ってたり」

「それとこれとは話が別です」

「何でですか！　ほら、九条さんだって『その仕打ちはあんまりね』って言ってましたよ!?」

「九条春華にそんな話をしたんですか七野さん⁉」

「え、いや別にそんな細かい話はしてないですよ。私がこんな境遇なのはあんまりだーって話を、少し」

「少し、したんですね？」

「……はい」

「業務内容を部外者に話すような職員に任せる仕事はありません……」

やれやれ、と額に手を当てた北大路を見て、「それよりも、審査役」と慌てて話を変える。

「何でしょうか」

「政投公庫よりも良い提案って、具体的にどうされるおつもりですか？」

「どうとは？」

「あっちが提示してるのは、三億・五年で金利は〇・五％というバカみたいな条件ですし……正直に言って、勝ち目がないと思うんですけど」

「確かに融資の条件では勝ち目がないでしょうね」

そう言って、北大路はＰＣを操作する手を止めた。

「七野さんもおわかりでしょうが、スタジオきょーとへの融資は、一億を一年、というのが限界でしょう。金利も三％くらいが妥当なラインです。その条件でコンペに出しても、とてもじゃないですが太刀打ちできません」

コンペは銀行同士のぶつかり合いだ。

金額、期間、そして金利。

取引先はその三点にしか興味がないし、そしてだからこそ政投公庫はあんな馬鹿げた条件を示して来たのだ。ミツバ銀行の提案を完膚なきまでに叩きつぶすために。

そして悔しいことに、その策は見事に七野たちを打ちのめしている。

「まぁ、今回の目的は、スタジオきょーとの支援融資を勝ち取ることではないですからね」

「……え？　どういう意味ですか？」

「経産省にクールジャパンのアドバイザー行に選んでもらうことが、我々のゴールです。そこをはき違えなければ――諦めるのはまだ早いでしょう」

そう言って、北大路はキーボードを叩き始めた。「ですので、七野さんは引き続き、『通常業務』をお願いします」

付け加えられたその言葉に、七野はありったけの恨みを込めて、

「わかりました！」と乱暴に応じた。

5月9日　七野［1］

五月。月初のカレンダーを赤く染めていたゴールデンウィークが明け、経産省が示した約束の期日が来た。

普段はランニングシューズで本店を歩き回っている七野も、この日ばかりは朝からヒールを履いてデスクで待機していた。

前回の経産省の朝倉課長との面談から二週間。

その間、北大路がどんな策を練ったのかは知らされていない。

結局、七野がこの本店審査第一部でしていた仕事は前任地と何らかわらぬ「通常業務」——毎日毎日、スタジオきょーとに足を運んで、専務と少しばかりの雑談をして、あとは適当な取引先を訪問して時間を潰していただけだ。

七野にしてみれば「何もしていない」も同然の日々だった。

これでは何のために新宿支店からこの本店審査第一部に配属されたのかわかったものではないが、それを北大路に問うのも気が進まなかった。

「スタジオきょーとの担当者だったから呼んだまでです。初めから戦力としてはカウントしてません」

なんて言われたら立ち直れないし——そして北大路なら平気でそう言ってのけそうだった。

「さて、そろそろ出る準備をした方が良いですね」

ちらりと時計を見た北大路が席を立つ。「では私は車を出してきます。皆さんは通用口で待っていてください」

「はい」と、七野も雛森と連れ立って席を立った。

と、そこでふと思いついたように北大路に声を掛けられた。

「ああ、七野さん」

「はい？」

「今日は、いつものランニングシューズはどうされたんですか？」

嫌みか、この野郎。

「さすがに経産省にプレゼンに行く日はヒールじゃないとって思って、朝、履き替えましたが」

「そうですか。念のため、ランニングシューズも持っておいてください」

「……はい？」

意味がわからなかった。

これから経産省のお偉方を前にしたプレゼンに赴こうというのに、どうしてランニングシューズが必要になるのだろうか。

「もしかしたら、プレゼンが終わった後、七野さんには外回りをお願いするかも知れませんので」

「ああ、はい、そうですか。そうですね私の仕事は通常業務でしたもんね」

こいつぃつかぶん殴る。そう心に決めて、七野はシューズを取りに、ロッカールームへと向かった。


連休が明けたばかりとは言え、平日の都内だ。この日も車の流れは悪かった。やや余裕をもって出たはずだが、それでも霞ヶ関にある経産省に着くのは約束の時間の通りになりそうだった。

と、その時。

ハンドルを握る北大路のカバンから、スマホの着信音が鳴った。

「すみません、少し停めます」

左車線を走っていたので、車は簡単に停められた。

「本店からのようですね、――はい、北大路です」

え、なんですって？　と、北大路の声ににわかに緊張が走った。「わかりました。すぐにルートを変えます」

いつになく慌てた様子の北大路に、雛森が「トラブルですか？」と声を掛けた。

「はい。本日のプレゼンの会場が、先方の都合で急遽《きゅうきょ》変更になったそうです。経産省の庁舎ではなく、スタジオきょーとで行いたいと」

「それはまた、急な話ですね」

雛森の声も固い。「間に合うんですか？」

「この渋滞では無理そうです」

「そんな！」

もしコンペの開始時刻に遅刻などすれば、ミツバ銀行は提案すらできなくなる。

と、北大路が後部座席の七野を振り返った。

「七野さん、靴を履き替えてください」

「え？　靴、ってちょっと待ってください走るんですか⁉」

「はい。我々は後から行きます。まずは『遅刻しなかった』という事実を作るために、先行してください」

「七野先輩これ、ランニングシューズ！」

そう言って、雛森が七野のシューズを取り出した。

「……っ、ありがと！」

考えている時間はなさそうだ。大丈夫、スタジオきょーとまでのルートは走り慣れている、が――

「先輩、資料は持って走れますか⁉」

雛森が隣からミツバ銀行のロゴが入った紙袋を渡して来る。とりあえず受け取ってみるが、ずっしりと重い。これを抱えて走るのは至難の業だ。

「資料は置いていってください」と、北大路がそれを止めた。「後で我々が届けます」

「でも、七野先輩は今回の提案、何も知らないですよ！」

その通りだ。七野は今回のミツバの提案がどのような内容になっているのか、知らされてはいない。その状態でもしプレゼンの順番が回ってきたら――

「ですが、遅刻すればその時点でコンペに参加する資格を失ってしまいます。すみませんが時間を稼いでください。資料は、我々が後から届けます」

「……でも、どうやって⁉」

悲鳴めいた声が出た。時間を稼ぐも何も、私は今回の提案について何も知らないのに！

「ここで今回の提案について説明している時間はありません。先方には、『稟議決裁がギリギリになっているので、他のメンバーは遅れて来る』とだけ言って――七野さん。あなたが思いつく限りで大丈夫です。何とか、時間を稼いでください」

「だから、時間を稼ぐって一体どうすれば——!?」

七野がそう問うと、

「あなたがミツバ銀行を志望した理由を、話してくれませんか」と、北大路はそう言った。

言葉を失った。

私がミツバ銀行を志望した、理由?

「……どうして、あなたが、それを」

かろうじてか細い声で問う。

「お願いします。このままでは、スタジオきょーとが潰されてしまう。どうか今は——走ってください」

——そんな風に頭を下げられたら、断りにくいじゃないっ!

七野は北大路から視線を逸らし、ドアに手を掛けた。

「どうなっても知りませんから!」

問答している時間はない。

スタジオきょーとがあるのは九段下。新宿支店時代から、走り慣れた道のりだ。信号待ちのタイミングや、歩行者が少ないルートまで、体が覚えている。

——大丈夫。私の脚なら間に合う。

そう判断して、七野は後部座席から飛び出した。

「うわ、速い」

　と、そう呟いたのは雛森だ。ぐんぐんと小さくなる背中を見て、ほっと息を吐いた。

「あのペースなら間に合いそうですね」

「そうですね」と北大路が応じる。「あと十五分あります。彼女の脚なら大丈夫でしょう」

「で、北大路審査役。狙いましたね？」

「何のことでしょうか？」

「経産省からの連絡メール、初めから場所は『スタジオきょーと本社』ってなってましたよ」

「……目敏いですね、雛森さんは」

「七野先輩だけを行かせた理由は、あとでちゃんと本人に説明してあげるんですよね？」

　ちらり、と北大路は後部座席に目をやった。

「あら、私が気付かないとでも思っているんですか？　もしそうなら心外です」と、後部座席から雛森がいたずらっぽく笑って見せた。「そういう計算高いところ、嫌いじゃないですけど」

「やめてください」と、北大路は大きなため息を吐いた。「これでも今、自己嫌悪で死にそうなんです」

*

「遅くなりました、ミツバ銀行の七野です」

通い慣れたスタジオきょーと本社ビルの受付に辿りついたのは、指定された時間の五分前だった。

——ほら見たことか！　こんな大事な日に時間が読めない車で移動しようなんて方が間違ってんのよ！

内心で北大路に勝ち誇っていると、

「ああ、七野さん」

と専務が出迎えてくれた。どうやらミツバ銀行のメンバーが時間間際になっても現れないので、不安になって受付のところまで下りて来ていたらしい。

「また走って来られたんですね」と専務は苦笑した。「髪もすごいことに」

「え⁉　あ、専務すみません、お手洗いをお借りします！」

慌ててトイレに飛び込んで、身だしなみを整える。といっても時間がないので、髪を手ぐしでなでつける程度になってしまったが。

そのまま専務の案内で、プレゼンの会場となっている試写室へと向かう。

「試写室で、プレゼンをやるんですか？」

「ええ。ウチの経営陣に、経産省のメンバー、そして政投公庫の方々が集まるのでね。普通の会議室では狭くなりますから」

防音扉を開けて部屋に入ると、すぐに「ミツバさんのお席はあちらに」とテーブルの一角を示された。

会場には既に、二十人程が集まっている。恐らく、経産省と政投公庫、そしてスタジオきょーとの経営陣が揃《そろ》っているのだろう。

「すみません、ミツバ銀行です。遅くなりました」

ぺこり、と頭を下げながら席に着く。

『経産省』の札が置かれたテーブルに、朝倉の姿が見えた。

ちらり、と腕時計を見た朝倉が立ち上がり、マイクを手に取る。

「さて、それでは定刻になりましたので、これよりスタジオきょーと支援プランの採択を始めたいと思います」

朝倉が深々と腰を折ったのに応じて、会場にいる面々もそれぞれ頭を下げた。

慌てて七野も頭を下げる。

――ちょっと北大路！　始まっちゃったんだけど！

胸中で悲鳴を上げるが、北大路らが現れる様子はない。

「まずは今回のコンペの趣旨をおさらいさせて頂きます。我々経産省では、かねてよりクールジャパンと銘打ちまして、我が国の優良なコンテンツ——アニメや漫画、小説といった商品を海外に売り出す事業を検討しておりました。しかし、第一号案件に相応しい事業は、中々見つかるものではありません」

朝倉は、スタジオきょーとのテーブルに顔を向ける。

「そこで我々は、世界にその名声を轟かせていらっしゃいます長崎サトシ監督に、ぜひともそのお力をお借りしたいと考えた次第です」

長らく沈黙していた長崎サトシ監督の、新作長編映画。

そのネームバリューは大きく、メディアはこぞってそのニュースを取り上げるだろう——経産省が採択するクールジャパンの名とセットで、だ。

それを説明する朝倉の声に、力が入る。

「しかし、ここで一つ課題がございました」

朝倉は声のトーンを落とす。「残念ながら、スタジオきょーとが長編映画を製作するためには、銀行から資金を調達するしかない状況にあります」

その言葉に、専務がうつむく。

「そこで——メインバンクであるミツバ銀行様と、政府系金融機関である日本政策投資公庫様の二行に、それぞれ金融支援策を取りまとめて頂き、この場でスタジオきょーとの皆さまに決裁を仰ぎたいと、そう考えております」

政投公庫の担当者がうっすらと微笑んだ。まるで「我々にお任せください」と言わんばかりだ。相手のテーブルには、いかにもお偉方といった風格の年長者を含め、総勢五名の人員が座っている。

対するミツバの席には、駆け出しの若手行員である七野が一人いるだけだ。

果たしてそれが長崎社長の目にどう映るか。ミツバは勝負を放棄したと、そう思われていないか不安が過《よ》ぎった。

「さて」と、朝倉が会場を見渡す。「まずは政投公庫さんから、今回のご提案内容について、説明を頂戴したいと思います」

そう言って着席した朝倉に代わって、政投公庫サイドの五人のうち、リーダー格の男が腰を上げて演壇に向かい、そして他のメンバーが資料を配り始めた。

七野の手元にもペーパーが届く。

――嘘。と、目を疑った。

「それでは、お手元の資料をご覧ください」と説明に入る政投公庫の担当者の声も、頭に入らない。

手元に配られた政投公庫の「提案書」だが、果たしてそこには。

――五億、五年で金利は〇・五％っ⁉

前回の提案よりも、更に二億を上乗せしてきたことになる。そして金利設定は、当然採算を無視した大安売りだ。

ミツバが水面下で支援策を練っている。その話を耳にした政投公庫は、こんな圧倒的に有利な条件を提示してきたのだろう。

どうやら政投公庫は本気でこの案件を獲りに来たようだ。

こんなの勝ち目ない！　と、胸中で悲鳴を上げる。

取引先が銀行を選ぶ基準は通常、三つだけだ。

金額はどちらが多いか。

期間はどちらが長いか。

金利はどちらが安いか。

借りられる金が多ければ多いほど、長ければ長いほど、安ければ安いほど、取引先は助かるのだ。

そしてそのいずれも、ミツバ銀行に勝ち目はなかった。

――時間を稼げって言ったって、こんな破格の条件相手に、どうしろってのよ⁉

七野は一人、ミツバ銀行のテーブルで唇を嚙む。

負ける。勝ち目なんて、ない――。

七野が諦めようとした、その時だった。

とんとん、と後ろから肩を叩かれた。

――北大路、やっと来たの⁉

安堵と共に振り返るが、そこにいたのは北大路でも雛森でもなく、七野にとって予想外の相手だった。

思わぬ人物の登場に、七野は混乱した。

七野にそっと封筒を差し出し、「ここに、プレゼンの原稿が入っているわ。大丈夫、頑張って」と耳打ちするその女性は、

「九条、さん？」

――人気作家の、九条春華だった。

5月9日

朝倉［1］

朝倉は、自席でそっと腕時計を確認した。政投公庫のプレゼンが始まって十五分が経っていた。

「――以上の通り、政投公庫はスタジオきょーと様に、新作映画の製作資金として総額五億、返済期間五年、金利〇・五％という優れた提案をさせて頂きたいと思います」

そうプレゼンを締めくくった担当者が深くお辞儀をするのを見て、朝倉はマイクを手に立ち上がる。

「では、続いて質疑応答に移ります」

ちらり、と政投公庫の席を見る。そこにいるメンバーはみな、滞りなく終わったプレゼンにほっとしたような表情を浮かべていた。

続けて質疑応答をこなしている担当者も、既に勝利を確信しているのだろう。

満面の笑みでスタジオきょーとの経営陣からの質問に応じている。これはもう決まりだな。そう思いながら、ミツバ銀行の席を確認する。

――七野さんも可哀想に。

ミツバ銀行の席に一人で座る彼女は今、若い女性から一通の封筒を受け取ったところだった。封筒を渡した若い女性はそのまま会場を出て行く。どうやら、ただのメッセンジャーなのだろう。

他のメンバーは、果たして間に合うのだろうか。せめて、彼女が恥をかかない形で終わってくれれば良いのだが。

ミツバ銀行の方が真剣にスタジオきょーとの事を考えてくれていることだし、と、そんな風に考えて苦笑する。

日本のコンテンツ業界の全てを考える方針を打ち出したのは、他でもない朝倉自身だ。そのためなら、企業の一つや二つ、平気で切り捨てられるような覚悟は既に決めている。

日本のコンテンツ産業は、とても高品質なのに、それをアピールするのが下手だ。

「もっと本気で売り出せば、海外でも十分に戦えるのに」

朝倉が抱えていた思いを、数年がかりで結実させたのがこのクールジャパン事業だ。関係各所に「政府がアニメを応援するだなんて馬鹿げている」と笑われながらも、必死に駆けずり回ってようやく陽の目を見たプロジェクト。

その成功のために必要なのは「長崎監督」のネームバリューであって、スタジオきょーとではないのだ。

だから朝倉は、百を救うために一を切り捨てる道を選んだ。

そこに後悔はないし、正しい選択であったことに疑いを抱いてもいないが——

——これではあまりに、後味が悪い。

ミツバ銀行が、まさか七野という若い担当一人に押しつける形で終わらせてくるとは。

あの北大路とかいう男も、随分とえげつない性格をしていると、そんな風に思ったところで、質問が途切れた。

「他に、政投公庫様へのご質問はございませんでしょうか？」

言いながら、スタジオきょーとの席を見る。

社長の長崎も、専務を務める息子の雅俊も、満足げな表情を浮かべている。当然だろう。スタジオきょーとの経営状態で、五億もの資金を調達できるなど、夢のような話だ。

「——他にご質問がないようであれば、これで政投公庫様からのご説明は終わりとさせて頂きます」

朝倉が言うと、政投公庫の担当者は深く頭を下げた。席に控えていた他のメンバーも、起立して会釈をする。

それに軽く頭を下げて応じ、

「さて、それでは」

朝倉はマイクを握り直した。「次はミツバ銀行様の番になりますが」

ミツバの席に視線を向ける。「ええと、……七野さんがお一人でご説明いただけるということでよろしいでしょうか？」

他のメンバーの姿はまだ見えなかった。

「ミツバさん？　どうされました？」

再び声を掛けるが、返事はない。「どうしたんだ、あの子。固まってしまったじゃないか」

「可哀想に、緊張してしまってしゃべれないのでしょう」

「ミツバも怖い銀行だな。勝てない勝負は、あんな若手一人に泥をかぶせるなんて」

そんな野次が上司たちから聞こえる。朝倉とてそう思う気持ちはあるが、しかし今、ミツバの担当者に聞こえるように放つ言葉ではあるまい。

朝倉は再びマイクを持った。

「七野さん。大丈夫ですか？」

野次をかき消そうと大きめに声を放つ。

すると、ようやく七野が顔を上げた。

「すみません、大丈夫です」

そう応じる声は、予想に反して落ち着いたものだった。

「……そうですか。では、プレゼンをお願いしても？」

「ええ、もちろんです」

七野が立ち上がり、演壇へと向かう。

「なんだ？　やけに自信がありそうな顔をしているな」と呟いたのは隣に座る朝倉の上司だ。朝倉も同感だった。

政投公庫の提案は、政府系ならではの超低金利融資だ。どう転んでもミツバ銀行に勝ち目はないはずだが。

会場の視線を一身に集めて、七野がゆっくりと壇上にあがる。

――なぜだ？

朝倉は疑問に思う。

政投公庫のプランは民間銀行には真似ができないレベルの条件だ。ミツバ銀行に勝ち目はない。そのシナリオがひっくり返ることなどないはずなのに――なぜこの子は、こんなにも自信を持った表情ができるんだ？

七野がマイクのスイッチをオンにする。

「ミツバ銀行審査第一部、クールジャパン事業推進室の七野でございます。それでは、私どものスタジオきょーと様への支援策について、ご説明申し上げます」

5月9日 七野［2］

「さて、まずは私ごとながら、この場をお借りしてひと言、お礼を言わせてください」

そう言って、七野は深く頭を下げた。

「長崎社長。私はずっと昔から、あなたが作る映画が大好きでした」

最前列の席に座っていた長崎が、マイクを手に応じる。

「……それは、『えきでん！』のことですか？　七野さんが駅伝に興味を持つ切っ掛けになったという」

七野が長崎の作ったアニメ映画に触発されて駅伝を始めたという話は、最初にスタジオきょーとへ訪問した際に伝えてあった。クリエイター冥利に尽きる話なのだろう。この話をするたび、応じる長崎は笑顔になった。

だが、ここでもう一度その話を繰り返すつもりはない。

七野は「すみません」と頭を下げた。

「私にはもう一つ、秘密にしていた話があるんです」

秘密の話。

七野が、ミツバ銀行を志望した理由。

「私の父は、昔、あなたと働いておりました。スタジオきょーとが設立される前に、長崎監督が所属していたアニメプロダクション――私の父は、そこで財務部長を務めていたんです」

会場がざわめく。長崎も、驚いた表情を浮かべて七野を見ていた。

「父に代わり、お礼を言わせてください。あの会社が倒産したとき、若手社員を助けてくださって、本当にありがとうございました」

――ええと、次は。

七野はゆっくりと、九条の原稿を読み進める。

七野の父の話。長崎が昔働いていたアニメプロダクションと、その会社の倒産。

そういった要素を、効果的に原稿に仕立てている。

職員たちが路頭に迷うのを防ぐために、受け皿として自分の会社を作った長崎への感謝。長崎ブランドの作品の素晴らしさを美辞麗句で謳《うた》い、スタジオきょーとの将来性を信じる強い言葉が連なる。

まるで一流のスピーチライターが書いたようだ――と、そんな風に言っては人気作家には失礼か。

数十万部、時には百万部以上を売り上げる人気作家が書いたプレゼン原稿だ。それがスタジオきょーとの長崎たちの心を揺り動かしていくのが、手に取るようにわかる。

——どうして九条がプレゼン原稿を書いてくれたかは、後で聞く。

そう心に決め、七野はプレゼンに集中する。

「私は昔から、長崎監督が作るアニメを誰よりも熱心に観てきた自信があります。そして今。私は、ここにいる誰よりも真剣にスタジオきょーとのことを考え、共に寄り添い、支えていく方法を考えているという自信があります」

七野の甘い言葉に、政投公庫の席から「それで、金は貸せるのか？」と野次めいた言葉が飛んでくる。

その言葉を受けて、七野はゆっくりと政投公庫の方を見た。

ナイスタイミングな野次をどうもありがとうと、お礼を言いたい気分だった。

「先に結論を申し上げておきますが、私どもミツバ銀行は、スタジオきょーと様への融資は行いません」

七野の言葉に、会場がどよめいた。

金は貸さない。

その言葉にスタジオきょーとの経営陣の面々は呆然とした表情をしているし、一方の政投公庫のメンバーは勝利を確信した安堵の笑みを浮かべている。

残る経産省のテーブルでは、苦笑が漏れていた。「だから若い担当を一人で寄越したのか」なんて声が漏れ聞こえるような有様だ。

――こちとらハキダメで散々笑われ慣れてるのよ！

いまさらこの程度の嘲笑が何だ。

それに、この提案を考えたのは性格最低で、性根がひん曲がった北大路だ。この程度で話が終わる訳がないじゃないか。

七野は続きを読み上げる。

「ですが、それは支援をしない、ということではございません。私どもミツバ銀行がご提案するのは、スタジオきょーと様の抜本的再建案でございます」

抜本的再建案。

その言葉に、会場の雰囲気が変わる。先ほどまで嘲笑混じりに聞いていた政投公庫のメンバーらの表情から、笑みが消えた。

ほら見たことか。

あのハイパークールはこういうヤツだ。相手を期待させるだけ期待させておいて――そのエサをこれ見よがしに取り上げしまうのだ。

政投公庫の鼻先にぶら下がっていた「勝利」という甘い果実。

それを、七野の言葉が奪い去っていく。

「この抜本的再建案の骨子は、二つのスキームから成っております」

ああ、楽しい。心底そう思った。

ゴール直前で、勝利を確信していた相手を抜き去る快感。

それが今、七野の手の中にあった。

「一つ、――現・専務であられる長崎雅俊様に社長昇格をお願いし、同時に現・社長の長崎サトシ様には、映画製作に専念して頂くために相談役へと退いて頂きます」

一瞬、会場が静まり返り、そして――政投公庫、経産省、そしてスタジオきょーとの席がそれぞれ、大きくどよめいた。

「社長を、更迭するだと⁉」

誰かが動揺を隠せずに大声で言う。

その言葉を拾う形で、七野は言葉を続けた。

「はい。長崎社長が経営に奔走するあまり、映画監督『長崎サトシ』として映画製作に専念できないのなら、その社長業を他の人間に任せるしかないでしょう」

七野は専務の雅俊に視線を送る。「私どもは専務の雅俊様の社長昇格が適切かと考えておりますが、いかがでしょう」

専務が、仰天の表情で七野を見た。

それはそうだろう。本人である専務にはまだ何も話していないのだから。

けれどこの二週間、七野は毎日のように専務と面談をしていた。

「通常業務」という北大路の指示の下で雑談をしていただけだが――その事実が、スタジオきょーとからすれば全く別の意味合いを持つ。

ミツバ銀行は時間をかけて、専務の資質を試していたのではないかと。そんな風に、きっとこの場の誰もが思うのだ。

これはまるで、伏線だ。作家がよく使うその言葉を借りるのなら、ミツバは時間と手間をかけてこつこつと伏線を積み上げてきたことになる。

本人である七野さえ知らぬまま、策は張り巡らされていたのだ。

北大路め。

――あいつは本当に、性格が悪い。

「今回ご提案させて頂きます社長の交代ですが、ミツバ銀行の専門チームが全面的に支援させて頂きます」

ここで輝くのが、ミツバが得意とするM&Aや相続といった専門知識だ。

経営権の移譲ノウハウは、まだまだミツバ銀行が国内で最先端の業務である。

融資の条件では政投公庫には絶対に勝てなくても、逆に政投公庫が絶対に手を出せない分野で戦えば、そこに勝機が見えてくる。

そう言って笑ったのは雛森だったたか。

勝てない勝負を避けて、勝てる勝負を挑む。

そしてそれは、手元の原稿に書かれた、次の提案にも言えることだった。

「二つ。現在ミツバ銀行にてスタジオきょーと社へと融資しております九億の借入について」

七野は資料を読みながら、笑いを堪えるのに必死だった。この手はいくら何でも――

「映画製作資金として振替させて頂き、今回の新作長編映画の完成までの間、返済を不要と致します。金利についても、さすがに政投公庫様と同じ〇・五%までとは参りませんが、現状の三%から引き下げ、二%程度で提案させて頂きます」

――いくら何でも反則過ぎる。

「ばっ」

バカを言うな！　とでも続けたかったのであろう政投公庫の担当者だが、その声を七野のマイク越しの声が打ち消す。

「但し、映画製作が成功し、無事に収益を上げることができましたら、その際にはある程度まとめてのご返済をお願いしますね」

確かに、ミツバ銀行はこれ以上の金を貸せない。

だが、既に貸している金が九億以上あるのだ。その返済を不要とすれば、スタジオきょーとは実質的に、九億を映画製作の資金に充てることができる。

政投公庫が提示した五億、〇・五％の条件は確かに魅力的だろう。だが、このミツバ銀行の提案の前ではその条件も色あせる。

ちらりとスタジオきょーとの席を見る。そこに座る経営陣は呆然というよりもむしろ唖《あ》然《ぜん》、そんな表情で七野のことを見ていた。

「この二週間、私は毎日、御社を訪問させて頂きました。毎日、お忙しい中で社長や専務のお時間を頂戴してしまったことはお詫び申し上げますが」

ですが、と強く声を張った。ここは自信を持って言うところだ。

「面談の中で、我々ミツバ銀行は、御社の可能性に賭けてみたいと、そういう結論に至りました。会社を設立してからずっと、影に日向に社長を支えて来られた専務なら、きっと社長という重責を担い、この会社を正しい方向へ導いてくださると」

専務の頰に朱が差す。

それは銀行という債権者から、経営者としての資質を認められた喜びの表れだろう。

そして七野は深く頭を下げる。

「以上、専務の社長の就任と、融資ではない資金援助をもって、我々ミツバ銀行は、長崎サトシ監督の新作映画と、そしてスタジオきょーと様の未来をお手伝い致したいと思います」

必要以上に、深くお辞儀をする。

そうしないと、笑っていることがバレてしまう。

このタイミングで、こんな風に入ってくるなんて――

「さて」

試写室の後方から、いつもの冷静な声が割り込んでくる。

七野がすっかりと聞き慣れてしまった冷めた声。

――あの野郎、タイミング計ってたな！

「ここまでのところは、弊行の中で一番スタジオきょーと様の事を理解している七野から説明させて頂きましたが、ここからは私、北大路が説明させて頂きます」

そんなセリフと共に会場に入ってきたのは、クールジャパン事業推進室のメンバーである北大路と雛森だ。

雛森が、会場の各デスクのそれぞれに資料を配付していく。政投公庫だろうが経産省だろうが、にっこりと微笑むだけでオジサマらの心を掴んでいる様子だ。くそ、美人め。

七野はほっと息を吐く。

――どうやら自分の仕事は、ここまでらしい。

一礼して、演壇を降りる。

「お疲れさまでした」と、北大路がこちらに向かって歩いてくる。七野に代わって、演壇に登るのだろう。

——こんないけ好かないヤツにたすきを渡すことになろうとは。

頑張って憎々しげな表情を作り、九条から受け取ったプレゼン原稿を手渡す。北大路は何とも思ってないような顔で「受け取りました」と言って、そのまま演壇へと上がっていく。

その背を見送り、ミツバ銀行の席に戻ると、雛森が笑顔で迎えてくれた。

「先輩、お見事でした」

「ありがと」と七野も小声で返し、そして視線を演壇の上に向けた。

——これでミスったら許さないんだから。

七野の視線の先で、壇上の北大路がマイクを握る。

「遅くなり申し訳ございません。ミツバ銀行の北大路です。さて、お手元の資料をご覧ください。先ほど、担当の七野がご説明申し上げました提案についてまとめさせて頂いております」

経営体制の刷新、そして返済緩和という二本の柱について、滞りなく質疑応答を進める北大路を見ながら、七野は思う。

ああ、この時間が早く終わればいいのに。

そうしたら——北大路が吐くまで締め上げてやるんだから。

5月9日 朝倉［2］

ミツバ銀行のプレゼンが終わり、続いて始まった質疑応答も一通り出尽くしたタイミングで、スタジオきょーと専務の雅俊がマイクを握った。

「本日はお忙しい中、弊社のためにお集まり頂きありがとうございました。今回のコンペの結果につきまして、社長の長崎よりお伝え致します」

その言葉に続き、社長の長崎がマイクを受け取り、軽く政投公庫とミツバ銀行への謝辞を述べたあと、「今回は、ミツバ銀行様のご提案を受けたいと思います」と宣言する。

会場がざわめく中、朝倉は一人、大きなため息を吐いた。

——ああ、やはりか。

ミツバの提案は、確かに素晴らしかった。

ただ「安く」「多く」を前面に打ち出して提案した政投公庫と、本気でこの会社のことを考えてプランを練ってきたミツバ銀行の間に、大きな差がついた形だ。

「それでは、本日のコンペについてはこれで閉会とさせて頂きます」

上司が、不機嫌さを隠そうともしない声でそう宣言する。

朝倉は立ち上がると、上司らと共に経産省の控え室へと向かった。足取りは、重かった。

——朝倉がクールジャパン戦略のひな形を作ったのは、今から五年前の話になる。

とある国際会議の場で、外国政府の職員が朝倉に対してこう言ったのが、そもそもの始まりだった。

曰く、「日本のアニメは本当に素晴らしい。素晴らしいが、売り方が良くない。どうして我が国が持つ世界的キャラクターのような展開をしないのです？」と。

「世界的キャラクター？」

「トーキョーにもあるでしょう？　我が国発祥の夢の国が」

ああ、とすぐに思い至った。

「日本には、あれだけの人気キャラクターはいません」

そう答えると、相手はやれやれとばかりに大きく肩をすくめた。

「ほら、国を代表する経済産業省の職員でさえその認識だ。だからいつまで経っても日本は不況のままなんですよ」

馬鹿にしているのか、とわずかに頭に血が上る。だが、眼前の職員は本当に残念そうに言葉を続ける。

「私は日本のアニメが大好きです。質、量ともに我が国の一歩も二歩も先を行っている。それを商品にしないのはとても惜しいことです」

そう言って、彼はポケットから自分のスマホを取り出した。いくらか操作し、朝倉に一枚の写真を見せてくる。

写っているのは金髪碧眼《へきがん》の少年が二人。恐らく兄弟だろう。

「これ、ボクの息子たちです。二人とも、日本のマンガが大好き」

言われて見れば、二人とも日本の国民的人気マンガのキャラクターがプリントされたTシャツを着ていた。

「もちろんボクも好き。かめはめ波」ジェスチャーつきでそう言う彼に、「それは……ありがとうございます」と朝倉は応じた。

「でも、日本のアニメは我が国では全然観ることができない。息子は仕方なくＹｏｕＴｕｂｅで観てます。もちろんグッズも手に入らない。そしてテーマパークもない」

最後のひとつはジョークだろうと朝倉は思ったが、相手は真剣な眼差しで言った。

「もしボクが経済産業省のスタッフだったら、三年で海外にジャパニメーション・テーマパークを作りますよ。そうすれば、いくらでも外貨を稼ぐことができる」

「外貨、ですか」

「車やテレビを売る、大いに結構。日本製は確かに高性能です。でも、これからはアジアが同じ品質のものをずっと安く作る時代が来るでしょう。ジャパン・アズ・ナンバーワンの時代は、もう終わりました」

そうだ。海外市場において台頭してきたアジア各国の企業に、日本のシェアは奪われ続けている。

「でも、アニメは違う。日本のものがダントツで最高品質です。同じモノは、どこにもない」

ジャパン・アズ・オンリーワン。彼はそう言って笑った。

帰国後、朝倉は同僚に「日本のアニメは海外で売れると思うか？」と聞いて回った。

答えは皆同じだった。

「何を馬鹿なことを。少なくとも今は無理だ」

当時、誰もがそう言った。朝倉もその意見には反論できなかった。まだまだマンガはオタクだけのもので、アニメを好むなんていうことは公言できないような風潮がそこにはあった。クールジャパンなどと言う言葉は、まだ影も形も生まれそうになかった。

だったら、この国の経済と産業を司る自分たちが、ゼロから始めるしかない。

工業大国日本はもはや過去の話だ。「安く高品質な製品」という評判は、低賃金で大量生産が可能なアジア諸国に奪われた。今や日本の製品は「高くてそこそこの品質」といった有様だった。

――アニメを売ろう。日本が海外で戦う分野をシフトしよう。

最初は苦難の連続だった。若手の暴走と、そう他の職員の目には映ったようだ。上司や同僚に馬鹿にされ笑われた。

だが、それでも朝倉は折れなかった。ジャパン・アズ・オンリーワン。海外の評価が彼の支えになった。

一人きりで、もがくような日々が、五年続いた。

世間の風向きが変わったのは最近になってからだ。マンガが世に受け入れられるようになり、アニメは世界中で放映されるようになった。個々の企業が積み重ねてきた努力が、実を結び始めたのだ。

そこへ首相の「マンガやアニメは芸術であり、そして万人が楽しめる商品だ」という発言が重なった。その言葉にいち早く反応を示したのは「抜本的な経済対策を」と求められていた経産省の上層部だった。

――朝倉君は、かつてこんなレポートを書いていたね。

上司が手にしていたのは、五年前に朝倉が書いた「日本のコンテンツ産業の海外展開支援について」という報告書だった。

かの国のハリウッドのように国を挙げてコンテンツ産業を盛り上げることができたら、きっと日本はもっと稼げる国になる。向こうが映画なら、こちらはアニメやマンガをその対象にしよう。かつて朝倉がそう説いて回った上司らは、今やこの国の政策を決める中枢を担う年代になっていた。

——この仕事に、失敗は許されない。自分の双肩には、日本のコンテンツ産業の将来がかかっているのだ。

上司が根回しをして、政府系金融機関である政投公庫の協力も取り付けた。政府の看板で、非常に有利な条件の融資を行うことができる。コンテンツ産業に連なる企業らへの影響力も大きい。

あとはこのプレゼンでミツバ銀行を負かせて、そして『長崎監督』の長編映画を獲得すればこの仕事は成功だ。失敗など万に一つもありえなかった。

——なのに。


「してやられたな、朝倉君。政投公庫に根回しをした私も立場がない」

苦々しくそう告げる上司に、朝倉は深く頭を下げた。

「申し訳ございませんでした。私の読みが浅かったかと」

「全くだ」

「ですが」と、そう言って朝倉は顔を上げた。「ミツバ銀行の提示した再建案を採用しても、経産省の想定通りの動きは可能です」

そもそも、経産省が欲しかったのは長崎サトシのネームバリューだけだ。

長崎サトシが社長業を離れて製作活動に専念できるのであれば、ミツバの案でも何も問題はない。上司が内々に話をつけてきた政投公庫にしたって、スタジオきょーとへの融資は消極的だったはずだ。あのような業績の悪い会社に融資をすれば、それはそのまま銀行の決算を悪化させる要因になる。それは政府系金融機関とて、決して例外ではない。

先ほどのミツバ銀行のプレゼン中に、一番ほっとした様子を見せていたのは他でもない、政投公庫のメンバーだった。

——これなら、ウチが融資しなくても済むな。そんな風に思って安堵しているのは、表情から容易に読み取れた。

そして、何よりも。

ほっとしたのは、「クールジャパン」の現場責任者として動いている朝倉とて同様だった。少なくとも、ミツバ銀行が提示したこのプランなら、

「一を殺さずに済む」

「ん、何だね？」

「あ、いえ」

何でもありません、と首を振って誤魔化す。

冷たい方程式。

スタジオきょーとを殺して他の百を救おうという話が「全てを救う」ような展開になったことを、この堅物な上司に伝えられるとは思えなかった。

「それで、ミツバ銀行への罰は考えたのかね」

一瞬、上司の言葉の意味がわからなかった。「罰？」

「そうだ。彼らは経産省の意向に刃向かった訳だからな」

そんな馬鹿な。ミツバ銀行のプランはクールジャパン事業にとっても、スタジオきょーとにとっても問題がない内容だったはずだ。それがどうして罰だなんて話になる。

「お待ちください、そんなことはしなくとも……」

「ダメだ。このままでは私のメンツは丸つぶれだ！　誰が政投公庫に下げたくもない頭を下げたと思っている！」

ぐっと歯を食いしばり、朝倉は反論を試みる。

「ですが……」

「もういい。後は私の方で考えよう」

「……どうされるおつもりですか？」

「さてな。取りあえず、思い当たるところから攻めてみるか」

と、上司は煙草を取り出しながら言った。「例えば——あのミツバ銀行の担当者が言っていた大手アニメ会社の倒産は、ミツバ銀行の貸し渋りが原因だったはずだ、とかな」

5月9日　七野［3］

無事にコンペを終え、七野と雛森は、準備されていた控え室に向かった。ちなみに北大路は「車を駐車場に入れてきます」と言って外へ出てしまった。

逃げたな、あの野郎。そう七野は思った。

廊下を歩いていると、「ミツバ銀行関係者様　控え室」と貼られた部屋を見つける。

「あ、ここだ」

ドアを開けて部屋に入ると、中は会議室のような造りになっていて、中央に大きめのテーブルが置かれている。そしてそこに、思わぬ先客がいた。

「お疲れさま。部屋の外で聞いていたけど、良いプレゼンだったわ、七野さん」

「九条さん！」

どうしてミツバの控え室に、と驚く七野に、雛森が気まずそうに言う。

「七野先輩には言ってなかったんですが、実は九条さんは、ミツバ銀行のスピーチライターをやってくださっているんです」

「はい⁉」

「今日のプレゼンみたいなスピーチ原稿を書くのが、私の仕事。今回は完成がギリギリになっちゃってごめんなさいね。本当は、もっと早く渡せたら良かったんだけど」

締め切りが重なっちゃってて、と笑うのはいかにも売れっ子作家めいた発言だった。

「はぁ……それで、直接私に届けてくれたんですか。って言うか、九条さんみたいな売れっ子作家にスピーチライターを依頼って。ウチの銀行、人気作家になんて仕事をさせてるんですか」

啞然としてそう言うと、九条は首を振った。

「違うの、スピーチライターの仕事は、私からお願いしたことよ。今みたいに売れてなかった頃から、ミツバ銀行さんに無理を言って、私を使ってもらっていたの。小説だけで食べていける作家なんてほんの一握りだから、こういう兼業をしている人は多いのよ」

「はぁ……」

と、七野は曖昧に頷く。何ともありがたい話だ。

きっと「ありがとうございます」と言うべきところなのだが、その言葉が続かない。

だって。

そんな付き合いがあったのなら、どうして初めからミツバ銀行に、――七野に資産運用を任せてくれなかったのだろうか。どうして苦情なんて言ったのだろうか。

どうして、と泥のような感情が、七野の胸に黒く満ちていく。

「ごめんなさい」

と、九条が頭を下げた。「七野さんの言いたいことはわかるわ。『お前はうちの銀行と仲が良いのに、どうして苦情なんて言ったんだ』――って、そんなところかしら」

「そんなことはっ……！」

いきなり図星を指されて慌てる。くそ、思ってることが顔に出すぎだろ私！

そんな七野の姿を見て、九条は困った顔で笑った。

「でもね、私は確かにミツバ銀行でスピーチライターをさせてもらっているけれども、この銀行のことが好きだなんて思ったことは一度だってないの。恨んでいるし、憎んでいる。だって」

そして九条春華は、声を低く落として言った。

「私もね、七野さんと同じで、ミツバ銀行に父の会社を潰されているのよ」

「……え？」

一瞬、聞き間違えたのかと思った。

――ミツバに、潰された？

九条は真剣な表情で言葉を続ける。

「私が高校三年の夏、小さな町工場を営んでいた父の会社が、あっけないほど簡単に倒産したわ。銀行がいくらかでも融資してくれていればもう少し生き延びることもできたでしょうけど、メインバンクは融資をしてくれなかった。父と母が必死に、それこそ土下座までして頼み込んでも、それを冷たくあしらったのが――ミツバ銀行よ」

　その言葉に、七野は自分の父親の姿を思い出す。自分が勤める会社のために、最後まで走り回って、そして見放された父のことを。

「父の会社が倒産するなり、涼しい顔をしたミツバの行員に、実家を『こちらは担保物件ですので』って奪われて。受験生だった私は、一度、進学だって諦めたわ。私は、あの夏、全てを失ったの」

「どうして」

　と、七野は乾いた喉から、声を絞り出した。「どうしてそんなことをした銀行のために、スピーチライターなんてしているんですか？」

　九条はミツバ銀行を恨んでいるのだろうし、憎んでいるのだろう。なのに、こうして手を貸してくれる理由がわからなかった。

「まぁ、これは内緒にしておいて欲しいんだけれど」

　七野の問いに、九条は、少しだけ照れたような微笑みを浮かべて、七野の耳元に口を寄せて告げた。

「実は私の夫、ミツバ銀行で働いているのよ」

「なんですって⁉」

嘘⁉

「就職活動のときに『ミツバで働く代わりに、銀行のものになった私の実家に住まわせてくれ』って偉い人に頼み込んだそうよ。まだ右も左もわからない学生だったはずなのに」

馬鹿な男でしょう、とそう言って九条は笑う。馬鹿にしながらも、その相手を愛しく思っていることを微塵《みじん》も疑わせないような笑顔だった。

って言うか、九条春華の夫⁉　そんな人が、ミツバ銀行で働いている⁉

驚き過ぎて声が出ない。まぁ、ウチの銀行には六万人以上の職員がいるのだ。一人くらい、そんなすごい人が紛れていてもおかしくない……のか？

ちらり、と視線だけで雛森の方を見る。あいつなら何か知っている気がする。

「さて、それじゃあここで私は失礼するわ。とりあえず、今日はコンペでの勝利、おめでとう。七野さんのプレゼンのお陰よ」

と、そう言って、九条は七野を真っ正面から見据えた。

「それとね、七野さん。私もあなたと同じよ。かつて、この銀行のことを恨んで憎んで──でも、心の整理を付けるために、あえてここにいるの」

「九条さん……」

「まぁでも、もし銀行に仕返しするチャンスがあったら、一緒にギャフンと言わせてやりましょう。そういう物語が最近の売れ筋だしね」

そんな冗談なのか本気なのかわからないような言葉を残し、九条は部屋を出て行った。

「……相変わらず強烈な人だね、九条さん」

七野はそう言って、雛森を見る。「で、雛森。どうしてさっきから私の目を見ようとしないのかしら」

長い付き合いだ。こうして雛森が必死に目を逸らすのは、何か言いづらいことがあるなと察しはつく。

観念したのか、やがて雛森が口を開いた。

「ごめんなさい、七野先輩。実は、最初からプレゼンの会場は、ここだったんです」

…………。

プレゼンの会場？　えっと、たしか最初は経産省で開催するはずだったのが、急にスタジオきょーとに変更になったから、私が走らされた訳で。

なのに、最初から会場はここだった？

「それはどういう意味⁉」

「プレゼンは七野先輩がしゃべるのが適任だろうからって、北大路審査役が策を巡らせまして。七野さんを一人でここに送り込むことで、強制的に演壇に立たせると」

「策って！　私、味方の人間なんだけど！」

「んー、敵を欺くにはまず味方から？　それに、考えてみてくださいよ」と、雛森は語る。

これまでに培った信頼関係。

毎日の訪問。そして、霞ヶ関からここまで走っての登場。年若い女子が髪を振り乱し、汗だくで必死に届けたプレゼンだ。

——それは果たして、如何ほどのアピール材料となったことか。

お客様が第一。

そんな姿勢が、スタジオきょーとの経営陣の心を打ったと言っても過言ではない——そう言って雛森は笑い、「これは七野先輩にしかできなかった仕事です。そうですよね？」と、雛森がドアの方を見る。

そこにいつの間にか、北大路がいた。

「では、ここで北大路審査役からも、今日の勝利の立役者である七野先輩にひと言」

と、雛森から話を振られた北大路は少し考える様子を見せる。

赴任初日の訓示のようにまた逃げる気か、と七野が思っていると、

「今回のプレゼンは七野さんの手柄です」と言って頭を下げた。「ありがとうございました」

——おお。あのハイパークールが私に向かってお礼を言っている。深々と頭を下げて。

その事実にしばし呆然とするが、

「っていうか北大路審査役！　説明してくださるんでしょうね!?」

無駄に元気な声を出してしまったのは照れ隠しが半分だ。

「説明、とは？」

「とぼけないでください！」

先ほどの雛森の話では、最初からプレゼン会場はこのスタジオきょーと本社だったという。だとすると、急な会場変更のために七野一人を走らせたあの北大路の説明は嘘になる。

横から雛森も楽しそうに口を挟む。「北大路審査役ったら、九条さんと一緒に部屋の外で不安そうに聞いてたんですよ。いざとなったら助けに入れるようにーって」

ちょっ、何それ!?　そもそも時間に間に合ってたってこと!?

なのに私一人にプレゼンを任せて!?「何それひどい！」と七野は叫んだ。

「……雛森さん、実は少し楽しんでませんか？」と北大路が渋い顔で問うが、

「あ、わかります？」と雛森は悪びれる素振りすらない。

と、そのタイミングでドアがノックされた。

「はい？」

「失礼します」と入って来たのは、スタジオきょーとの長崎と専務の雅俊だ。

すっかりと気の抜けていた七野らは、慌てて姿勢を正す。

「社長、専務！　えっと……今日は本当にありがとうございました」

そう言って、七野が真っ先に頭を下げる。

「いえいえ、こちらこそ素晴らしい提案をありがとう。これからもよろしくお願いします」と長崎が応じる。

横で専務も「あなたのプレゼンは素晴らしかった。さすがは七野さんですね」と笑顔を見せた。

「え、あ、はい」

「髪を振り乱して走って届けてくれたこと、本当に感謝しています」

と、長崎がそこで小声になった。「正直、政投公庫さんはクールジャパンの話が出てから黒塗りのイイ車で乗り付けてきて、あまり面白くなかったのですよ」

そう言われると、七野としても悪い気はしない。

「こちらこそ、遅刻ギリギリになってしまってすみませんでした。本当は、北大路がもっと上手くしゃべるはずだったんですけど」

北大路への嫌みを込めて言う。しかし、専務の反応は七野の予想のななめ上だった。

「いえ、我々としては、七野さんがミツバさんの提案を説明してくれたことが決め手でしたよ。ずっとウチの担当をしてくれていた七野さんの説明だからこそ、私たちも信頼したいと思ったのですから」

——うわ。何それ超嬉しい。

「……ありがとうございます」

そう言って、七野は深くお辞儀をした。

報われた。そう思った。

苦痛で仕方のなかった「ハキダメ」での毎日は、決して無駄ではなかったのだ。まぁ、北大路の計算の上でってのが気にくわないけど。と胸中で呟きつつも、湧き上がる勝利の喜びを止めることはできなかった。

融資の条件では絶対に勝てないコンペでの逆転劇。

——仕事って、面白い。

社会人になってから「ハキダメ」でくすぶり続けていた七野はこの日——初めて勝利の味を知ったのだった。


スタジオきょーとの本社ビルを出て、駐車場に停めていた営業車に乗り込んだところで、七野は北大路に向かって言った。

「あ、北大路審査役。今回のプレゼン、私けっこう頑張りましたよね⁉　この頑張りに免じて、そろそろ私にも仕事が欲しいかなー、なんて思うんですけど」

「では、コンテンツ業界の取引先を、できるだけたくさん訪問してください」

「え、いやでもそれじゃあ今までと一緒の仕事じゃ」

「何かご不満でも？」

「不満かと問われれば不満ですが！」

「そうですか。ですが、銀行の仕事はそういうものです」

「でもでも！　審査役は何か難しそうで前向きで楽しそうな仕事を！」

「そう言わずに。しばらくの間です」

「しばらくっていつまでですか！」

「そうですね……ほとぼりが冷めるまで、でしょうか」

「だからそれっていつまで⁉」

「あ、そう言えば七野さん」

「話を逸らさないでください！」

ぎゃあぎゃあとしばらく吠えてみたりはしたものの、北大路の言葉は撤回されることはなかった。


——ほとぼりが冷めるまで。

北大路の言葉の本当の意味を七野が知ったのは、少し先の事になる。

5月16日　北大路

一週間後。北大路が出社すると、副頭取から「プロジェクトの件について話を聞きたい」と直々に呼び出しがあった。

執務室に出向くと、難しい表情をした副頭取が待っていた。

「昨夜、頭取から話があってね」

「はい」と北大路は身を固くする。何か良くない話だろう。

「コンペで、政投公庫とやりあった件が耳に入ったようだ」

副頭取は困ったような表情で続けた。「行内の風向きが良くない。経産省の意向に沿わぬ提案や、強引な社長更迭。少し、性急すぎやしないかと」

「ですが、今回我々はスタジオきょーとの案件を横取りした訳ではございません。正当なコンペの結果、お客様に我々ミツバ銀行の提案を選んで頂いたまでです」

「経産省の意向に反する結果になろうとも？」

「お言葉ですが、あのコンペで政投公庫に勝つ手段は、他になかったかと」

「君が言うのなら、確かにそうなんだろう。だが、役員会はそうは思っていないようだ。『クールジャパン事業推進室』への風当たりが強まっている」

私への反対意見を含めてね、と副頭取は自嘲した。

「我々ミツバ銀行の目的は、あくまでクールジャパン事業にアドバイザー行として選ばれること。五百億の予算を手にすれば、莫大な利益が見込まれる。そういう理由で役員会を通した案件です。経産省の機嫌を損ねるのは説明が難しい」

「……役員会では、スタジオきょーとを切り捨てるべきだったという判断になっていると？」

「そうです」

副頭取は大きなため息を吐いた。「あの会社への与信はたかだか九億。それに比べ、クールジャパンで得られる利益は莫大なものになる。まずは経産省の話に乗っておくべきだったという意見が大半です」

「ですが――あのままでは、アドバイザー行も政投公庫が選ばれることになっていたかと。この場合は、まず政投公庫よりもミツバが優れていることを示すのが先決かと判断しました」

「君の言うことは正しい。ですが経産省とて人間の集まりだ。自分が書いた筋書きをご破算にされたんじゃ、怒りが収まらないのだろう」

北大路は朝倉の顔を思い浮かべた。

あのコンペの場で、朝倉はむしろ感心している風だった。となると話はもっと上の層か。たしかに同席していた上層部の連中は、苦虫を噛みつぶしたような表情を浮かべていた。

「……申し訳ございません」

「もしかしたら、何らかの処分があるやも知れません。あなたにばかり負担を掛けてすみませんね」

そう言って、副頭取は顔をゆがめた。

事態は少しずつ、しかし確実に、悪い方向に転がり始めていた。

5月20日　七野

長崎社長や専務との打ち合わせも滞りなく進み、次はいよいよクールジャパンのアドバイザー行の選定だ、と準備を進めていたところに——事件は起こった。

この日、七野がいつものように外回りから戻ると、珍しいことにフロアには誰もいない状態だった。

ＰＣを立ち上げてメールをチェックしていると、

「七野先輩！」

と、焦った様子の雛森が駆け込んできた。

あら、この子がこんなに動揺しているなんて珍しい、なんて思っていると、雛森は七野の耳元に顔を寄せて小声で言う。

「悪い知らせです」

「え？　何？」

雛森は、手に持っていた一冊の週刊誌を広げる。「……見てください、この記事」

──ミツバ銀行の横暴！　クールジャパン予算五百億を横取りか⁉　かつて大手アニメ会社を倒産させたメガバンクが、またコンテンツ業界を食い物に！


「何よこれ⁉」

ひったくるようにして雛森から週刊誌を奪う。でかでかと書かれたゴシック体の見出しに、ミツバ銀行本店の写真が大きくレイアウトされている。ひと目でそれとわかるようなバッシング記事。そして記事の中には、かつて七野の父が勤めていた企業の話も書かれていた。

──かつて長崎サトシが独立する切っ掛けになったアニメ会社の倒産。その引き金を引いたのは、他でもないミツバ銀行の貸し渋りだった──などと、過去の経緯を面白おかしく書き立てている。

こんな下品な記事を書くなんて、一体どこの三流出版社だと版元を確認すると──

「タキガミ出版⁉」

四月に、北大路に「返済見通しに懸念あり」と融資案件を否認された企業だった。

融資をしてもらえなかったことに対する報復攻撃。

銀行業界ではよくある話だが──

「タイミングが悪すぎますね。広報部も後手に回っているようです」

本来、こうした記事が出る前に抗議を入れるのが広報部の仕事のひとつだが、今回は事前察知ができなかったようだと雛森は言う。

「恐らく、どこかが上からねじ込んだんでしょう」

「どこかって？」

「例えば、スタジオきょーとの件で腹を立てた経産省とか」

雛森の言葉にかっと頭に血がのぼる。

自分たちのシナリオ通りにならなかったからって、仮にも国の中枢機関がそんな手段に出る⁉

「今、この雑誌の件が役員会で議題になってます。そこで別の役員から、頭取宛に『クールジャパン事業を一旦凍結させるべきでは』という意見が出ました」

七野は驚きのあまり言葉を失った。

クールジャパン事業の、凍結？

「……何よ、それ」

かろうじて七野が問うと、雛森は小声で言った。

「私もまだ詳しくは聞いてませんが……どうやらクールジャパンそのものの採算が不透明だから、しばらく様子を見るべきという論調のようです」

「どういうこと？　だってこれ、副頭取の指示で」

「副頭取の直轄チームが成功すると面白くないから、ライバル一派がつぶしにきたのかも知れませんね」

「何で⁉　せっかく政投公庫にも勝ったのに！」

「だからこそです。副頭取の椅子を狙う役員は多いですから……。この案件が成功すると面白くない連中からすれば、格好の攻撃材料です」

雛森が声のトーンを落とす。「北大路審査役に、経緯説明のために部長会に参加するようにとの指示があったようです。もしかしたら私たちも、そこに同席することになるかも知れません」

「部長会って、まさか」

「実質的な査問です」と暗い顔で雛森は言う。「部長会なら、副頭取は出られません。正直に言って、分が悪い状況です」

雛森の悪い予想は的中した。午後になって、七野らにも部長会への出席を求められたのだ。

会議とは名ばかりの査問。銀行の世界では、上司の言うことは絶対だ。たとえどんなに的外れな理屈だろうと、部長層が言うだけで絶対の力を持つことになる。

それに対し、七野は所詮、入行間もない若手職員だ。偉い人らが放つ横柄で乱暴な物言いを、歯を食いしばってこらえることしかできなかった。

チームリーダーである北大路に、部長らから、矢継ぎ早に質問が飛ぶ。

あんな業況が悪い先の支援など、政投公庫に任せればよかったのに。

なぜあんな強引な支援策を提案したのか。採算は。リスクは。

そのどれもが否定的な言葉だった。

もはや北大路のつるし上げ以外の何物でもない。

そんな中、冷静に、理路整然とスタジオきょーとへの支援プランの妥当性を説く北大路の背中を見ていることしかできない自分が悔しい。

「それで、我が行はクールジャパンのアドバイザー行になれるのか？」

「それは、この支援策の評価を待つことになろうかと」

「アドバイザー行になった場合のメリットは？」

北大路がミツバ銀行が得られる利益について説明するが、「所詮は絵に描いた餅だな」のひと言で一蹴だ。

「そもそも、勝算はあるのかね？」

実際、経産省から頭取宛の口頭注意までもらっている事実があるのだ。旗色は悪すぎるくらいだ。

「北大路君、手柄を焦ったのでは？」と嘲笑混じりに問う部長に腹が立つ。何を知ったような口を。

北大路がどれだけ真剣に取引先のことを考えたかも知らないくせに！

よほど「ふざけるな！」と叫んでやろうかと思ったが、そうしたところで上司である北大路の首を絞めるだけだろう。

部下の指導は上司の仕事で、部下の失態は上司の責任なのだ。

七野にできることはただテーブルの端で俯いていることだけだった。

──お願いだから早く終わって。

そんな願いもむなしく、いたぶるような質問が続く。

「そう言えば」

と、部長の一人がふと思い出したように言った。「北大路君は、ずっと審査部で、コンテンツ業界の審査を担当しているそうだね」

「はい。それが何か？」

「この記事にある倒産したアニメ会社の稟議を出してきたんだが」

と、そこで部長は苦笑混じりに言う。「あの会社が資金繰りに困窮していた頃、君のラインで、融資メモを否認しているようだね？」

──父の会社に融資すべきというメモを、否認した？　北大路が？

「ああ、違うか。君の判断は『条件付承認』で、そのメモを否認したのは当時の上司……ああ、新宿支店の前田課長だね。そう言えば彼も昔、審査役をやっていたか」

「……え？」

思わず声が漏れた。その声が聞こえたのだろうか。北大路が、ほんの一瞬だが、ちらりと七野の方を見て、そして「はい、その通りです」と答えた。

「ふむ、前田君も貧乏くじだった訳だな。この時、融資していればこの会社は潰れなかった。しかし当時の担当者の稟議が甘く、否認せざるを得ないメモが回ってきたと」

淡々と、部長が当時の状況を告げる。

「結果として、このアニメ会社は潰れ、多額のロスを出した訳だ。前田君は審査役としての責任を問われて、課長への降格処分が下っているね。ああ、ハキダメ送りになったのは、この後か」

審査役から、課長への降格。

「前田君の出世の道は、そこで断たれた訳だ」

北大路が口を開く。

「その融資案件をまとめることができなかったのは、私の力不足が原因です。当時、私は駆け出しの補佐役でしたので、適切な判断ができませんでした」

——銀行に潰された。

そんな言葉を、父はまるで口癖のように呟いていた。

その当事者が——前田と北大路の二人だったとは。

「まさかとは思うが、あの会社の倒産でついたバツを、今回のプロジェクトで挽回《ばんかい》しようとしたんじゃないか？」

また別の部長が嘲笑混じりの問いを放つ。

北大路が、それを静かに否定する。けれども七野の耳には北大路の言葉が届かない。

ただ——頭の中で、父の言葉が繰り返されている。

銀行に潰された。そんな風に恨みの声を上げる、——父の声が。


「北大路審査役！」

一時間にも及ぶ査問を終え、会議室を出たところで、七野は北大路を呼び止めた。

「何でしょう」と、北大路がこちらを振り向かずに応じる。

その背に、七野は問いを投げかけた。

「さっきの、大手アニメ会社を担当されてたっていう話は、本当の話ですか？」

雛森が、緊張した様子でこちらを見るのがわかる。だが、もう止められなかった。

しばしの沈黙のあと、北大路が答えた。

「……先ほども答えた通りですが」

「つまり？」

「私があの会社を担当していたのは事実ですし、そして週刊誌の記事に書かれた内容も——さほど、的外れな内容ではないですね。新人だった頃の私にもう少し力があれば。例えば他行との協調支援などをまとめるような能力があれば、あの会社も、救えていたのかも知れません」

貸し渋り。

業況の悪い企業への融資を断ることで——銀行にとっては苦渋の決断だったとしても、実際に融資を打ち切られた側はただただ恨みをつのらせる。

かつての七野の父のように。

「……そう、ですか」

すとん、と肩から力が抜けた。

あれ、おかしいなと七野は思う。大っ嫌いな北大路が、父の会社を潰す引き金を引いた張本人だと分かったのに——どうして私は、こんなに凹んでいるんだ？

5月25日　七野

査問は三日間に及んだ。

「七野や雛森は、実質的な仕事は何もしていなかった」という北大路の主張が通り、七野と雛森が同席したのは初日だけだったのが、かばわれたようで更に腹が立つ。

予定されていた査問が全て終了したこの日、七野と雛森は、自席で北大路が戻ってくるのを待っていた。

「あっ、北大路審査役！」

最初に気付いたのは雛森だ。七野もフロアの入り口を振り返ると、北大路が部屋に戻ってくるところだった。

暗い表情を浮かべ、北大路が口を開く。

「七野さん、雛森さん。――このプロジェクトは、凍結されることになりました」

重苦しい沈黙が、フロアを包む。

「すみません、部長会の意見を覆すことができませんでした。チームリーダーである、私の責任です」

そう言って、北大路は深く頭を下げる。

「理由を伺ってもよろしいでしょうか」

と、そう聞いたのは雛森だ。

「役員から出た『採算性に疑問』との意見書を覆すことができなかった形です。先ほどまで最後の説明に入っていましたが、聞き入れられませんでした」

「何か」と、七野も口を開く。「何か手はないんですか？　せっかくスタジオきょーとは私たちを信じて、ミツバ銀行を選んでくれたのに……」

だが、北大路はゆっくりと首を振った。

「上司の命令は絶対です。残念ですが、ここから先は通常の審査部としての仕事になるでしょう」

スタジオきょーとへの支援は妥当か。

返済計画に無理はないか。

事業計画は適正か――そうした審査業務は確かに銀行の本業だが、しかし、クールジャパン事業への参画を目指す、という目標は失われることになる。

「……じゃあ、私たちは？」

「恐らく七野さんは新宿支店に、雛森さんはプライベートバンク部に戻ることになります」

詳しくは追って指示を出します、と言う北大路に、七野は問う。

「何とかならないんですか？　せっかくここまで来たのに！」

だが、北大路は静かに首を横に振る。

「悔しいですが、打つ手がありません」

「そんな！」

「七野さんもよくご存じでしょう。銀行では、上が言うことは絶対です。いつぞや、私があなたの稟議を否認したように、今回は、私が描いたプランが役員に否認された形ですね」と、北大路は苦笑を浮かべた。

「でも！　今回私たちは、銀行とスタジオきょーとの利益のために――」

「その利益を実現できるか不透明だと言われてしまえば、それまでです。それに、『コンテンツ産業との取引拡大に走った副頭取が、独断でチームを組成し、過去の失敗を上塗りするような暴走をしている』――と、そう見えてしまうのは事実です」

強引なチーム編成に、強引な支援プラン。それを「副頭取の暴走」と言われると反論しづらい。

「せめてその役員が持ち上げたという意見書を見ることができれば何か反論ができるかも知れませんが、我々では部長会の資料の閲覧は不可能です」

北大路の言葉に、七野はちらりと雛森を見た。

――一体どういうネットワークを持っているのか知らないが、とにかく情報屋を自任する雛森なら、部長会の資料だって手に入るかも知れない、とそう思ったのだ。

しかし、雛森は静かに首を振った。さすがのこいつでも手が出せない話ということなのだろう。

「では、私はこのまま副頭取に報告をしてきます」

そう言って、北大路は役員フロアへと向かった。その足取りが重いように見えたのは、きっと気のせいではない。

その背を見送ったところで、雛森が小声でつぶやいた。

「北大路審査役に、何か処分があるという噂も出ています」

処分。

その重い言葉に背筋が凍る。

「処分って、何で……？」

七野は呆然として呟く。「だって私たちは、副頭取に言われた仕事をこなしただけよね？」

「スタジオきょーとの件に関して言えば、少し強引にコトを進めすぎたかも知れません。経産省の意向を無視した提案とか、社長の交代とか」

「でも、そのお陰で長崎監督はまた映画を作れる訳でしょ⁉」

「映画の完成は、早くても二、三年後です。部長層が言うには、それは遠い未来の話過ぎる、だそうです」

雛森はため息を吐く。

「それに、仮に映画が完成したとしても、それがクールジャパン事業としてきちんと成立するかは未知数ですから。ミツバにとってリスクは大きい提案だったことは事実です」

「じゃあ、どうして北大路はあんな提案をしたのよ」

「あの人はあの人で、コンテンツ業界に思い入れがある人ですから。きっとスタジオきょーとを見捨てる訳にはいかなかったんでしょうね」

「……昔、長崎監督がいたアニメ会社を助けられなかったことを後悔して、ってこと？」

「まぁ、それもあるでしょうけど、これ以上は私の口からはちょっと。ご本人のプライバシーに関わる話なので」

「ああ、うん」と七野は曖昧に頷く。

「まぁ、さっき人事部の連中から仕入れた情報によると、私たちにはそんなに大きな処分が下ることはないと思いますよ。私はただの『事務全般』担当ですし、七野先輩の仕事は、――『通常業務』ですから」

その言葉が、七野を打ちのめした。

チーム発足の初日、北大路が七野に課した「いつも通りの仕事をしてください」という、あのいけすかない指示が、まさか。

「ちょっと待って！　私が『通常業務』を指示されていたのって――」

「北大路審査役も、本当は『渉外交渉』という役割で七野先輩を呼んだそうです。でも、それをペーパーに残してしまえば、万一のときに私たちにも処分が及ぶからって」

そしてその「万一のとき」は現実にやってきた。

「そんな……」

でも、だとすると。

この審査第一部に招かれた最初の日から、頑なに『通常業務』という言葉を使っていた北大路は、

「一体いつから、この事態を見越してたの……？」

「さぁ、どうでしょう」

雛森はそう言って苦笑した。

最初から、この案件が難しい立ち位置にあるとは聞いていた。

ミツバ銀行がクールジャパン事業にアドバイザー行として招かれたとしても、果たして採算が取れるものかは不透明だ。

かつて出版業界との結びつきを強めたという副頭取が、自分の失敗を挽回するために手柄を焦っただけだという声もあると聞いている。

政府の意向に反する、など――様々な反対意見が出ている事だって、北大路や雛森の会話の端々からそれとなく察していた。

けれども。

それがまさか、こんな結果になるなんて。

政投公庫をコンペで打ち負かした。

スタジオきょーとを守ることができた。

その結果にただ喜んでいた七野の裏で――

「万が一のときにも、私に処分が下らないように、って……?」

だから、指示書には『通常業務』としか書くことができなかったのだ。

どんな事態になろうとも、七野たちにバツが付かないようにと。

仕事をくれない、と反発ばかりしていた自分に平手打ちをしてやりたい。少し考えてみればわかったはずなのに――

雛森はやわらかく微笑んで言う。

「ね？　北大路審査役、ハイパークールな割に、変なところで優しいでしょう？」

そして、翌月。

――北大路に処分が下された。

6月1日 七野

「出向⁉」

まだ本人しか知らない、内々の話です。そう前置きした雛森の言葉に、七野は耳を疑った。

「ちょ、七野先輩、声が大きいです！」

雛森が慌てた様子で周囲を窺うのを見て、七野は口をふさいだ。目だけで審査第一部のフロアを見渡すが、どうやらこちらを気にしている職員はいないようだ。

「……それは、どこに」

「まだ決まってないようです。でも、地方の取引先のどこかになるようです」

地方への突然の出向命令。

北大路はまだ三十前だ。そんな時期の出向など、銀行員としては厳罰に等しい。

当然、クールジャパン関連事業室のリーダーからは解任されるし、審査役としての職位も失うことになる。

懲罰人事。

誰の日にも明らかな処分措置だった。

「……それで、私たちは？」

「お咎《とが》め無しになります。北大路審査役が根回ししていた、私たちの仕事は『通常業務』に過ぎない、という説明が通った形ですね」

かっ、と目の前が赤く染まった。

何だそれは。

一緒の仕事をしていたのに——自分だけが罰を受けて、ヒーロー気取りか⁉

「ちょっと北大路をぶん殴ってくる！」

「え⁉　ちょっ、七野先輩、待ってください！」

追いすがる雛森を振り払い、クールジャパン事業推進室のブースを出ようとしたところで、

「別に、ヒーロー気取りというわけではありません」

と、北大路が姿を見せた。

「七野さん。今回は殴らないでくださいね。眼鏡が壊れたら大変ですから」

う、ここでそれを言うか。「……どうせ、ダテじゃないですか」

「まぁ、それはそうですが」と苦笑する姿にまた腹が立つ。

なんであんた一人が、こんな酷い仕打ちを受ける。

私たちはサラリーマンだ。副頭取の指示に従うのは当然のことじゃないか。

きちんと結果だって出した。なのに——どうして。

言いたいことが多すぎて言葉がまとまらない。

「今回の処分は、私の方から人事部にお願いしたことです」

「はぁっ⁉」

驚く七野と雛森に、北大路はゆっくりと説明を始めた。

「今回のスタジオきょーとへの支援プランの件で、ミツバ銀行は経産省の機嫌を損ねた状態です。このままでは、クールジャパン政策に関与するのが難しい」

北大路は、七野の目をを真っ直ぐに見つめて言う。

「ですが、七野さん。自画自賛で恐縮ですが、我々の支援プランそのものの評価は、経産省の中でも非常に高いはずです」

「だったら尚更、処分を受ける理由がないじゃないですか！」

「スタジオきょーとの支援から手を引け、と経産省から指導されたのは私です。ですが、私はその指導を聞かなかったことにして、スタジオきょーとの抜本的再建プランを立て、あの会社に提示しました」

「だから、それが何だって言うんです！」

「経産省の逆鱗に触れたのは、あくまでリーダーを務めた『私』個人の問題です。ですが、ミツバの提案そのものは決して悪くない」

一歩引いたところで事態を見守っていた雛森が、あとを続けた。

「――経産省から頭取宛の口頭注意の中に、『今回の責任の所在を明らかにし、担当者に相応の処分を下すこと』というオーダーがあったんです」

経産省の意向に背くことは、ミツバ銀行の総意ではない。

一職員の暴走だ、と。

だから。

その職員一人を処分するので、どうか事態を穏便に。クールジャパンのアドバイザー行には、ぜひミツバ銀行にお声がけを。

「北大路審査役を処分すれば、アドバイザー行への道が閉ざされることはない」

冷めた声で雛森が言う。

「――そういうことですよね？」

北大路は、ただ曖昧に笑う。

「そんな！　それでいいんですか⁉　ただ上の言うことに従って……！　そんなの酷い！」

「残念ですが、七野さん。これが銀行の世界です。信賞必罰。成功すれば出世の道が開け、失敗すれば処分される。今回は少し、上の言うことに逆らい過ぎました」

「でも！　北大路審査役のプランのお陰で、スタジオきょーとは救われるんですよ!?」

「それが何だと言うのです？　あの会社がミツバ銀行にもたらす利益など、微々たるものです。クールジャパンのアドバイザー行に選ばれ、五百億の予算を措置する権限を手に入れない限り――このプロジェクトは失敗なんです」

七野は言葉に詰まる。

――失敗？　あの会社を救えたのに？

「失敗の責任を取るのが、リーダーの仕事です。そして私が責任を取ることで、このプロジェクトは生き残る。経産省のメンツも立つし、何より『ミツバは経産省の意向に従います』というアピールになります」

北大路がいなくなれば、経産省も溜飲を下げる。そうすればこのプロジェクトの芽は潰れないと、そういうことか。

「それに何より」と言って、北大路は苦笑した。「処分については、私も納得済みのことです。実際、そろそろ銀行員として働くのも飽きてきたところだったので」

「北大路審査役……」

「ミツバ内で凍結されたとは言え、スタジオきょーとの支援策を見た経産省から、協力依頼があるかも知れません。そうすれば我が行も、動かざるを得ない」

北大路は寂しそうに笑った。

「ですが経産省に逆らった私が残っていては、その可能性すら潰《つい》えてしまう。だから、私はここで消えておくことにします」

北大路は深く頭を下げ、「短い間でしたが、今までありがとうございました。今日でこのチームは解散です」と、そう告げたのだった。

6月1日　北大路

その後、北大路は引き継ぎ資料の作成のために深夜まで残業し、終電間際にようやく会社を出た。

初夏とは言え、既に駅まで走るには堪える暑さだ。仕方ない、タクシーを拾うか――と周囲を見渡したところで、

「北大路審査役、よろしいですか?」

背後から声を掛けられ、北大路は驚いて振り返った。

「……雛森さん」

もう仕事はないから、と早めに帰したはずの雛森がそこにいた。

「車でお送り致します。車中で、少しお話ができますか?」

「それは、構いませんが」

「では、こちらへ」

雛森が示した先に、一台の高級車が停まっているのが見えた。もはや見慣れたミツバ銀

行の役員車だ。

近づくと、後部座席のドアが開いた。「乗ってくれ」と中から声を掛けられる。

後部座席にいたのは、

「……副頭取」

「やぁ、北大路くん。すまないね」

「もしかしてお待たせしてしまいましたか？」

北大路が仕事を終えるのを待たせてしまっていたのなら、さすがに申し訳ない。

「いや、君が帰るところでこの子に追わせただけだから心配には及ばないよ」

そう言って、副頭取は助手席に乗り込んだ雛森を見た。

「追わせたって」と、思わず呆れ声が出た。「そんなことをしなくても、言ってくだされば執務室までお邪魔しましたのに」

「知っての通り、私には敵が多いからな。念には念を入れさせてもらった」

実際、副頭取がいくら力を入れようと、クールジャパンのプロジェクトは頓挫してしまったのだ。北大路としては、苦笑するばかりだ。

「今回の件は、すまなかったね。結局、君一人に責任を負わせる形になってしまった。出向、それも地方になるそうだが」

そう言って、副頭取は小さな地方都市の名を挙げた。東京からはずいぶんと距離がある街だった。「どうするつもりかね」

「まぁ、良い機会だったと思うことにします」

「良い機会？」

「辞めるのには、良い機会かと」

「そうか、辞めるか」と、副頭取は淡々と返す。「理由を聞いても？」

「副頭取が一番、ご存じでしょう。私がこの銀行に入ったのは、ミツバの社宅に住むためです。東京を離れるのなら、あの家からも離れることになる。もうミツバにしがみついている理由はありません」

それに、と北大路は続ける。

「本来なら、もっと昔に処分を受けていてもおかしくなかったんです」

「……ああ、アニメプロダクションの倒産の件かね？」

副頭取の言葉に頷く。「あの案件で、前田課長は出世コースから蹴落とされました。しかし、私は当時新人だったからという理由だけで、何の処分もないまま、のうのうと生き残ってしまった。やっとツケが回ってきたんです」

「ツケと言うには、少し高すぎる気もするがね」

視線で先を促す副頭取に言う。

「利息を付けるのは銀行員の得意分野でしょう。いつもやっていることが、自分に跳ね返ってきたまでのことです」

肩をすくめてそう言うと、副頭取は困ったように笑った。「今回、君が一人で罰を受ければ、部下たちは君と同じ悩みを抱えることになると思うが」

「……それどころか、『私にも罰を！』と言い出しかねませんね」と、応じる北大路も苦笑混じりだ。

「副頭取に、お願いがあります。すみませんが――七野さんのことは、守ってもらえますでしょうか」

「約束しよう」

「ありがとうございます」

そう言って、北大路は頭を下げた。「七野さんは、私が巻き込んでしまったようなものですから」

「今回の案件に、かね？」

「いえ――このメガバンクという、最低の職場にですよ」

北大路が冗談めかしてそう言うと、副頭取は「全くだ」と肩を揺らして笑った。


――数年前の就職活動シーズン。

本店で新卒採用のリクルーターを務めていた北大路は、一通のエントリーシートを前に固まってしまっていた。

そんな北大路の反応を見て、向かいに座る女子学生が不安そうな顔で、

「……あの、やっぱりいけませんでしょうか？　エントリーシートはインパクトが大事、って聞いて、ちょっと元気に書いてみたんですが」

「あ、いえ、いけないということはないですが」

眼前の女子学生が差し出してきた、ミツバ銀行のエントリーシート。そこに書き記されていた志望動機は、ひと言で言えばこういうことになる。


――父が働いていた会社を倒産させた銀行の判断が間違っていなかったことを、自分の目で確かめたいからです、と。


くらり、と目まいがしそうだった。そこに記されている「父の会社」は、見覚えのある大手アニメ会社の名前だった。

そして「七野」という名前。

他でもない、新人行員だった頃の自分が必死になって支援計画をまとめようとし――しかし「返済に懸念あり」と融資は否認され、結果として、倒産に至ったアニメプロダクションだった。

銀行に入ったときから、企業の倒産を目にする覚悟はあった。そもそも、自分にとって身近な話でもあった。

けれども、どうしても思ってしまうのだ。あの時、自分にもう少し力があれば、と。

かなり知名度のある企業だったせいで、貸し渋りに起因する倒産としてメディアも騒ぎ、結果として上司だった前田の出世の芽を潰すことになった。

北大路としては痛い記憶だが、必死になって思い出す。当時の財務部長が、たしか七野という名だったか。

この「七野」という学生はその財務部長の娘だろうと当たりをつける。

「……しかし、ずいぶんとインパクトのある志望動機ですね」

そう口にして女子学生の表情を凍り付かせてしまってから、しまったと後悔した。まだ学生の相手に一体何を言っているんだ俺は。

「あ、すみません、書き直します」そう言ってエントリーシートを取り下げようとした彼女に、北大路は言った。

「お父様の会社を助けられなかった担当者に会ったら」

きょとん、とした表情を浮かべる彼女に問う。「七野さんはどうされるおつもりですか？」

そんな質問がくることは想定していなかったのだろう。女子学生は「えっと……」と、考え込むようなそぶりを見せた。

「……もし会うことがあれば、とりあえずは父からの伝言を」

「伝言？」

「はい」

そして彼女は笑い、――こう言った。「あのときの判断は、間違っていない」と。

「……間違っていない？」

「ええ。父は――あの会社は、いずれにせよ潰れる運命だったと、そう言っていました。財務部長だった自分にはわかるって。まぁ、私には『いつか銀行に入って俺の敵を討ってくれ』なんて冗談を飛ばしてきますけど」

そして女子学生は微笑んだ。


――だから、父はあなたを恨んではいないようですって、そう言いたいです。


「……そう、ですか」という言葉をかろうじて絞り出す。

ほっとした。

ずっと心残りだった、ひとつの会社を倒産させるに至った自分の力不足。

だが――経験を積んだ今ならわかる。

バンカーとして「融資しない」という結論は、決して間違いではなかった。

あのときの審査部が下した否認は正しい判断だったと、今ではそう思っている。

仮に、あのとき自分が融資していたとしても、結局このアニメプロダクションは倒産していただろう。それならば他の「金を貸せば助かる」会社を支援した方が良い。それは銀行員の判断として決して間違いではないと——頭では理解している。

一を見殺しにして、百を救う。

それが銀行員の正しい姿だ。手遅れの企業に金を貸して、まだ助かる見込みのある他の企業を救えないのでは本末転倒だ。

銀行員の仕事は、その判断を下すことだ。それが銀行に求められる役割であり、そしてそれが、俺の仕事だと。いくらそう自分に言い聞かせようとも、どこかやりきれずにいる自分がいた。

間違ってなかった。

けれども、——後悔している。

「……この志望動機も悪くないですが、上の世代の反感を買うかもしれません。こうした方がもっといいでしょうね」

そう言って、北大路はその女子学生のエントリーシートを、上司の胸に響きそうなものに書き換えさせた。

数年勤めれば、人事部が新卒採用のどこを見るかもわかってくる。思いつく限りの面接のコツを教えて、その日の面談を終えた。

学生と面談したリクルーターは、その評価を人事部に送ることができる。北大路はその日のうちに採用を勧める人事メモを作成して、上司に回付した。


車は、北大路の住む社宅の前で停まった。

「この家か」と副頭取が感慨深げに言う。「借金が残っているうちは、まだミツバの社宅のままだが、どうするんだね？」

「明日にでも、全額、耳を揃えてお返ししますよ」と北大路は苦笑して応じる。「ようやく、取り返せます」

副頭取は肩をすくめる。「実に残念だ」

「心にもないことを」と北大路は苦笑して応じ、車を降りる。

すると、雛森も助手席から降りてきて見送ってくれた。

「北大路さん、今まで本当にありがとうございました」

キレイなお辞儀を見せる雛森に、北大路も会釈を返す。

「こちらこそ。七野さんのことをよろしく頼みますね」

「任せてください。それと――これを受け取ってもらえますか？」と、雛森が一通の角封筒を差し出してくる。

「何ですか？」

「ラブレターです」

雛森は冗談めかした笑顔で言った。「開けてみてください」

「こんな風にミツバの封筒に入った恋文なんて、恐ろしすぎますね」

そう苦笑しながら、北大路は封筒の中身を取り出した。

「これは」

封筒の中身は、『クールジャパン事業推進部の凍結について』と銘打たれた、副頭取に敵対する派閥が作成した意見書だった。

北大路らのプロジェクトを凍結させたペーパーそのものだ。部長会の資料であり、それ以外の職員では手に入れようがないはずだが。

――副頭取なら、閲覧もコピーも容易でしょうね。

北大路は苦笑を浮かべて言う。

「こんなものを私に渡してどうしろと？　私はミツバ銀行を去る人間ですが」

「役員が作った稟議ですから、さぞや優秀なブレーンを集めてまとめたのだと思います。でも、きっとどこかに穴があると思うんです」

そう言って、雛森は悪戯っぽく笑った。

「私が知ってる『主人公』の北大路さんなら、それを見つけられるかなって」

「人違いでは？　私は所詮、脇役ですから」

「そうでしょうか」と雛森は悪戯っぽく笑った。

「それに、仮にこの稟議に瑕疵《かし》があったとして、それでどうするんですか？　チームはもう、解体されてしまいましたが」

「そこは北大路さんにお任せ致します。ただ、北大路さんなら、こんな風にやられっぱなしで黙っているようなことはないと思っただけです」

雛森の期待に満ちた視線に堪えきれず、思わず目を逸らす。

「……買いかぶり過ぎですよ。私は、ただの脇役ですから」

「まぁ、今日のところはそのラブレターを渡しただけで満足しておくことにします」

とんだラブレターだと苦笑する。

「それにこれ以上は、後ろで恐い顔で睨んでる奥様に怒られちゃいますから。おやすみなさい、北大路さん」

そう言って、雛森はくるっと踵《きびす》を返した。

「え？」

後ろ？

振り返ってみて、北大路の思考は停止した。そこには――

「お帰りなさい、あなた。遅かったのね。ところで、ラブレターってどういうことなのかしら？」

――北大路は大きなため息を吐いた。

ミツバ銀行とか出向とかスタジオきょーととかを全て放り捨てて、まずは、役員より恐い『妻』の誤解を解くところから始めることになりそうだった。

6月2日　七野

　　　　　　　　　　――七野夏姫
　審査第一部　審査役代理の職を解く。
　新宿支店　渉外七課　渉外担当に任ずる。

　七野がその辞令を受け取ったのは、北大路の出向が明らかになった翌日のことだった。

　表面上は定例異動の体裁を取っているが、見る者が見れば「またハキダメ送りか」と嘲笑の対象だろう。

「……出戻り、か」

　落胆のため息を吐く。雛森はプライベートバンク部に、七野もこうして古巣へと逆戻りだ。

　始まりも終わりもあまりに突然で、そしてあっという間の二ヶ月だった。

　結局、何もできないままに終わってしまった。

その日の午後、七野は一人でスタジオきょーとへと足を運んだ。プロジェクトが凍結されたこと、そして新宿支店に戻ることを報告するためだ。

「そうですか」

話を聞いた社長と専務は残念がってくれたが、北大路や七野の処遇よりも、「我が社への支援はどうなるんだろう」という不安が大きい様子だった。

社長の交代と、そして新作映画の製作をスタートする重要な時期に、こうしてメイン銀行がバタついていれば不安に思うのは当然だ。

「その点はご心配なく」

七野は無理矢理に笑顔を作った。

「私は所属こそ新宿支店に戻りますが、このまま御社の担当をさせて頂きます。引き続き、専務を社長に昇格させるためのサポートを行わせていただきますので」

「まぁ、それなら良いんだけど」

長崎らはほっとしたような表情を見せた。

実際のところ、役員らは「クールジャパン事業は採算が不透明だ」という点を問題にしており、指示はあくまで「経産省のアドバイザー行になる必要はない」というものだ。

要するに——政投公庫に勝つな、という話である。

決して「スタジオきょーとを支援するな」と指示された訳ではないので、七野としても引き続き、文字通り走り回ってでも、この会社を支えるつもりだった。

「さ、それより社長！　早く新作映画の構想を練ってくださいよ！」

努めて明るい声を出す。

これで長崎が長編映画を作れなければ、北大路が自らプロジェクトから降りたことも無駄になってしまう。

だから、お願いだ。

「ぜひ、良い映画を作ってください」

心からの思いを込めて、七野は深く頭を下げた。


二ヶ月ぶりの新宿支店渉外七課は、相変わらずの様子だった。

「ああ、七野ちゃん。お帰り」と笑顔で出迎えてくれたのは課長の前田だ。

「審査第一部より着任致しました、七野です。またよろしくお願いします」

「うん。渉外七課へようこそ。またハキダメで残念――って顔じゃあないね。ちょっとオトナの顔になったかな？」

「はい」

七野は苦笑しながら言う。「色々と学びました」

取引先を守るための戦い方。

銀行が果たすべき役割。

お客様に信頼される方法。

わずか二ヶ月の間に、多くのことをクールジャパン事業推進室で学んだ。

「自分でも、少しは成長できた気がします」

それが、北大路の部下になれたからこその成長だというのが、少し悔しいところだ。

「そうかい。プロジェクトの件は、残念だったねぇ」

その話はまだ胸に痛い。

「こういう大きいプロジェクトは花形で目立つけど、その分、失敗するとダメージが大きいから。地べたを這《は》いつくばってるときにコケてもケガはしないけど、高いところを飛んでるときに墜落したら命に関わる、ってね」

前田の例えはそのまま七野の戒めになる。

重要な案件に、失敗は許されない。北大路の処遇を見て、痛いほどに学んだことだった。

「それで、私は何をすればよろしいでしょうか」

「うーん」

と、前田は困ったような顔で言った。

「まぁ、いままで通り、適当に営業に出てもらおうかな。担当は引き続きコンテンツ業界全般ってことで」

「そうですよね」

七野はため息を吐いた。

今まで営業しかやってこなかった自分が、いきなり別の仕事ができるとも思えなかった。

七野にできることは、この自慢の脚を活かして取引先を数多く回ることくらいだ。

「ハキダメ」だなんて呼ばれるこの渉外七課には、金を貸せるような取引先は数えるほどしかない。

営業なんて言っても、実際は取引先に顔を出しては社長と適当に「不景気ですね」「そうですね」程度の雑談をするだけだ。

それでも。

今の私には、これしかできないから。

「実は北大路さんのところでも、『通常業務』だなんて言われて、営業をしてたんですよ。この二ヶ月間で成長した結果を、課長に見せてあげます。早く前向きな案件を見つけて、北大路さんの後任に『承認』って押させてやります」

そう言って力こぶを作って見せる。

「おお、その意気だね」

前田も、そう言って笑顔で応じてくれた。

「それにしても、北大路クンも何も辞めちゃうことはないのにねぇ」

「え？」

一瞬で、思考が吹き飛んだ。

「……辞める？」

「あれ、聞いてないの？　北大路クン、退職願いを出したそうだよ」

退職願い？

言葉の意味を理解するや否や、思わず叫んでしまっていた。

「何でですか⁉」

北大路の処分は出向だったはずだ。一体どうして、退職だなんて話に。

「さぁ。本人は一身上の都合、とだけ。さっき電話があってね。今までお世話になりました、七野ちゃんを引き続きよろしく、って」

「一身上の都合って――どう考えても今回の責任を取る形じゃないですか！」

「うーん。まぁ、北大路クンも色々と思うところがあるんじゃないかな？　特に今回の案件は、本人も色々と思い入れがあったみたいだし」

「ウチを辞めて、それでどうするんです⁉」

「や、それは本人に聞かないと何とも」

七野の脳裏に浮かぶのは、勤務先が倒産した後の父の姿だ。景気だって、まだまだ良いとは言えない。再就職先だってそう簡単に見つかるものか。

「課長！　ちょっと出てきます！」

「え？　出るってどこに？」

「本店です！」

そう言い残し、七野はフロアを飛び出した。


さすがに新宿支店から大手町の本店は距離があるので、素直に電車を使った。まさか北大路のために自腹で電車に乗ることになろうとは。

渉外でも滅多に使わないのに。

北大路にぶつける文句が一つ増えた、と思いながら、本店ビルに駆け込み、審査部フロアの片隅にあるクールジャパン事業推進室へ向かう。

パーティションの奥に、北大路を見つけた。

「北大路審査役！」と、七野は声を張り上げる。

「……七野さん」

北大路は驚いた表情を浮かべ、デスクを整理していた手を止めた。

「どうしてここに。今日は新宿支店への着任日では？」

「そんなことより」と、七野は早口で問う。「ミツバを辞めるって聞きました。本当ですか」

北大路は「耳が早いですね」と苦笑する。

「本当です。人事部には受理されました。退職日はまだ先ですが、せっかくなので溜《た》まった有給を消化しておこうかと」

「何でですか！」

北大路の言葉を遮って、七野は問い詰める。

「たかが一つのプロジェクトが失敗しただけじゃないですか！　どうして辞める必要があるんです⁉」

「ああ、誤解しないでください。別に、今回のプロジェクトが頓挫したから辞めるという訳ではないんです。以前から、そろそろ辞めても良いかな、と思っていたところですし。たまたま、今回の件が良い機会になったと、それだけの話です」

「良い機会って……どういう意味ですか？　だって北大路審査役、奥さんもいらっしゃるのに。辞めて、それでどうやって生活していくんですか」

「私の妻は、私なんかよりもだいぶ稼ぎが良いので、しばらくは生活に困らないんですよ。実際、妻からもそろそろ辞めたら、と言われ続けていたところですし」

「なっ……！」

なんだそれは。奥さんの稼ぎで生活する気なのか、コイツ。

幻滅した。何がハイパークールだ。中身はとんでもないダメ人間じゃないか。

「だから、私のことは何も心配いりません。そうですね……しばらくは悠々自適に、絵でも描きながら、のんびりしますよ」

「絵、ですか？」

「こう見えても学生の頃に、絵画の全国コンクールで入賞したことがあるんです」

そう言って、北大路は笑った。

「あれ？　七野さんには言ってませんでしたっけ？」

確かに、スタジオきょーとに訪問した際に、そんなことを言っていた気もする。

でも。

「だからって会社を辞めるだなんて、そんな――」

「私のことより、七野さんにお願いがあります」

言い募ろうとした七野を遮って、北大路がスマホを差し出してくる。

「経産省が動きます」

はっとしてディスプレイを覗き込む。

そこには、経済新聞の記事が表示されていた。

太字のゴシック体で記された、クールジャパン、という単語が目に飛び込んで来る。

「クールジャパン事業株式会社、発足⁉」

見出しだけで事態を把握する。経産省がいよいよクールジャパンの話を世間に公表して来たのだ。そして、メディアもそれに飛びついている。

慌てて記事を読む。

「……尚、政府の知見だけでは足りない企業支援のノウハウを補うために、アドバイザー行を選定する予定、ってなってますね」

この一文だけではわからないが――少なくとも、政投公庫がその座に収まると断じたものではないことにほっとする。

「経産省は幅広く銀行に参加を呼びかけた上でコンペを行って、最終的に一行を選定するつもりのようです」

「また、コンペですか」

「それは仕方がありませんよ。クールジャパンが国の事業である以上、民間からも平等に意見を募ったという体裁を整えないと、世論が黙っていませんから。その点、コンペというのは非常にわかりやすい。銀行同士を直接競わせるわけですからね」

どの銀行が一番クールジャパンを上手に実現できるか。

勝負は、この一点にかかってくるだろうと北大路は言った。

「でも、政投公庫が芥川出版との結びつきをアピールしてきたら、ミツバに勝ち目はないじゃないですか」

芥川出版は映画会社や動画サイトまでを幅広く有しており、コンテンツ業界国内シェアの三割を占める大企業だ。その芥川出版の銀行取引を一手に引き受ける政投公庫が、今回のコンペの大本命になるだろう。

「もちろん、その通りです。ミツバに勝ち目はないでしょう――このまま黙って、何もしないのなら」

北大路の言葉に、違和感を覚える。

「このまま黙って、何もしないのなら……？　それはつまり、何か手を打てば、勝ち目があるってことですか⁉」

「ええ」と、そう言って北大路は頷いた。「ちょうど良かった。実はこれから、新宿支店にお邪魔しようかと思っていたんです」

「え？」

「どうやら、ミツバ銀行のクールジャパンに関係する仕事は、すべて新宿支店の渉外七課に集められることになるようです」

予想外の言葉に、「どういうことですか？」と七野は問う。

「ミツバのコンテンツ業界との取引は、ほとんどが渉外七課に集まっています。この仕事の後始末を任せるのは自然な流れでしょう。それには、役員も反対はしなかったそうです」

「後始末、ですか」

「ええ。スタジオきょーとへの支援策だってまだこれからですからね。役員の指示は『クールジャパン事業の凍結』です。あくまで凍結で、廃止ではない」

だから、と北大路は七野の目を見据えて言った。「——まだ、このプロジェクトは死んではいません」

「凍結されてるのに、ですか？」

「はい。それに——政投公庫と芥川出版を倒すためのプランは、既にできています」

「……政投公庫と芥川出版を、倒す？」

言っている意味がわからない。

政投公庫は経産省とがっちり手を組んでいるし、芥川出版はコンテンツ業界の最大手企業だ。そんな相手に、一体どうやって勝つというのだろう。

「七野さん、私があなたを引き抜いたのは、どうしてだと思いますか？」

「どうしてって……私が、スタジオきょーとの担当者だから、ですよね？」

「そうですね。ですが、それだけではありません」

「え？」

「スタジオきょーとだけが理由ではありません。七野さんが担当されている『ハキダメ』の企業たち——その担当者である七野さんが、私のチームに欲しかったんです」

北大路の言葉に戸惑う。業績悪化先の面倒を見る不採算部門である「ハキダメ」の担当が欲しいなど、全くもって意味不明だ。

よほど不思議そうな顔をしていたのだろう。北大路が説明口調で言葉を続けた。

「七野さん、『ハキダメ』の特徴をあげてみてください」

「え？ ……業績が悪いから他の銀行が見向きもしないとか、出版不況に巻き込まれて苦しい先が多いとか、ですか？」

「ええ、その通りです」と北大路は苦笑した。「そしてそんなコンテンツ業界の取引先が、新宿支店渉外七課には集まっている」

「はぁ」

「では、考えてみてください。コンテンツ業界におけるトップ企業である芥川出版のシェアは三割ですが――ハキダメが持っているコンテンツ企業を足し合わせると、果たしてどれだけのシェアになると思いますか？」

「――っ！」

目からウロコが落ちるというのは、まさにこのことを言うのだろう。

新宿支店渉外七課で取引している企業のシェアを足し合わせれば――

「芥川出版の、三割に届く……？」

この国のコンテンツ業界の、芥川以外の七割。

つまりは、芥川出版以外の企業を味方につけると、そういうことか。理屈としては単純な構図だ。

「でも、いくら取引があっても、ハキダメの取引先は良い関係を作れてる会社ばかりではないです」

ハキダメの取引先は、金を返せない会社ばかりで――それはすなわち、「お客様」ではない、と。

そんな思考が渉外七課の常識になっているのは、七野が誰よりもよくわかっている。

「そんな状態で、今から協力してくれる取引先を集める時間なんて……」

戸惑いながらそう言うと、北大路はデスクの引き出しから、一冊のファイルを取り出し、七野に差し出した。

表紙には、北大路の手書きでこう記してある。

「『ハキダメ。リスト』……?」

「中を見てください」

北大路に促され、七野はファイルを開く。

そこには、七野もよく知るハキダメの取引先がずらりとリストアップされていた。会社名、社長名、訪問日。そして、「交渉結果」がきれいにまとめられている。

「これは……?」

「この二ヶ月間で、新宿支店の前田課長が集めてくれた、ミツバ銀行の協力企業のリストです。交渉結果がマルの取引先を足すと、コンテンツ産業のシェアのうちの、約二割になります。芥川出版と同じシェア三割まで、あと少しですね」

驚き過ぎて、声が出ない。

確かに、クールジャパン事業推進室で『通常業務』をしていた頃、渉外活動をしている前田とばったり会ったことがあった。

けれども、まさか、

「前田課長が、そんなことを……？」

信じられない思いで、七野は呟く。

——前田課長は、私がハキダメの取引先に通うことに、いい顔はしていなかったはずなのに。

一体、どうして。

「私と同じで、罪滅ぼしのつもりなのかも知れませんね。自分の判断で潰してしまった大手アニメ企業。そのせいで、多くの社員が路頭に迷うことになったことを、今でも気にしていました」

「でも……！」

父の会社は、遅かれ早かれ潰れる運命だった。前田が下した「否認」という判断は、バンカーとして何ら間違ったものではなかったはずだ。

七野のその思いを察したのだろう。北大路は薄く微笑む。

「バンカーとして正しい判断だとしても、助けを求める企業を見捨てることは、多かれ少なかれ、後悔が残るものです」

北大路の言葉に、七野はいつも飄々と仕事をこなす前田の姿を思い出す。決して熱くならず、冷静に判断を下す。そしてその姿は、かつて部下だったという北大路にも通じる所がある。

「それに、前田課長は七野さんのことを随分と買っていましたからね」

「え？」

「面白い部下ができた。渉外七課の経営不振先にも、熱心に足を運ぶ。取引先と真摯に向き合い、信頼関係を構築する——前田課長から聞いた、七野さんの評価です。この部下が、このまま『ハキダメ』で潰れるのを見ているのは忍びない。だから、クールジャパンプロジェクトに連れ出してくれないかと、そう頼まれました」

ハキダメの仕事を卒業して、前向きな仕事をしたい。

日々、そう愚痴りながら仕事をしていたあの頃を思い出す。

——前田課長、約束、守ってくれてたんだ！

「だから私は、無理を言って七野さんをチームに呼んだんです。他の銀行が見向きもしないようなコンテンツ業界の取引先にも、きちんと向き合い、とても良い関係を構築できる能力を持ったあなたを」

　夢か幻でも見ているのだろうか。あの北大路が、私のことを褒めている。

「あなたのその渉外スキルは、誰もが持っているものではありません。本当に、すごい力だと思います。そして七野さんだけが持っているその力は、クールジャパンプロジェクトにおいては――」

　北大路が七野の瞳をしっかりと見据えて言う。

「――ミツバ銀行の、最強の武器になります」

「最強の、武器？」

「ええ。スタジオきょーとの案件だって、七野さんがいなければ我々の負けだったかも知れません。七野さんが持つその渉外の力は、クールジャパンプロジェクトのアドバイザー行を目指すウチにとって、最強の武器です」

　そう言って北大路が優しく笑う。

　七野が見たことのない、穏やかな表情だった。最後にそんな顔を見せるだなんて、こいつは本当にずるい。

「日本のコンテンツ業界のためには、クールジャパンの成功が必要不可欠です。そしてそのプロジェクトには、きっとミツバ銀行のノウハウが役立ちます」

北大路は、しっかりと七野の目を見据えて言った。

「ぼくの仕事はここまでです。七野さん——後は、頼みます」

6月16日 七野

雛森から「経産省がアドバイザー行を選定する基準をキャッチした」という電話が入ったのは、それから二週間後のことだった。

すぐに前田のPCと本店にある雛森のPCをテレビ会議システムでつなぎ、緊急の打ち合わせを開く。

七野をはじめとした渉外七課メンバーが、前田のPCの周りに集まる。

「これが、経産省の友人から仕入れた情報です」

そう言って、雛森が画面上に資料を映し出した。

クールジャパン事業の推進について、と題した資料に、経産省のクレジットが入っている。

「相変わらず、あんたはこんな内部資料をどうやって仕入れてるのよ……」

「そこは企業秘密です。それより先輩、このページを見てください」

雛森がPCのカメラに向けて、『アドバイザー行の選定』と題したページを映し出す。

そこには、銀行を集めてコンペを行い、そのプランが一番優れていた銀行をアドバイザー行に選ぶ――というような内容が書いてあった。

「……やっぱりコンペか」と七野はため息を吐く。

「しょうがないですよ、結果が誰の目にも明らかでわかりやすいですから」

そう応じたのは雛森だ。

「それで、次のページに、アドバイザー行の選定基準が書いてありました」

雛森がページをめくる。

そこには、『クールジャパン事業について明確なビジョンがあること』『コンテンツ業界の企業を支援した実績があること』などが書かれている――が、そこまで読んで七野はふと疑問に思う。

「いくらお金を出せるか、って戦いにはならないってこと？」

条件を読む限り、『いくら資金を出せるか』は問われないようだ。

前田は、少し考えて言う。

「まぁ、国が五百億も予算を準備してる事業だからね。いまさらお金を集める話をしてもしょうがないってことだと思うよ。一銀行が出せる金なんてたかが知れてるし」

何より、と肩をすくめる。

「他行に比べてコンテンツ産業との結びつきが強固なはずのウチでさえ、『採算が取れるか不透明だ』って凍結されるようなプロジェクトだからさ。経産省も、銀行の金を期待している訳じゃないんだろうね」

なるほど、と七野は頷いた。

「経産省の本命は政投公庫・芥川出版ペアだ。このコンペだって、『アドバイザー行はちゃんと公平に選びましたよ』ってポーズに過ぎない。万に一つも、ミツバには勝ち目がないと思うけど――でも、このまま引き下がるのは悔しいから」

決意が宿った声で、前田が言う。

「バツを負ってでも、やりたい仕事をしたいよね」

北大路の心残り。クールジャパンの、アドバイザー行の座。

役員に凍結されたプロジェクトを――前田は動かそうとしている。

「どうされるおつもりです？」

雛森がそう聞くと、前田が楽しそうに笑って応じる。

「決まってるじゃん。――誰が見ても明らかに『ミツバの勝ちだ』と思わせるようなプレゼンを、コンペの場でぶち上げるんだよ」

そう言って、前田は言葉を続ける。

「日本のコンテンツ産業のトップは芥川出版だけど、それでも全体の三割程度に過ぎない。仮に二位以下の企業を全て押さえることができれば――どうなると思う？　はい、雛森さん」

「……芥川以外を全部押さえる訳ですよね？　それはもちろん、シェアの七割がミツバ側のものになりますが」

「そういうこと。そうすれば、政投公庫・芥川出版ペアにだって勝てるよね？」

「あの……そんなに上手くいきます？」

「まぁ、当然、ウチと取引がない会社もたくさんあるから、七割全てをウチの味方にって訳にはいかないだろうけど」と、そう言って前田が胸を張る。「現時点で——シェアの三割は確保できてるよ」

北大路から「あとは任せました」とこのプランを託された二週間前から、七野と前田で必死にかき集めた協力企業だ。

「シェアの三割⁉」

と、雛森は画面の向こうで、呆然とした表情を浮かべる。

「それって……！」

後輩のこんな表情を見たのは初めてかも知れないと笑いつつ、七野は口を挟んだ。

「そう。芥川と同じだけのシェアを押さえられてる計算ね。それに、渉外七課のメンバーが全員フル稼働で営業にあたってるの。これから、もっと数字を伸ばすつもりよ」

「え？」

雛森が驚いた声を出す。

「まさか、役員の意向に逆らってまで私たちの手伝いをしようなんて人が――」

「ここをどこだと思っているんだい、雛森ちゃん。出世のレールからはじき飛ばされた人間の吹きだまり、その名もハキダメだよ？」

そう言って、前田が不敵に笑う。「役員の意向なんて恐くないってさ。ほら、あそこに座ってるベテランの彼なんて、『俺を引き上げてくれなかった役員らにひと泡吹かせることができるなら、ぜひ参加させてくれ』って頼み込んできたんだから」

前田がそう言うと、一番の古株職員がえっへんと言わんばかりに胸を張った。

「ここにいる皆で集めていたのは四十社。七野ちゃんもこっちに戻ってから、かなりのペースで支援企業を集めてくれてる。おかげで、他の皆は、まだまだ七野ちゃんみたいなペーペーには負けてらんないって張り切っちゃってさ」

前田の言葉を受けて――かつて営業の第一線で働いていて、しかし何らかの事情で出世のレールに乗れず、メガバンクの激しい競争からドロップアウトした彼らが――ゆっくりと立ちあがった。

渉外七課のベテランたちが、画面に向かって笑う。

「渉外の方はこっちに任せておきな」

「クールジャパンとか、細かいことはわかんねぇけど、取引先を味方につけるだけなら若いヤツにゃ負けねぇよ」

「ま、七野ちゃんだけに美味しいとこを持ってかせる訳にもいかないしな」

前田が、カメラに向かってウィンクを飛ばす。

「目標は大きく、シェアの五割だね。ここで政投公庫と芥川出版をぐうの音が出ないくらいに叩きつぶして――『ハキダメ』の汚名返上だ」

雛森が、呆れたような顔で呟く。

「前田課長、念のため確認しますけど……皆さん、役員から『勝つな』っていう指示が出ていることはご存じなんですよね？」

「もちろんだよ」

「……怖い物知らず、ですね」

「こちとら引退間近の老兵集団だからね」

胸を張る前田に、他のメンバーから笑いが広がった。

その様子を見て、七野は胸中で静かに呟く。

渉外七課のメンバーが力を合わせて協力してくれてる。取引先だって、ミツバ銀行の味方になってくれてる。――まだ、負けると決まった訳じゃない。

6月17日　七野

翌日、「クールジャパンに関係する業務は、新宿支店渉外七課で引き継ぐ」という正式な決定があった。

しかし、「採算が不透明なので、政投公庫に勝つ必要はない」という役員の指示は覆らないままなので、水面下で活動するしかない状態に変わりはない。

出勤してきた前田を捕まえて、

「見てくださいよ、これ」

七野は、スマホを差し出した。

表示しているのは経済新聞のWeb版だ。

「こんな記事が出てるんです」

朝、通勤中に見つけた記事だ。そこには太字の見出しで大きく『クールジャパン事業株式会社発足。芥川出版・政投公庫をアドバイザーに』とある。

——まだ決まってないっての！　と胸中で思いっきり毒づく。

一応、記事の本文には『今後、アドバイザー行を選定』と書いてあるが、この見出しでは、読者が勘違いしてしまうだろう。

前田が記事を読み上げる。

「経産省は、近くアドバイザー行を選定する方針。コンテンツ業界の国内最大手・芥川出版との結びつきが強い政府系金融機関・日本政策投資公庫が名乗りを上げている――か。ははは、こりゃまた強気の記事だねぇ」

前田が笑って言う。

「見出しだけ見たら、もう決定したように見えちゃうじゃない」

「ですよねー」

コンテンツ業界最大手である芥川出版に、政府系金融機関の政投公庫。相手にするには少し手強すぎる組み合わせだ。

「ま、新聞社の気持ちもわかるけどね」

「そうですか?」

「メガバンク最大手のはずのウチは、役員からの『勝つな』って指示に縛られてるし、他行はそもそもコンテンツ業界との取引が手薄で、たとえアドバイザー行になったところで採算が取れないだろうし」

ミツバも、そして他の銀行もこの案件に及び腰となっている現状、残る選択肢は政投公庫だけだ。

「でも、それをひっくり返せたら私たち、ヒーローですよね」

「そうだね。で、七野ちゃんはまた外回りだね？　戻りは何時くらいになるかな？」

「一応、七時までには戻るつもりです」

言いながら、ランニングシューズに履き替える。最近、底がすり減るペースが早い。そろそろ買い換えを考えないと。

「うん、気を付けてね」

「はい、ありがとうございます」

これは正式な渉外活動ではないので、交通費の支給はない。これまでと同じく、走っての渉外活動だ。

「それじゃ、行ってきます！」

そう言って、七野は渉外へと向かった。


「ありがとうございました！」

そう言って、七野が深く頭を下げると、相手の社長は「おう、頑張ってね！」とにこやかに応じてくれた。

新宿に拠点を置く小さな出版社だったが、無事に「ミツバ銀行がクールジャパンのアドバイザー行に名乗りを上げるのなら、何でも手伝う」と約束してくれたのだ。

見送ってくれた社長にお辞儀をしつつ、会社を後にする。

これで協力企業の数は、五十社になった。

頭の中で、コンテンツ業界におけるシェアの割合を素早く計算する。

今日のこの会社で、およそ四割。政投公庫が組む芥川出版のシェアは三割なので、既に数字の上では上回っている。

しかし「国内トップ企業」と、それ以外の企業ではブランド力に大きな差がある。

確実に政投公庫に勝つためには、誰の目にも明らかに「ミツバの勝ちだ」と思わせるような数字を押さえておく必要がある。

そう考えると、目標とすべきは過半数――つまり五割を超えるシェアだ。

――よし、次。

協力企業集めは、時間と手間のかかる交渉だ。七野一人では、どうしたって限界があっただろう。

だが、今は一人じゃない。渉外七課の皆が、協力してくれている。

「……ちょっと前までは、みんな、営業なんて全然してなかったのに」と小さく笑い、気持ちを切り替える。

とんとん、とランニングシューズのつま先を整え、アスファルトの上を走り出す。流れる景色の中に、一際大きく、そして威圧的なビルが見えてくる。

芥川出版、本社ビル。

日本のコンテンツ業界シェアの三割を握るトップ企業で、その影響力は絶大だ。

七野にとっては、倒すべき相手。

そして――少しずつだが、勝利への道も見えてきた。

ミツバ銀行の協力企業たちが持つシェアは、四割に届いた。

――勝てるかもしれない。

スタジオきょーとをいいように利用しようとした、あの経産省のシナリオを打ち砕くことが、できるかも知れない。その高揚が、七野の脚を加速させる。

さて、次はどの会社を狙うか。頭の中に「ハキダメ」で働いている間に叩き込んだ取引先リストを思い浮かべる。

基本的に走って移動するしかないので、訪問するのは新宿近辺の会社だけに絞られる。

次はあそこかあそこ。どっちか社長がいる方で――

と、走りながら考え事をしていたのが悪かった。

「危ない！」

と、横道から飛び出してきた小学生に気付くのが遅れ、

「――！」

衝突の寸前、無理矢理体勢を変えて何とかその子を躱《かわ》す。——が、加速していた身体の勢いを殺しきれず、七野はそのままアスファルトへと倒れ込んだ。

「痛っ！」

咄嗟《とっさ》に突いた手の平に刺すような痛み。——このままだとケガが大きい。駅伝部時代の経験から咄嗟に判断し、アスファルトの上を転がるようにして勢いを逃がす。

「……ついてない」

こんな街中で転ぶだなんて恥ずかしい。早く起き上がらないと。

ゆっくりと身体を起こし、ケガがないか確認する。大丈夫、手の平に軽い擦り傷がある位で、あとはどこもケガはなさそうだ——と、パンツスーツのひざの部分が破けていることに気付く。

「……まじか」

破れたスーツを着たままでは渉外どころの話ではない。家に帰って着替えるしかないだろう。

くそ、ただでさえ時間がないのに。涙を堪えつつ、必死に笑みを浮かべ、驚いた顔を浮かべて立ちすくんでいた小学生に「大丈夫だよ。君はケガはない？」と声を掛ける。

こくり、と頷いてまた元気に駆けて行くその子の背を見送り、ほっと息を吐いた。良かった、もし走って移動してる最中に子どもにケガをさせたなんてことになったら、大騒ぎになるところだった。

と、あれ？　私のカバンは――と辺りを見渡し、

「大丈夫？」と、一人の女性に声を掛けられた。「ずいぶんと派手に転んだようだけど」

「え……九条、さん」

七野もよく知る相手――人気作家の九条春華が、七野のカバンを手に、心配そうにこちらを見つめていた。

＊

九条の「私の家は、この近くなの。ケガの手当てと、着替えを貸してあげる」という申し出に甘え、一緒にタクシーに乗り込む。

その言葉通り、数メーターほど走ると、九条の自宅に着いた。

プライベートバンク部と取引があるような人気作家なのだから、さぞや良いところに住んでいるのだろう。そう思ったのだが、案内されたのはかなり古めの一軒家――それも、まるで町工場のような建物だった。

「ここは私の実家でね。今は夫と二人で暮らしてるの」

「はぁ、そうなんですか」

かつて小さな事業を営んでいたが、何らかの事情で廃業。今は住宅として使っている——と、そんなところか。駅からも大通りからもそれなりに距離があり、お世辞にも資産価値があるような物件では無い。と、無意識のうちに判断してしまったのは銀行員の職業病だろう。

「ボロボロの家で驚いた、って顔ね」と、リビングの棚から救急箱を出してきた九条が、そう言って苦笑した。

「え、いやそんなことは！」と、七野は慌てて否定する。

「いいのよ。さて、とりあえず消毒と絆創膏《ばんそうこう》はこれを使って。スーツはスカートなら多少サイズが違っても大丈夫よね？」

「あ、はい。ありがとうございます」

「じゃあ着替えを取ってくるから、先に手当てを済ませておいて」

言われるがまま、擦りむいた手の平を消毒し、絆創膏を貼り付ける。ほっと一息吐いたところで、数着のスーツを手にした九条が戻って来た。

「とりあえずウチにあるスーツはこんなものね。着られそうなものがあるかしら。私と七野さんなら、サイズはそう変わらないと思うんだけど。新品のストッキングも一応持ってきたわ」

「えっと、じゃあとりあえずこの辺りを——」

一番地味な色合いに見えたものを受け取ると、ちらりとタグが覗いて見えた。ひと目でそれとわかるブランドロゴ。やばい超高級スーツだこれ。

ぎょっとして固まる七野に、九条が怪訝そうに問う。

「どうしたの？　スカートだと走れなくて困る？」

「いえ！　高そうなスーツだったのでビックリしただけです！　ていうかこんなスーツ着て走れる訳ないじゃないですか！　また転んで破いたりしたら、弁償できません！」

「あら、気にしなくていいのに。それ、もらいものなのよ」

「もらいもの⁉」

「ええ。取材の時に着てくれって、そのブランドから依頼があったの。あちらも宣伝になるし、私は私で自前でオシャレをしなくて済むし、お互い損のない話よね」

「は、はぁ……」

数十万はするだろうスーツをもらえるとは、やはり人気作家は違う。

「でも、もらいものでもダメです。こんなスーツで走るわけには」

「あら、そう。七野さんが走れないのは困ったわね……」

すると、九条が何かを思いついたような顔をした。

「ねぇ、七野さん」

と、九条が華やかな、それでいてどこか悪戯っぽい笑みを浮かべて、七野の方に向き直る。「この前の取材の続きを、させてくれない？」

「取材……ですか？」

「どうせこの後も、渉外活動をするのでしょう？　そこに私を同席させて欲しいのよ。そうすれば、移動はタクシーが使えるわ。私が経費で落とせばいいんだもの」

「ええと、それはつまり……？」

「この前の話、覚えているかしら。ほら、――私がクールジャパンを題材にした小説を書いているって、あの話よ」

言われてみれば、先日の「取材」と称した面談のときに、そんなことを言っていたような気もする。

「ええと、それがどうかしましたか？」

「少し、話を聞いたわ。ミツバ銀行内のプロジェクトが、あのコンペでの勝利から一転、大ピンチになっている――って。コンペのプレゼン原稿を書いた私としても、少し、責任を感じる展開だわ」

「九条さんが責任を感じる必要なんて」

「まぁ、それは建前で」と、九条が笑う。「最近の流行でしょう？　銀行を舞台にした小説。大きな敵と、それに立ち向かう主人公。そう考えると、七野さんは取材対象にもってこいだわ」

「え」

「どうかしら。私は七野さんがクールジャパンプロジェクトを必死に獲りに行こうとする過程を取材できる。そして七野さんは、走ることなくタクシーで移動ができる。お互い、損のない話だと思わない？」


結果から言えば、この九条からの申し出は、七野にとって大きな追い風となった。

九条の経費でタクシー移動ができることも助かったが、人気作家「九条春華」のネームバリューもまた、七野の助けとなった。

「すみませんが、交渉の様子を取材させてください」

と、芥川出版お抱えの人気作家（しかも超美人）が同席し、隣でにこにこと交渉の成り行きを見守っているのだ。

「クールジャパンプロジェクトが動き出した際には、ミツバ銀行に協力してもらえないでしょうか？」と七野が頭を下げる度に、相手社長は困った顔で笑い、

「七野ちゃんに加えて、あの九条春華まで出てきたんじゃ断れないなぁ」とデレデレになるのがこの日のお決まりのパターンとなった。


丸一日、タクシーを使っての渉外活動を終え、九条の自宅へと戻ったところで、七野は

盛大にため息を吐き、

「みんな、九条さんにデレデレ過ぎる！」と頭を抱えた。

この日回った企業の社長は、皆、九条の前で相好を崩しっぱなしだった。

「クールジャパンプロジェクトが実現した際には、ミツバ銀行にご協力を！」

という七野の頼みにも、「はいはい！」と安請け合い過ぎる形で返事が集まっている。

簡単に商談がまとまり過ぎて、逆に少し不安になる。

「あはは、本当に。でも、皆さんいい人ね」

対照的に、九条は楽しげだ。

「七野さんのことを本当に信頼しているみたいだし」

「ええ⁉　そんなことないですよ！　むしろ私なんてまだまだ未熟で！　今日、こんなにみんなの反応が良かったのは九条さんのお陰です！」

「そんなことないわ。私みたいな外部の人間が同席しても、あれだけ打ち解けた話をしてくれるのは、やっぱり七野さんの日頃の渉外の成果よ」

そう言って、九条はリビングのソファーに腰を下ろした。「七野さんも、適当に座って。一日営業をしていて、疲れたでしょう」

「あ、ありがとうございます！」と、慌てて七野もソファーに座る。

「今日はありがとう。とても良い取材になったわ」

「いえ、本当はもっと派手な交渉なんかをお見せできたら良かったんですが。本店の頃なら、経産省との交渉のような大きな話があったりしたんですけど」

「ああ、あのコンペのときかしら？」

七野は大きく頷く。

「あの時は大変だったんですよ。味方だと思ってた上司からは『コンテンツ業界全体から見たら、国の政策を邪魔するミツバ銀行こそが悪役です』なんて言われたりして」

「悪役？」

「ええ。私がやろうとしていることは『一人を助け、百人を見殺しにしたも同然の行いだ』って言われたりして」

経産省の朝倉課長に呼び出された帰り道、北大路はそう言っていた。

スタジオきょーとを無理に助けようとすれば、それは日本のコンテンツ産業全てを救おうとしているクールジャパンプロジェクトを邪魔する結果になると。

冷たい方程式。

一を救い、百を殺すか。

あるいは百を救うために、一を見殺しにするか――

経産省は百を救うために、スタジオきょーとを見殺しにしようとした。

そして七野はスタジオきょーとを救うために、それに反対したが、それはつまり――ミツバ銀行が悪役になる選択肢だと、北大路は言ったのだ。

「……それは、例のハイパークールさんが？」

「ええ」と頷いて、七野はスタジオきょーとの支援を巡るコンペについて語って聞かせる。

政投公庫の融資提案と、経産省がスタジオきょーとを狙う意味。

一を殺して、百を救おうとする彼らに対して、真っ向から立ち向かった北大路。

一であるスタジオきょーとも助けて、そして百を救うクールジャパンプロジェクトも邪魔しない——そんな理想的なプランを、北大路は練り上げ、そしてその結果、全てを救った北大路だけが、ミツバ銀行を去ることになった。

「結局、コンペには勝って、勝負には負けるみたいな形になっちゃいました」

何とか笑って言おうとしたのだが、上手くいかなかった。笑顔で言うには、まだ胸が痛む。

「なるほど……それで、今度は経産省と芥川出版のペアを倒すために、また走り回ってるのね？」

「はい。クールジャパンプロジェクトのアドバイザー行の座に就くには、芥川よりも多いシェアを獲得しないといけませんから」

そう言うと、九条は少し考え込むような顔をした。

「ところで、もしも七野さんが相手に勝ったら——芥川出版の方はどうなるのかしら」

素朴な問いに、しかし七野は戸惑った。「え？」

——ミツバ銀行が、勝ったら？

「ほら、あなたたちが敵だと思っている政投公庫だとか芥川出版だって、結局はみんなクールジャパンで、日本のコンテンツ業界を元気にしたいと思っている訳でしょう？」

「それは、そうですけど」

「なのに、もし七野さんたちミツバ銀行がここから逆転したら——芥川出版はどうなるのかしら？」

言葉が、出てこない。だってそんなこと、想像したこともなかった。

「芥川出版で小説を書かせてもらってる立場から言わせてもらうと……あの会社がクールジャパンから取り残されてしまうのは、少し寂しいわね」

そうだ。

芥川出版も、スタジオきょーとと同じだ。日々、頑張って作品を創り上げている人たちが集まっている会社。それを、ただ「敵」と見做してしまってよいのだろうか。

誰もが皆、日本のコンテンツ業界を守りたいと思っているはずなのに。

同じ目的を目指して、みんなが頑張っているはずなのに——

「え……、あれ？」

私にとって、政投公庫と芥川は、ミツバの仕事を邪魔する憎き敵で。

だからこそ、私は必死に走り回って、事態を打開しようとして。

頭を下げて協力企業を募り。

経産省が開くコンペで、誰もが「ミツバ銀行の勝ちだ」と思うようなプレゼンをぶち上げて。

そしてミツバが勝ったとき、──敗者となった政投公庫や芥川は、一体、どうなるのだ?

「私は、ただ……ミツバ銀行が勝つために、必死にやってるだけで……」

そうね、と、九条は曖昧に頷いた。

「如何にして相手を出し抜くか。ライバルを倒すか。一番の結果を残すか──銀行だけじゃないわ。ビジネスの世界なら、普通の話。誰もが皆、そうやって競っているんだもの」

「そう……ですよね」

七野がこの物語の主人公だとしたら、敵は経産省と政投公庫、そして芥川出版だ。

彼らを倒して、ミツバ銀行がクールジャパン事業のアドバイザー行の座に就く。

それが七野たちにとってのハッピーエンドで──そして、その背後には、「救われなかった」芥川出版をはじめとした、ミツバ銀行と取引のない会社が、死屍《しし》累々と横たわることになるのだ。

それは果たして、本当にハッピーエンドと言えるのか?

「……そんな結末は、嫌です」

思わず、そんな言葉が口を突いた。

「私は、……父の会社の倒産を経験しました。銀行から『救えない』と見捨てられる辛さは、誰よりもわかっているつもりです」

「でも、あなたはミツバ銀行の行員よ。自行の利益が至上命題でしょう？」

「はい、そうです。でも、私は、自行の利益のために他の誰かを傷つけるのは、やっぱり嫌です」

百を殺し一を救うか、一を殺し百を救うか。

冷たい方程式。

その天秤に載せられる辛さは――父の姿を見て痛い程に知っている。

「九条さん」

七野は姿勢を正して言う。

「二年前の借りを――返してくれませんか？」

九条が、静かに息を呑んだ。

七野は言葉を続ける。

「九条さんは、芥川出版の上層部にも顔が利くと、以前、おっしゃっていましたよね？そんな看板作家の九条さんに、お願いがあります」

そう、よくある話だ。それこそ『冷たい方程式』なんかよりも、使い古され、手垢《てあか》のついた展開だろう。

「――私に、力を貸してください」

百を殺すのも、一を殺すのも嫌で、その両方を救っちゃうような欲張りなハッピーエンド。そんな古くさい展開に、七野は今、強く憧れた。

「……力を貸すって、どういうこと？」

「決まってるじゃないですか。経産省や芥川出版を、味方に付けます」

「は？」

ぽかん、と口を開け、九条が言葉を失う。

これはまた、随分とレアな表情だな、と七野は思った。

「そんなことが、できるとでも？」

「難しいということはわかってます。でも、やってみないとわかりませんから」

それに、と七野は微笑む。

「私は『渉外担当』です。経産省だとか、芥川出版を相手に渉外活動をしてはいけない、なんて、言われてませんから」

そうだ――私にできるのは、渉外だけだ。

北大路が、最強の武器だと、そう言ってくれたじゃないか。

「……例のハイパークールさんが残したプランは、どうするの？　たしか、芥川よりも多いシェアを集めて、アドバイザー行の座を勝ち取るんじゃなかったかしら」

「あんないけ好かないヤツが作ったプランなんて、台無しにしてやります！」

そう言い切ると、九条は呆然とした表情で「……とんでもない悪役のセリフね」と呟いた。

悪役。

結構じゃないか。

「ええ。敵を倒すだけの『主人公』になるくらいなら、敵を倒すために頑張ってる仲間を裏切ってプランを台無しにするような――『悪役』を選びます」

そして七野は「悪いこと」を――北大路や前田が創り上げたプランを全て台無しにしてしまうような、「悪役」のような考えを、九条に語って聞かせる。


七野が話し終えると、九条は残念そうに、「……追い詰められた主人公が一発逆転する話の方が、最近の売れ筋なんだけどなぁ」と呟いた。

「協力してもらうのは、難しいですか？」

恐る恐るそう問うと、九条は、悪戯っぽい笑みで「まさか」と応じる。

「誰かのプランをぶち壊す、そういう悪い話が、私は大好きよ」

＊

「今日はありがとうございました！　また連絡します！」

と、元気よくお辞儀をして、新宿支店に帰るタクシーに乗り込んだ七野を玄関で見送り、九条は「さて」と背後を振り返った。

古い一軒家だ。リビングでの話し合いなど、家中に筒抜けになる。

「――それで、あんなことを言われてるけど、あなたはそれで良いのかしら？」

振り返った先にいたのは、九条の夫だった。

彼はため息をひとつ吐いて、そして言った。

「七野さんは本当に、人を動かすのが上手い人ですね」

シルバーのダテ眼鏡を手に、夫が言う。「まるで、春華が書く小説の主人公みたいだ」

「それで、例の稟議に穴は見つかったの？」

「いえ、残念ながら」と彼は首を振る。

「あら、それじゃあ諦めるの？」

「まさか。どこにも穴のない、完璧に『クールジャパン事業』を否定する稟議だと言うのなら、それを利用するまでのことです。手段は――」

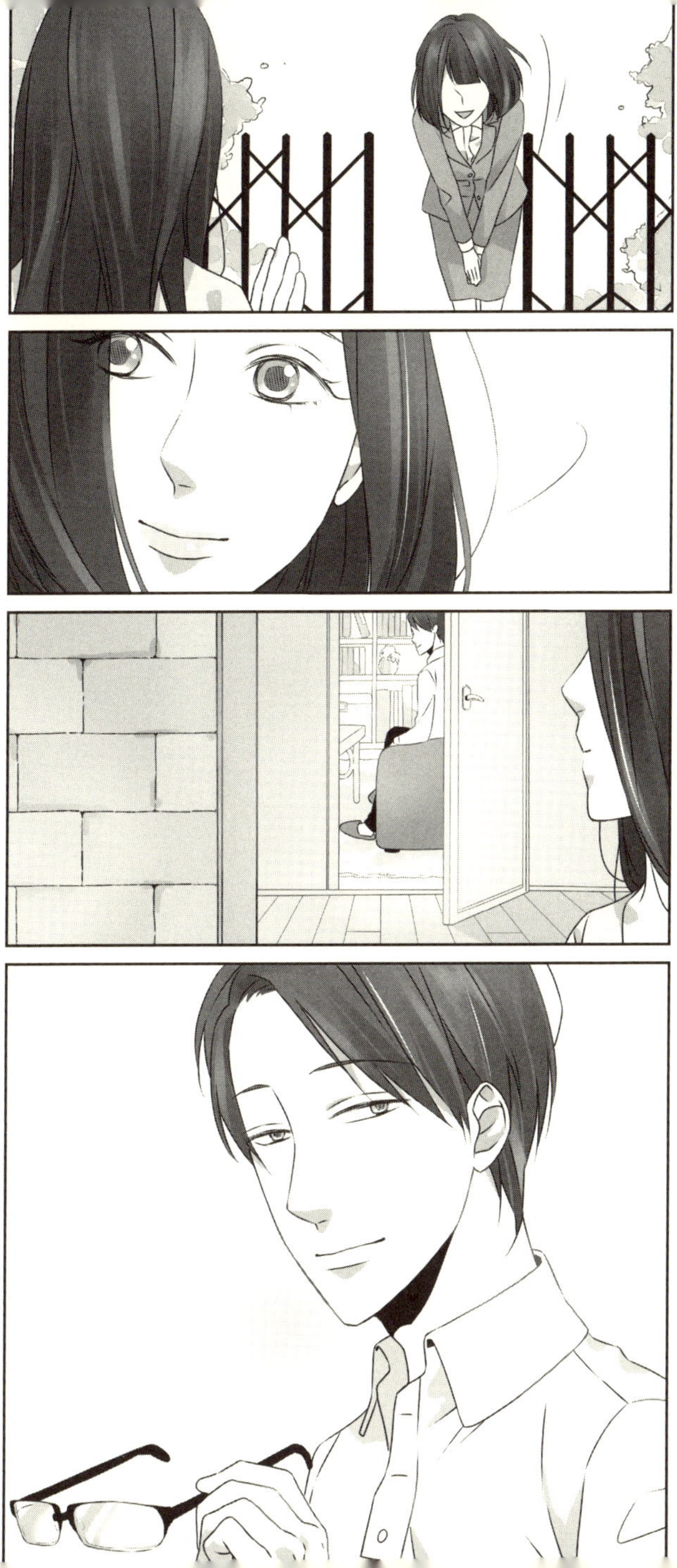

夫が語ったのは、七野に負けず劣らず、ずいぶんと悪役めいたプランだった。

話を聞き終えた九条は、ため息を一つ吐いて言う。

「ほんと……私の周りの登場人物は、悪役ばっかりね」

「類は友を呼ぶ、と言いますからね」

その言いぐさに、「馬鹿」と九条は笑った。

7月2日　朝倉

七月初頭、経済産業省の朝倉は、芥川出版との会食の予定があったため、仕事を早めに切り上げ、神楽坂の料亭へと向かっていた。芥川の担当者から、作家を一人同席させたいとのことだったので、頭の中で話すべきことをまとめるのも忘れない。

芥川の担当者が言うには、「クールジャパン事業株式会社の設立に関して、とある人気作家が話を聞きたいと言っている。もしかしたら、このプロジェクトを小説として形にできるかも」とのことで、こういった申し出は、宣伝予算が取りにくい朝倉の部署では幸運なことだった。

──もし小説になれば、クールジャパンを無料で宣伝できることになる。

それは朝倉にとってメリットのある話で、そういう意味で言えば、彼はすっかりと油断してしまっていた。

「初めまして、九条春華です。今回はぜひ、クールジャパンを題材にした小説を書かせて頂きたく、取材をお願いしました」

そう言って頭を下げた女性は、世間でもそれなりに名の通った女性作家だった。クールジャパン事業に携わる朝倉も、いくつかの作品には目を通したことがある。

芥川から事前に受け取っていたプロフィールは、既に頭に叩き込んであった。

――若年層をターゲットにしたラノベ作家。マンガ化や映画化、海外展開の実績あり、近年は一般文芸の分野にも進出、か。

メディアへの露出も多く、固定ファンも付いている。クールジャパンを題材にした小説を書いてくれるというのなら、これ以上ない適任者だろう。

「経済産業省の朝倉です」

と、朝倉は名刺を差し出す。

「この度は、こちらとしても大変ありがたい申し出です。ぜひお力になれたらと思いますので、何でも聞いてください」

「ありがとうございます。では早速ですが――」と、口火を切ったのは同席している芥川の担当者だ。こちらは顔見知りなので、名刺交換はなくていい。

軽い談笑から、二対一での取材が始まる。

女将が運んでくる季節料理に箸を運びつつ、九条からの質問に応じていく。

「――政府としては、クールジャパン事業のアドバイザーに銀行を据えて、事業の推進を図りたいと考えておりまして」

「ええ」

と、九条が困ったような顔で笑うのを見て、朝倉は違和感を覚えた。

「上手くいくといいですね……」

九条が、言葉を濁す。

何だ？　と、朝倉は思考を巡らせる。

九条が選ぶ言葉の端々やふとした仕草に、わずかな迷いが潜んでいる気がする。何か、言いたくても言えないことを我慢しているような――そんな罪悪感をこらえるような動き。

そして、九条が芥川の担当者と目配せをする。まるで、こちらに何かを話すタイミングを計っているかのようだ。

朝倉としては、一人蚊帳《かや》の外に置かれているも同然の扱いである。

せっかくの高級料亭なのに、これでは味などわかったものではない。

「新聞報道を拝見しましたが、アドバイザー行は政投公庫にしたいとお考えのようですね。でも……いえ、なんでもありません」

まただ。迷ったような口ぶりに、隣に座る担当者との目配せ。

クレバーな印象のこの女と、芥川の中でも一、二を争う優秀な担当者が、何も考えずにただ言葉を濁しているとは思いづらい。

こちらに、あえて質問をさせようとしているのか。

――一体、何を？

あくまで表面上は柔らかく微笑む九条に対し、朝倉は警戒感を引き上げる。

これまで数多くの相手と会談を繰り返してきたが――この相手は、一筋縄でいく相手ではないと、そう肌で感じる。

だが、この程度の相手、ねじ伏せることができなくては国を動かす中枢機関の名折れだ。相手の思惑に素直に乗るのは癪《しゃく》だが、いいだろう。その誘いに乗ってやる。

会談の主導権を握るべく、「九条さん」と、朝倉は相手に斬り込む。

「はい？」

「私どものクールジャパン政策ですが、何かご不安な点でも？」

「あら、どうしてそんな風に思うんです？」九条は驚いたような表情を浮かべた。

「先ほどから、言葉の端々にそんな雰囲気が滲《にじ》んでいらしたので」

「そんなことは」

「ないとでも？」とたたみ掛けると、九条は困ったように担当者に視線を送る。

だが朝倉も、この担当者との付き合いは長い。クールジャパン政策の構想を練り始めた頃からのビジネスパートナー。信頼関係は構築できている。

「芥川さん、長い付き合いじゃないですか。何を言われようとも、別に失礼だとも思いません。どうぞ、話してください。もちろん、この場限りのオフレコです」

と、朝倉は胸ポケットから備品のＩＣレコーダーを取り出し、電源をオフにした。

ほっとした様子を見せる担当者を見て、やはり録音されてはまずい話だったのかと納得する。

「すみません……これは話してよいものかどうか、迷っていたものですから」

「大丈夫ですよ、話してください」

朝倉が促すと、口を開いたのは九条の方だった。

「実は私、ミツバ銀行と付き合いがあるんですが——ミツバが今、クールジャパンプロジェクトについて、何やら不穏な動きをしていると聞いたもので」

「ミツバ銀行？」

意外な名が出たことに、朝倉は驚いた。

経産省の上層部からの圧力もあり、担当者だった男——北大路は、上層部の不興を買い、退職に追い込まれたと聞いている。

ミツバ内部では、既に役員クラスから「案件凍結」の指示が出ていることも、既に経産省に伝わっていた。そんな状況下で、今さら動きがあるとはとても思えない。

素直に、朝倉は問う。

「どういうことでしょうか？」

「……ミツバ銀行が、どうやらクールジャパンの案件を、本気で獲りに来るようです。芥川で小説を書いている私としては、そんな話を聞いて、不安になってしまって」

と、九条春華が声を落として言う。

「まさか」

朝倉は笑うが、九条は固い表情を浮かべたままだ。

「朝倉さんたちは、アドバイザー行に政投公庫を選びたいとお考えなんでしょうけど、このままでは、世論の理解が得られません」

「国内トップシェアを誇る芥川さんのメインバンクが、政投公庫です。その銀行をアドバイザー行にするというのは、国民の誰もが納得する選択かと思いますが」

余裕をもって答える朝倉に対し、九条はいかにも残念そうな表情を浮かべて言う。

「ミツバ銀行が協力企業を集めていて、既にコンテンツ業界の五割を超えるシェアを確保したそうです。残念ながら、これは芥川出版のシェアを大きく上回る数字です」

一瞬、理解が及ばなかった。

何だって？

「そんな、馬鹿な」

コンテンツ業界は、長く低迷している産業だ。ミツバ銀行がわざわざ労力を掛けて協力企業を集める訳がない。それに、クールジャパン事業への参画は消極扱いとする指示が出たという情報をキャッチしている。

「ガセでしょう、そんな話は」と応じるが、九条は真剣な表情で首を振った。

「これは、私が秘密裏に入手した資料です」と、九条が一冊のファイルを取り出し、差し出してくる。

朝倉はそれを受け取り、ページを繰る。「このリストは……！」

ミツバ銀行が取引しているコンテンツ業界の会社名と、交渉日、そして並ぶ「応諾」の文字は、協力を取り付けられたという証だろう。後ろの方のページには、ご丁寧に「念書」として経営者のサインに社判まで綴《つづ》ってあるという徹底ぶりだ。

――いつの間に、こんな工作を！

「……確かに、コンテンツ業界との取引シェアは、アドバイザー行の選定基準の一つです」と、朝倉は冷静さを装って言葉を紡ぐ。「ですが、シェアが全てではありません。小さな企業をいくら集めようと、芥川出版のブランドには及びません」

苦しい言い訳だと自覚する。

実際、由々しき事態だった。国民の誰もが納得するような選定をしなくては、クールジャパン政策への不信感へと繋《つな》がりかねない。芥川は圧倒的なシェアを持っているからと安心していたが――まさか、それ以外の協力企業を集めて対抗して来ようとは。

「ですが、ありがとうございます、九条さん。この事実は早急に上に伝えて、しかるべき対応を検討したいと思います」

そう言うと、九条は「それは、政投公庫と連携し、何か対応を図るということでしょうか？」と問いかけてきた。

「それにはまだ、答えられませんね」と応じる。

メディアでは既に政投公庫が本命扱いされているが、経産省の立場からすれば、まだコンペさえ行われていない状況で、それを明言する訳にはいかない。

すると、九条が更に声を落とし、予想外の言葉を口にした。

「政投公庫は、この案件に及び腰だそうですが」

「……なんですって？」

虚を突かれた。この女、何を言っている？

——政投公庫が、及び腰？

「まさか。そんな話は聞いていません」

「こちらを見てください。政投公庫の中で回っている稟議書です」

そう言って、九条は一通の書類のコピーをテーブルの上に差し出してくる。

——クールジャパン政策への参画見直しについて。

それは紛れもない、政投公庫の稟議書だった。起案者は、朝倉も懇意にしている担当行員だ。その判子の上に上司や役員、そして決裁者として頭取の印鑑までが押印してあった。

——標記の案件については採算不透明な面が否めず、原則消極扱いとし、特段の事情がない限りは参画不可とする。

稟議書はその一文で結ばれていた。承認された日付はつい昨日だ。

震える指で、ページを繰る。参考資料として添付されているのは、クールジャパン政策に参画した場合の収支試算だった。政投公庫はミツバ銀行とは異なり、芥川出版以外のコンテンツ産業とは取引が薄い。仮にアドバイザー行として五百億の予算措置を左右できるようになったとしても、得られる利益は微々たるもの——むしろ「アドバイザー行の責任」として求められる不振企業への融資の方が負担になると、そう稟議はまとめられている。

——馬鹿な！

ミツバ銀行の内部で、似たような稟議が承認され、プロジェクトが凍結されたとは聞いていた。だが、なぜ政投公庫でも同じような稟議が出回るんだ。

「なぜ、政投公庫の内部資料をお持ちなのですか……？」

「作家というのは便利な職業でして。『取材をお願いしたい』というと、色んな情報を手に入れることができるんです。いまこうして、朝倉さんとお話の場を設けさせて頂いているように」

九条の言葉に、朝倉はかろうじて「……なるほど、確かに」と応じる。

軽口めいた口調にするつもりだったが、意図に反する重い声が漏れた。

そこへ芥川の担当者が、申し訳なさそうに口を挟んでくる。

「実は私にも、公庫の担当者から連絡がありました。政投公庫内部で、クールジャパンへの採算を疑問視する声が出ている。ついては、芥川も政投公庫と連携して、経産省に申し入れをしてくれないかと」

政投公庫だけが抜けたのでは角が立つ。だから芥川も一緒に抜けろと、そういうことか。メンツを重視する銀行が考えそうなことだ。

「なぜ、そんな話が」

怒りに声が震える。朝倉にしてみれば裏切り以外の何物でもない。政投公庫がここで姿勢を変えてくれれば、クールジャパン政策へのダメージは計り知れない。

芥川の担当者が、困惑した様子で言う。

「芥川出版としても驚いているんです。『クールジャパン事業株式会社』の設立も発表されて、ようやく本腰を入れて動こうという時期に、いきなりこれですから……」

朝倉は、思考を巡らせる。仮に政投公庫の中でこの政策に参画することを見直すような動きがあれば、経産省のプランが根底から覆ることになる。

クールジャパン政策は、政府が主導で民間企業を支援する政策だ。

アドバイザー行の選定とて、「政府が世間の声も聞かずに決めた」などというバッシングを抑えるパフォーマンスの側面が強い。

もしここで政投公庫が手を引けば、朝倉ら経産省が描いていた計画は崩れてしまう。

「このままでは、政投公庫と芥川のペアでクールジャパン政策を引っ張るというプランが、機能しなくなりますね」

涼しい顔で九条が言う。

そんなことは言われずともわかっている。

――どうする。どうすればいい。

焦りで思考が空回る。くそ、と朝倉は胸中で毒づいた。ここでこんな問題が勃発するなど、完全に予想外だ。

「お困りのようですね？」

九条が悪戯っぽい表情で問う。

「順風満帆だった計画が突如として揺らぎ始めた。マンガや小説の世界なら、さながら絶体絶命の大ピンチといったところでしょうか」

――馬鹿にしているのか、この女。

「何がおかしいんです？」と、朝倉は応じた。「これはあなたにとっても関係のない話ではないはずです。クールジャパンは、日本のコンテンツ産業を盛り上げるための政策です。ここでこのプランが立ち消えになったり、あるいはミツバ銀行がアドバイザー行に就くなんていう事態になれば、芥川出版が得られるはずだった恩恵が吹き飛ぶ。そうなれば、芥川で本を書いているあなたにとっても、影響はゼロではありません」

反撃のつもりで口にした言葉だったが、しかし九条は揺らがなかった。

むしろ。

その言葉を待っていたかのように、「そうですね」と頷いてさえ見せた。

「仰るとおりです、朝倉さん。だから――私と手を組みませんか？」

怪訝そうな表情になった朝倉に、九条は続ける。

「このままでは、我々が多大なる期待を寄せていたクールジャパンプロジェクトが、ミツバ銀行のせいで頓挫してしまいます。私としては、そんな事態は絶対に避けたい」

と、悪戯っぽい微笑みを浮かべて九条が言う。「だから、お願いです。このプロジェクトの主人公である――朝倉さんの力を、貸してください」

「……主人公？」

「ええ。朝倉さんが、このプロジェクトの生みの親なのでしょう？　主人公を演じるのに、これ以上の適任者はいませんから」

上司の意向に左右され、「責任者」とは名ばかりの人間を主人公扱いとは恐れ入る。

朝倉は自嘲混じりに言う。

「随分と私を買いかぶってくださっているようですが、私は現場レベルの職員に過ぎません。クールジャパンは、既に国家プロジェクトにまで育ってしまっています。私ごときにできることなど」

ありません、と続けようとしたところで、九条が「ご謙遜を」と朝倉の言葉を遮った。

「朝倉さんなら、このプロジェクトを成功に導けるのではありませんか？」

「私が？」

「どんなに大きな国家プロジェクトだろうと、それを動かすのは現場の人ですよ、朝倉さん。この案件は、政府のお偉方の思惑が色濃く反映されようとしていることは否定しませんが――それでもまだ、このプロジェクトは、あなたの仕事です」

「……私は、上から与えられた仕事をこなすだけです。与えられた権限と、与えられた裁量の中で、最善と思われる仕事をするだけです。今回の政投公庫の話は、しかるべき者が、しかるべき措置をするでしょう」

どうせ今回の件も、上が話を付けるのだろう。及び腰の政投公庫にゴリ押しして、首を縦に振らせる。理屈も何もない、ただの強要だ。

そこに朝倉の出る幕はないし、それでいい。クールジャパンプロジェクトさえ実現するのなら、過程など問うつもりもない。

「上が全て解決する、とでも？　では、そこに朝倉さんの存在意義はないのでは？」

「作家という、上司のいない仕事をされているあなたにはわからないかも知れませんが、サラリーマンとはそういうものです」

「あら」と、九条はわずかに苦笑した。「私も夫が会社員でしたので、朝倉さんが仰ることはよくわかります。上司の不興を買い、不遇の日々を送ってましたので」

「……そうでしたか」と少し驚く。「ご主人は、お仕事は何を？」

「メガバンクの職員でした。つい先日、意に沿わぬ出向を命じられ、自主退職しましたが」

それはまた、随分とよく聞く話だと朝倉は思う。

ミツバ銀行の担当者、北大路の一件が頭を過ぎる。彼もまた、処分めいた出向指示を受け、メガバンクを去ったのだったか。

「失礼、話が逸れましたね」

こほん。と軽く咳《せき》払いをして、九条は言う。「朝倉さん、あなたはまだここから、あなたが望むハッピーエンドを手に入れられる可能性が、残っているのでは？」

その真っ直ぐな問いかけに、朝倉は言葉に詰まった。

「私が望む、ハッピーエンド……？」

「ええ。あなたは、今の日本のコンテンツ産業のあり方を、もっと良いものに変えたいと願って、このクールジャパン政策を立ち上げたんですよね？」

「それは、その通りですが」

「そしてクールジャパンの実現を、自身の手で行いたいと望んでいるのでは？　上の力に頼るなんて、みっともないことはせずに」

もちろんその通りだ。

だが、そんな望みを持つには力が足りない。権限が、裁量が——何もかもが足りないのだ。

「ですが、私にできるのはここまでですよ、九条さん。一介の課長レベルとしては、中々の仕事をしたつもりです。あとは、上層部がどのようにクールジャパンを実現していくのか、生みの親として楽しみに待つしかないでしょう」

「あら、そんな風に諦めに満ちていては、ハッピーエンドに手が届きませんよ？」

ハッピーエンド、だって？

「ミツバ銀行がこちらの想定外の動きをし、政投公庫は土壇場で裏切って。そんな状態で、そんな結末は望めないでしょう」と朝倉は言う。

現状はむしろ、バッドエンドに限りなく近い状態だ。

経産省の上層部が働きかけ、政投公庫を無理矢理アドバイザー行に据えたところで、優秀な職員をプロジェクトに投入することはないだろう。二流、三流の行員を導入してもらったところで、果たして本当に有意義なアドバイスが得られるかどうか。

ましてや、ミツバ銀行の協力企業が、コンテンツ業界シェアの過半数を超えているような状態で政投公庫をアドバイザー行に据えては、筋が通らない。国民の理解どころか、業界の理解を得ることさえ困難だ。クールジャパン政策は、官民共同で歩調を合わせてプロジェクトを遂行しなくては、意味がないのに。

くそ、と内心で毒づく朝倉とは対照的に、九条は静かに口を開く。

「確かに、ここで朝倉さんが全てを諦め、自分の仕事を投げ出し、上層部に頼るのであれば、せいぜいどっちつかずのノーマルエンドが限界でしょうね」

「……何か、ここから逆転を狙う手がある、とでも言いたげな口ぶりですね」

一介の作家風情に何がわかる。政策ビジネスでは、不意を突かれることは致命傷に他ならない。「もしそんな手があるのならぜひ教えてもらいたいものです」

だが、九条は「もちろん、喜んで」と力強く頷いて見せた。

「私も、芥川出版で小説を書く、コンテンツ業界の一員です。ここでこのクールジャパンプロジェクトが潰えるのは胸が痛みます。ですから——力を貸してください。一緒に、このピンチを乗り越えようではありませんか」

「力を、貸す？　私ごときに、一体何ができると……」

「この絶体絶命の局面から起死回生の一手を放ち、状況を打開する。その主人公はあなたです、朝倉さん。ここで私たちと手を組めば——ハッピーエンドが手に入りますが、どうします？」

九条春華が、悪役じみた笑みで言う。

――この女、何を企んでいる。

だが、少しだけ、心が動いたのも事実だ。

九条が言う「主人公になれる」というのは、男にとって最高の殺し文句だ。

と、そこでふと疑問に思う。

――今、九条は「私たちと手を組めば」と言った。私、たち？

「さて」と、九条は流れるような仕草で立ち上がる。

「ここから先は、発案者であるこの方に説明していただきましょう」

九条はそう言って、隣の個室に続く襖《ふすま》を開けた。

「な」と、思わず声が漏れる。

そこにいたのは、朝倉も見知った顔だった。パンツスーツ姿の若い女。「こんばんは、朝倉さん」と、緊張した面持ちで会釈をするのは、

「……七野、さん？」

ミツバ銀行の若い担当者、――七野だった。

そうか、と朝倉の頭の中で全てがつながる。この女子行員は、取引先の心をつかむことに長けている。シェアの五割という協力企業を集めるのも、不可能ではないだろう。

してやられた。まさかたった一人の銀行員に、プランを台無しにされてしまうとは。

「そういうことですか」と、朝倉は言う。「九条さんと七野さん、初めからお二人は共犯者だったわけですね？　私は騙され、罠にかかってしまった訳だ」

「共犯者だなんて、朝倉さんったら人聞きの悪い」と応じたのは九条だ。

「そうですね。私たちは、別に仲良しじゃないんです」と七野も続ける。「むしろ恨んでいると言っても過言ではないですし」

「あら、それを言ったら私だって、ミツバ銀行さんには恨みがあるわ」

などと始まった女子同士のトークを、「失礼、今のは忘れてください」と朝倉は遮った。「それよりも、早く話だけでも聞かせてもらいましょうか。ここまで策を巡らせて、ミツバ銀行の勝利のシナリオを完璧に描いた上で、果たしてあなたたちが私に何を持ちかけるのか」

どうせ選択の余地などない。ミツバはコンテンツ産業の過半数ものシェアを協力企業として味方に付け、そして政投公庫は消極姿勢になっている。

この状況下では、ミツバ銀行がアドバイザー行で確定だ。どうせ、七野からの説明とやらも「ミツバをアドバイザー行に選べ」という内容に違いないだろう。

「ありがとうございます。この国のコンテンツ産業の未来を切り開く主人公のお手伝いができて、一脇役として嬉しいです、朝倉さん」

そう言って、七野が一冊のファイルを朝倉に差し出した。
「こちらに資料をまとめておりますので、順を追って説明します。まずは――」

＊

経済産業省は明日15日、「クールジャパンプロジェクト」のアドバイザー行の選定を行うことを公表した。銀行が持つ企業支援のノウハウを政策に活用し、既に措置されている500億円規模の予算の具体的な執行について、アドバイスを求める方針。

（201X年 Webニュース）

7月15日 七野［1］

霞ヶ関の経済産業省庁舎の大会議室が、コンペの会場だった。

ミツバ銀行と政投公庫の一騎打ちとなったスタジオきょーと支援コンペとは違い、今回は参加行も多い。遅刻ぎりぎりとなった前回の反省を踏まえ、開始三十分前に会議室に入ったのだが、早くも室内には他行の出席者が集まり始めている。

クールジャパン事業を引き継いでいる渉外七課の前田と七野、そして雛森に加え、役所を相手にプレゼンするということで、常務が一人、同行していた。

『ミツバ銀行様』というプレートが置かれた席に着くなり、ライバル行の役員と思しき男に声を掛けられた。「やぁ、そちらは常務がお越しでしたか」という言葉から察するに、相手も役員クラスなのだろう。
二、三挨拶を交わし、すぐさま常務らは「ところで今回のクールジャパン、そちらは本気で参加されるのですか？」と状況の探り合いを始める。
常務は困ったような笑みを浮かべて「こちらはまぁ、難しいところで。なぁ前田君」と明言を避ける。

いつもは飄々としている前田も、相手が相手だけに「はい」と神妙な様子で頷く。

「そうですか、実はうちもほぼ見送りが決定してまして」

「まぁ、こういう話は政府系の銀行に任せるのが得策でしょうな」

「そうですな」と常務が応じ、「ところで先日の全銀協の会合についてですが」と、すぐに話題が切り替わる。どうやら、二人とも既にクールジャパンプロジェクトへの興味はなくなっているようだ。

――まぁ、その位で丁度いいんだけど。

ミツバ銀行内の役員は皆、この二ヶ月間、クールジャパンに関するプロジェクトは既に「終わったもの」として扱っていた。そのお陰で、七野たちは随分と動きやすかった。

だが、それも今日までだ。

今回のコンペが成功しても、失敗しても――どんな結果になろうとも、ミツバ銀行の中に、役員の指示を無視した自分の居場所はなくなるだろうから。

緊張で少し、喉が渇く。テーブルの上にはペットボトルのお茶が準備されていたが、何だか無性に甘いモノを飲みたくなった。

「課長」と、隣に座る前田に耳打ちをする。「私、ちょっと飲み物を買ってきますね」

前田は常務らの談笑を気遣ってか、軽く頷くだけだったが、取りあえず了承を得たので席を立つ。すると雛森も、「あ、私はお手洗いに」と一緒に席を立った。

「見てくださいよ先輩、マスコミも入ってますね」

と、雛森が会場の後方を指さす。大型のカメラや、ＩＣレコーダーを手にした報道陣らが、それぞれ自分の機器をチェックしている。

「ほんとだ。ってことはこのコンペの内容って、明日の新聞に出るのかな？」

「そりゃあ、出るんじゃないですか？　五百億もの予算が措置されている政策ですもん」

「そっか」

じゃあ頑張らないと、と気合いを入れる。

「あ、七野先輩ったら、記事になれば北大路さんが見るかも、とか思ってます？」

「惜しい」と、七野は笑いながら、雛森の頭を軽く小突いた。

もしこのコンペで七野のプレゼンが成功して、メディアの報道に載るようなことになったら——北大路や、スタジオきょーとの長崎社長、そして七野の父のような辛い経験を持つ人たちに、元気をあげられるかも知れないな、と。

トイレへと向かった雛森と別れ、七野は自販機を探す。適当に歩き回り、階段のそばにようやく見つけた自販機コーナーには、見知った先客がいた。やり手の外資系バンカーめいた爽やかなネイビーのスーツを着た、公務員。

「朝倉課長、こんにちは」と、七野は声を掛けた。

「ああ、七野さん」と、朝倉が会釈を返してくる。「飲み物を？」

「ええ、少し緊張しちゃって。甘いカフェラテでも飲んで落ち着こうかと」

そう応じると、朝倉は「ああ、これですね」と言いながら、流れるような仕草で七野が買おうとしていたお気に入りのカフェラテを購入した。

「これで借りが返せるとも思えませんが」と、そう言って朝倉が缶を差し出してくる。

「おごりです」

「……借り？　ええと、何のことですか？」

缶を受け取りつつ、七野は一応、とぼけて見せた。朝倉も「失礼、忘れてください」とオトナの対応を見せる。

「緊張、と言いましたね」

「はい、そうなんです。今から心臓バクバクです。プレゼンって、何度やっても慣れませんね」

「大丈夫ですよ。私の根回しに加えて、とある大臣からも、うちの上層部に圧力が掛かっているみたいですし。七野さんのプレゼンに対して、ウチから異論が出ることはないかと」

雛森の父親のパワーは、ミツバの切り札だ。効いてもらわなくては困る。

これでとりあえずは、第一関門突破だ。

「あとは政投公庫の出方次第ですね」と朝倉が言う。

「何のことかわかりませんが、一応、こう言っておきます。ありがとうございます」

「礼を言われる筋合いではありません。こちらは脅迫されたようなものですから」

「脅迫だなんて、そんな」

「冗談ですよ。ただ少し悔しかったので、意地悪を言ってみました」

——なにそのハニカミ笑顔！　ずるいんですけど！

朝倉の少年のような笑みに、七野は少し胸が高鳴った。

「本当は、こう言うべきなんでしょうね。——礼を言うのはこちらです、と。本当に今回は、素晴らしい提案をありがとうございました。ミツバ銀行の担当者が七野さんで、本当に良かった」

「……そういうことは、全てが上手く行ってから言ってください。余計に失敗できなくなるじゃないですか」

口をとがらせ、七野は言う。実際、緊張でまだ手が汗ばんでいるままだ。

前回のスタジオきょーとの支援策を巡るコンペでの七野の役割は、あくまで時間稼ぎだった。背後には、北大路だって控えていた。

だが今回は、違う。七野が、自分の言葉で、自分のプランを話すのだ。

こんな大役、自分には荷が重いと心底思う。

「大丈夫ですよ」と、朝倉は軽い口調で言う。「きっと全て上手く行きます。自信を持ってください。あなたのプランは、この国のコンテンツ産業にとって最上の提案です」

「いいんですか？」と、七野は恐る恐る朝倉に問う。「私が考えたあのプランは——朝倉さんが思い描いたクールジャパンを、根本から覆してしまう内容ですが」

「私が思い描いたクールジャパンは、それこそ、今日、七野さんがプレゼンしてくれる未来そのものですよ」

そう言って、朝倉は頭を下げる。「七野さん。あなたがクールジャパンプロジェクトに関わってくれて、本当に良かった」

*

そして、定刻。

経産省の朝倉が演壇に立った。

「それではこれより、クールジャパン事業にかかるアドバイザー行の選定コンペを行います。各行の持ち時間は十五分です。その中で、『クールジャパン事業について明確なビジョンがあること』『コンテンツ業界の企業を支援した実績があること』などをお示しください」

淡々と流れを説明していく朝倉の声を聞きながら、七野は手元の原稿を握り締める。

不安がないと言えば嘘になる。けれども――私だって、一人じゃないから。

ミツバ銀行の前田、雛森、それに経産省の朝倉や、作家の九条春華。そして本当なら、いまここで、同じテーブルに座っていたはずの北大路。

私は、一人じゃない。

――だから私は、戦える。

そう自分に言い聞かせ、七野は呼吸を整える。

「それでは、皆さまからのプレゼンをお願いしたいと思います。まず最初は――」

ライバル行であるメガバンクの名が読み上げられ、担当者が登壇する。

私どもＸＸ銀行は――

読み上げられるのは自行の紹介と、そして日本のコンテンツ産業に何ができるかといった話だ。抱えている取引先のうち、一番大きな出版社を例に出してプレゼンを進めていく。

続く大手地方銀行も、その次の投資銀行も。

ぜひ、我が行をアドバイザー行に。

表面上はそんな言葉を並べてはいるが、プレゼンの内容としては不十分な――今ひとつ具体性に欠ける提案だった。

それはそうだ、と七野は苦笑する。あくまで政投公庫を本命に据え、世間に「アドバイザー行は公平にコンペで選びました」という体裁だけを整えたい経産省は、そもそも明確な選定基準さえ示していない。

コンペの参加行の方も、そんな裏の意図をしっかりとくみ取ってか、ぼんやりと、曖昧な内容のプレゼンが続く。

そして、三時間後。

ほとんどの銀行が説明を終えて、残すは、ミツバ銀行と政投公庫の二行だけになっていた。

「それでは、次はミツバ銀行様ですね。お願い致します」と、進行役の朝倉が告げる。

「――はい」

と、七野が原稿を手に席を立つ。

小声で雛森が「頑張ってください」とエールを送ってくれる。前田も「んじゃ、よろしく」とにこやかに微笑んでいる。そんな二人に微笑み返して、そして七野は壇上へと歩き始めた。

背後で常務が「待て、彼女がプレゼンするとは聞いていないが――」と前田に問いかけているのが聞こえるが、もう遅い。常務には悪いが、事前に承認をもらったニセのプレゼン原稿は、カバンの中に置いてきた。

代わりに今、七野が持っているのは――事前の承認など取っていない、純粋に七野の想いをぶつけた原稿だった。

マイクを握る。

深呼吸をひとつ。

緊張はしている。

でも、大丈夫。

自分でも不思議なくらい、落ち着いて話せる気がする。

さあ——始めよう。

「私どもミツバ銀行はこの場をお借りして、経済産業省の皆さまにひとつの提案をさせて頂きます」

そう言って、七野は経産省の席を見た。朝倉が、ゆっくりと頷く。その仕草に背中を押されるように、七野はしっかりと会場を見据えて、告げる。

「今回の国家プロジェクト、クールジャパン事業。この日本のコンテンツ産業の未来を占う一大事業のアドバイザー行に相応しいのは、我々ミツバ銀行であると考えております」

七野はゆっくりと言葉を続ける。

「我々ミツバ銀行は、既に多数のコンテンツ産業の企業から、協力企業としてお手伝い頂くお約束を、頂戴しております。総計六十二社。国内コンテンツ産業シェアのうち、五割を超える数です」

一瞬、会場が静まり返り、——そしてさざ波のように驚きの声が広がった。

これは、実質的な勝利宣言だ。

経産省が本命としている政投公庫の協力企業である芥川出版は、確かに国内最大手企業だが、しかしそのシェアは三割程度に過ぎない。

純粋に「コンテンツ産業における協力企業のシェア」で比べた場合、ミツバ銀行の勝ちは揺らがない。

「仮に、アドバイザー行として政投公庫様を選定した場合は、日本のコンテンツ業界におけるトップ企業——芥川出版様と結びつきを活かした政策を実現できるでしょう。一方で、私どもミツバ銀行を選定して頂いた場合は、国内シェアの過半数を占める企業との取引を活かし、業界を挙げての政策を実現できるものと考えております」

一企業だけを味方に付ける政投公庫に対し、ミツバ銀行は国内の大多数の企業と協力体制を構築している。この状況で経産省が政投公庫をアドバイザー行とするのは、どうしたって説得力に欠ける。

ミツバ銀行の勝利への道が今、拓かれる。

これが、北大路の筋書きだった。それこそ、役員からの『勝つな』という命令さえ無視する覚悟があれば、このコンペで勝利を手にすることは容易な状況だ。

七野は胸中で呟く。きっと——私がどこかの物語の主人公なら、その選択をするんでしょうけど、と。

ちらり、とミツバ銀行の席に視線を送ると、常務が怒りの形相を浮かべていた。自分たち役員が下した『勝つな』という指示を無視した行為に、腸が煮えくり返っているに違いない。

——そんなに心配しないでよ。

銀行員にとって、上司の命令は絶対だ。もしも自分が小説やドラマの主人公なら、上司の命令に逆らってこのまま策を通すんだろうけど、残念ながらこれは現実で。

九条さんが小説に描くような、長崎監督が映画で動かすような——この国の優れたクリエイターたちが創り上げる物語に登場するような、格好良く敵を打ち破る主人公にはなれないから。

だから、と七野は思う。

だから自分は、その命令に逆らわずに戦うまでだ、と。

——勝たなければ良いんでしょう？

ハキダメの皆の努力さえ、北大路が残した計画でさえも無視して——自分が望むハッピーエンドを、目指そうじゃないか。

前田にも雛森にも、最初は反対された。どうしてわざわざ、勝てる勝負を投げ出すんだ、と。芥川出版を超える国内シェアを集めた今なら、政投公庫にだって勝てるのに——と、その気持ちも良くわかる。

けれども――ミツバが勝ったそのときに、救われない残りの五割の企業のことを思うと、その結末がハッピーエンドだとはどうしても思えないから。

七野はマイクを握り、静かに告げる。

「ですがここで、一つの提案を聞いてもらいたいと思います。これは、シェアの過半数を占める協力企業を持つ、我が行だからこそ、できる提案です」

ゆっくりと、言葉を紡ぐ。


「この国のコンテンツ産業の未来のために、クールジャパン事業においては、アドバイザー行制度の廃止をお願い致します」


その言葉に、今度こそ、各行の担当者から口々に「おいおい」と驚きの声が漏れた。

ミツバは圧倒的な数の協力企業を従え、アドバイザー行の座が手に入ったも同然の状態だったのだ。こいつは一体何を言い出すのだ、と誰もが思ったのだろう。

その反応を見て、七野は微笑んだ。狙い通りだ。

「日本にはたくさんの銀行があり、そしてたくさんの企業があります」

会場にいる参加者たちを見渡す。

「ここにお集まり頂いております皆さま、政投公庫様を初めとした政府系金融機関、我々ミツバ銀行のようなメガバンク、そして地方銀行の皆さまや投資銀行の方々にはそれぞれ、たくさんのノウハウが蓄積されています。それなのに」

そうだ。

ここにいる人たちは、敵ではない。

――銀行として、日本のコンテンツ業界を盛り上げたい。その思いを同じくしているのなら、ここからきっと、味方にだってできるはずなんだ。

渉外。

相手と話し合い、最上の結果を手に入れる。

――それが、私の仕事だ。

「ひとつの銀行にアドバイザー行を絞ることが、果たして得策でしょうか？」

七野は会場に向けて、静かに問いかける。

「ここにいらっしゃる銀行員の皆さまには、いささか簡単過ぎる問いになってしまいますが――国内シェアの五割を握る我々ミツバ銀行と、そして同じく三割を握る政投公庫。この二行が手を組んだ場合は、八割もの企業と連携した政策を実現することが可能になります」

会場にいる銀行員がざわめく。

彼らにとって、想定もしていなかった内容だろう。

ミツバ銀行と政投公庫は、アドバイザー行の座を巡るライバル同士だと目されていたのに、それを根底から覆すような提案が、当のミツバ銀行から持ち出されたのだ。

「経産省の皆さまが、アドバイザー行として銀行を一つに絞りたいとお考えなのは重々承知しております」

しかし、と七野は大きな声でそれを否定する。

「政投公庫とミツバ銀行、その両行が協力してノウハウを提供すれば、日本のコンテンツ産業にとってメリットのある話になります」

そして。

「更に言えば――この場の全銀行をアドバイザーとして選んで頂いたら、いかがでしょうか？」

会場の雰囲気が、徐々に落ち着いたものに変わっていく。出席者たちにも、七野のプレゼンの着地点が見えたのだろう。

そう、七野の提案はたった一つ。

「ミツバ銀行は、ここにいる全ての銀行が参加して方針を協議する――各行協調体制を、提案したいと思います。共に手を取り合い、協力し合って、――クールジャパン政策を実現しようではありませんか」

7月15日

朝倉

　全くもって大したものだと、司会席に座る朝倉は感嘆する。朝倉にとって、七野が壇上でプレゼンしている内容は、既に聞いている内容だったのだが、それでも思わず身を乗り出してしまうような力があった。

　七野が訴えているのは「アドバイザー行の廃止と、各行協調体制によるクールジャパン政策の支援」という内容だ。

　二週間前、料亭での会合の場で、プランの中身を説明し終えた七野に、朝倉は言った。

「してやられました。完敗です」

「あら、完敗？」

　そう問うのは九条だ。

「どうしてですか？　このプランなら、経産省としては文句なしのハッピーエンドだと思いますが。それに、朝倉さんが、クールジャパン政策を成功に導いた、主人公になれるかと」

「ええ、その通りですよ」

悔しいことに、その通りだった。朝倉が思い描いたクールジャパンは、このプランなら実現するし、経産省がこの案を採用すれば、世間は朝倉を「クールジャパン政策の立役者」として認識するだろう。

主人公。

悪くない響きだ。七野というまだまだ駆け出しの一銀行員が、必死にここまで舞台を整えてくれたのだ。しかも、朝倉を主人公に据えるというオマケ付で。

――他人の思惑に乗せられるのは少し癪だが、クールジャパンプロジェクトの成功という目的のためなら道化だろうが何だろうが構うことはない。せいぜい、正義の主人公を演じさせてもらおうではないか。

朝倉はファイルを閉じて、そしてしっかりと七野を見据えて言った。

「わかりました。このプランなら全面的に賛成です。早急に、省内の意見をまとめましょう」

経産省も、政投公庫も、ミツバ銀行も――そしてコンテンツ業界も。

利害関係者の思惑を台無しにし、その上で誰も不幸にならない――そんな理想的なハッピーエンドが、この計画の中には描かれている。

――ミツバ銀行の北大路が表舞台から退場した時点で、少し油断してしまっていたらしい。

「全く」と、朝倉はため息を吐く。「本当にマークしておくべきだったのは、あの北大路という男ではなく、七野さん、あなただった訳ですね」

「え、いや、そんなことは！」と謙遜する七野の横で、九条が楽しそうに笑う。

「今頃、北大路さんが悔しがっているかも知れませんね。美味しいところは全部七野さんが持って行った、と」

「いえ、『せっかく作った政投公庫に勝てるプランを台無しにして』って、怒り出すかも知れません」と、七野は心配そうな表情を浮かべた。

その言葉に、朝倉はふと思った。確かに七野が創ったこのプランは、ミツバ銀行からすれば裏切り以外の何物でもないだろう。このプランを実現したとして――七野までミツバ銀行の上層部の不興を買い、処分の対象にならなければ良いが、と。

ただそれだけが、不安だった。

7月15日　七野［2］

「以上で、ミツバ銀行からのご提案についての説明を終えさせて頂きます」

しん、と静まり返るプレゼン会場で、壇上に立つ七野は、ゆっくりと会場を見渡した。

たった一つのアドバイザー行の座を巡って戦いに来たはずなのに、いきなり『共に手を取り合い、クールジャパンを実現しよう』などと言われても反応に困る。きっとその場にいた誰もがそう思ったことだろう。

――拍手はない、か。

欲を言えば、ここで会場を万雷の拍手が包んで、全行の雰囲気が七野の意見に賛同――となるのが理想だったのだが、現実はそこまで甘くはないようだ。

あとは経産省の朝倉が、どのように政投公庫や他の銀行を説得してくれるか、だ。

失敗したら絶対許さない、と朝倉に向けて念を飛ばしながら、深くお辞儀をしたまさにその瞬間だった。

ぱちぱちぱち、と、拍手の音が聞こえて来た。

——え？

驚いて、顔を上げる。

広い会場の一角から、小さく拍手が上がっている。七野はそちらに視線を向けて——そして目を疑った。

政投公庫のメンバーが座るテーブル。

その中の一人が、こちらに向けて拍手を送っている。

落ち着いた色合いのスーツに、トレードマークのシルバーの眼鏡。冷たい印象を持たれがちな格好なのに、どこか憎めないその男は。

「私ども政投公庫も、ミツバ銀行様と同じ提案をしようと考えておりました」

——北大路だった。

会場の視線を一身に集めて壇上に上がってきた北大路は、呆然とする七野からマイクを受け取ると、

「日本政策投資公庫の北大路です。我が行のプレゼンに先立ちまして、先ほどのミツバ銀行様のご提案について、——弊行として、全面的に賛成することをここにお伝え致します」

驚きを通り越して、最早、絶句するしかなかった。

賛成？　政投公庫が？　——っていうか、北大路が、なんで政投公庫に？

混乱する七野を置いてけぼりに、北大路が言葉を続ける。

「このクールジャパン事業は、まだ採算が不透明な段階です。正直に言ってしまえば、私ども政投公庫一行で――まぁ、仮にアドバイザー行として私どもを選んで頂いた場合の話ですが――全ての責任を負うのはかなり厳しい」

北大路はそこで困ったような顔を作った。

七野は思う。いやあんた、その表情死ぬほど似合わない。

「そして、五百億という予算についても同様です。一銀行をアドバイザーとして選んでしまえば、どうしたってそこに利害関係が発生してしまいます」

自分の銀行の取引先だけを助けたい、とか。

自分の銀行が損しないようにしたい、とか。

「ですが、果たしてそんな事業が、日本のコンテンツ業界を救うことになるでしょうか？」

冷静な声が、七野の耳に染みる。

そうだ。七野はずっとそれが気がかりだった。

一を救い百を殺すとか、百を救うために一を殺すとか。

冷たい方程式？

そんなの、くそ食らえだ。

何だかんだと理屈を付けて――結局みんな、自分の利益しか考えていなかったじゃないかと、そう言いたかった。

——美味しいところばかり持っていきやがって。これじゃあスタジオきょーとの時と同じじゃないか。

ちくしょう、と、北大路を睨み付ける。思わず、笑みがこぼれる。

「私ども、日本政策投資公庫は、国内トップシェアを誇る芥川出版様とのお付き合いが強固です。引き続き、こちらの企業を支援させて頂く姿勢に変わりはございません」

ですが、と一拍を置いて彼は言う。

「他の企業の皆さまを見捨てる訳には参りません」

北大路はミツバ銀行のテーブルを見た。

「例えば、先日、こちらのミツバ銀行の七野様が支援を表明されたスタジオきょーと様は今、世界展開を視野に入れた新作映画を製作されていると聞いております」

しらじらしい。何が「聞いております」だ。七野は必死に笑いを堪える。

「ただ、今のスタジオきょーとに世界で戦えるだけの長編アニメ映画を作る技術があるか、不安に思う方もいらっしゃるでしょう」

映画製作の現場を離れて久しい長崎監督。ノウハウの乏しい社員たち。今のスタジオきょーとにアニメ映画を作る力がないと、そう北大路は断言する。

「その一方で、芥川出版の映画部門は、世界でも最先端の技術を持ったスタッフを擁しております。長崎監督がアニメ映画を製作するとなれば、全社を挙げての支援も厭わないと、そうおっしゃって頂いております」

北大路が、「そして」と力強く言葉を紡ぐ。

「スタジオきょーと様が持つCMやPVのノウハウは、むしろ芥川出版がもつ動画サイトや小説などの宣伝でこそ、輝くはずです。だから、ミツバ銀行さん」

北大路が七野を見て言う。

「我々政投公庫と手を取り合い、スタジオきょーと様と、芥川出版様の事業提携について、検討致しませんか」

――そう来たか。

思わず笑い出しそうになるのを必死に堪えながら、七野は応じる。

「はい、ぜひ！」

ありがとうございます、と北大路が一礼し、会場を見渡す。「そしてこうした業界全体のネットワークを作る役割を、経産省が設置するクールジャパン事業株式会社が果たすべきなのです」

この会場に集まる経産省に、そして各銀行の参加者らに問いかける。

「ひとつの銀行や、ひとつの企業が予算を握るのではなく――広く門戸を開き、各銀行や各企業がノウハウを持ち寄り、世界で戦える作品を創り出す。それが本当の意味での、クールジャパンではないでしょうか」

その問いかけに応じるように、朝倉が起立し、マイクを握る。

「私どもも経産省としても、ただいまのミツバ銀行様の提案について、前向きに検討したいと思います。クールジャパン政策の実現にあたり、アドバイザー行制度を廃止し、ご協力いただける各銀行、そしてコンテンツ業界の企業が手を取り合い、一致団結し、コンテンツ産業の海外展開を推進できればと思いますので、皆さま、ご協力のほど、よろしくお願い致します」

朝倉が、深く頭を下げる。

経産省も、この提案に賛成しているのか——と。

七野や北大路のプレゼンには戸惑うばかりだった各銀行の参加者らも、経産省の職員がその内容を前向きに検討していると知り、拍手が上がりはじめ——そしてすぐに、会場を万雷の拍手が満たしたのだった。

＊

日本のアニメを海外へ〜コンテンツ業界を横断した組織、各行が参加へ経済産業省は先日、漫画やアニメ、小説など海外で人気の高い日本文化を海外に売り込む「クールジャパン戦略推進事業」について、官民共同で新会社を設立すると発表した。500億の予算が既に措置されたこの事業について、当初は運用にあたりアドバイザー行を選定する方針だったが、各行の企業支援ノウハウを幅広く取り入れるべく、横断的な組織の構築が必要との判断に至った。

尚、来春に発足するクールジャパン事業株式会社の第一弾プロジェクトとして、長崎サトシ監督（スタジオきょーと）のアニメ映画事業を採択。製作は芥川映画。尚、CMやPVはスタジオきょーとが担当する。（201X年　経済新聞）

春

翌年、三月。

六本木の高級オフィスビルに居を構える『クールジャパン事業株式会社』の応接室で、朝倉は、机の上に置いた半年前の新聞記事について説明していた。

「アドバイザー行を一行に絞ることなく、多数の銀行、そしてその取引先の協力を得ることで、当初想定していたよりもずっと良い形で、このクールジャパン政策はスタートを切ることができたわけです。こちらが、アドバイザー行制度を廃止して、協調支援体制を構築したことを発表した記事ですね」

朝倉がそう言うと、向かいに座る記者が、なるほど、と頷いた。

経産省から出向し、このクールジャパン事業株式会社の管理職に就任してからというもの、メディアへの応対に追われる日々が続いていた。

取材というのは何度受けても慣れないが、メディアから「朝倉さんに話を聞きたい」と指名されてしまっては断ることもできない。

おかげで朝倉は、その見栄えの良さもあってか、世間ではすっかり「クールジャパン政策の主人公」扱いされてしまっている。

「それでは最後になりますが、クールジャパン事業株式会社設立の立役者である朝倉さんの立場から、今後の日本のコンテンツ業界の展望などがあれば、お伺いできればと」

記者の問いかけに、しばし沈黙した後、「そうですね」と答える。

「日本のアニメやマンガは非常にクオリティが高く、商品として他国に展開できる品質は十分に確保されています。しかし、ビジネスとして成功していたかと言うと、残念ながらそうは言えない状態でした。それは個々の企業が自分の利益だけを追求していたからでしょうし、国が業界全体を見据えた支援を怠っていたことも理由でしょう。何より企業にも国にも、そうした海外でのビジネス展開のノウハウがなかったことが大きい」

「これからは、それが変わると？」

記者の相づちに、朝倉は大きく頷く。

「ええ、その通りです。ご存じのように、政策企業であるクールジャパン事業株式会社は、数多くの銀行からの出資を受け、その全ての銀行とアドバイザリー契約を結んでおります。銀行が持つ企業支援のノウハウを、国策としてコンテンツ業界に還元する。そうすることで、日本のアニメやマンガといったコンテンツ産業を盛り上げていきたいと、そう考えております」

「そうですか。我々も出版社として、今後のクールジャパン政策の成果を楽しみにしております。本日はお忙しいところ取材のお時間を頂戴しまして、ありがとうございました」

そう言って頭を下げる記者に、朝倉は「こちらこそ」と会釈を返した。


クールジャパン事業株式会社の経営企画室長——それが、今の朝倉の肩書きだった。

「コンテンツ業界を支援する」という目的に特化した政策企業としてスタートしたこの会社は、五百億もの潤沢な予算が税金から投入されていることもあり、設立間もない新設企業にもかかわらず、既にその動向に世間の耳目が集まっている。

特に「クールジャパン政策の生みの親」として世間に認知されている朝倉の仕事は多忙を極めた。メディアの取材に、コンテンツ企業への挨拶回り。経産省の頃でも経験したことのないような忙しさに翻弄される日々で、目が回りそうだ。

今夜は、この会社の第一号プロジェクトとなる、長崎監督のアニメ映画のサンプル映像のお披露目として、関係者を招いてのささやかなパーティーが予定されていた。

——そろそろ、原稿を確認しないと。

そう胸中で呟いて、デスクの引き出しから一通の原稿を取り出す。シンプルに「挨拶」とだけ題されたその原稿は、冒頭で朝倉が話す内容をまとめたものだ。

原稿のライターは、九条春華。

朝倉にとっては、多少、因縁のある相手だったが、原稿の質は認めざるを得ない。

――さすが、第一線で活躍する作家は違う。そう感心しつつ、原稿を頭に叩き込む。思ったよりも取材が押してしまい、パーティー会場が開くまで、あと三十分程に迫っていた。


朝倉が原稿の最終チェックを始めたその頃、スピーチ原稿を書いた張本人である九条春華は、クールジャパン事業株式会社のお披露目パーティーに向かうために、自宅に呼んだタクシーに乗り込むところだった。

「どちらまで?」と問う運転手に、六本木のオフィスビルの名前を告げる。

ゆっくりとタクシーが走り出す。視界から遠ざかる古ぼけた自宅を見て、九条は感傷に浸る。

――「自宅」と言えるのは、嬉しいものね。

立地は、決して良くはない。もともと町工場だった建物なので、夏は暑く冬は寒い。水回りは故障がちだし、シャワーがお湯になるまで、数分はかかる。

悪いところを挙げればキリはないが、それでも、九条はこの家を離れる気はなかった。付き合いのある編集者からは、「もっと便利な場所に引っ越したらどうですか」と駅近のタワーマンションなどへの引っ越しを、それこそ何度も勧められている。

その都度「この家は、私の夫が取り戻してくれた大事な場所なので」と説明して断っていた。

かつて小さな町工場を営んでいたこの家が、不況のあおりで倒産したのは、九条が高校三年生の頃だった。

家も土地も担保に入れていたため、一度、取引銀行だったミツバ銀行のものとなり――その家を取り返すために、ミツバ銀行に身を投じた夫の顔を思い浮かべる。

「作家は不安定な商売だから、自分は逆に、安定している職場に就こう」「メガバンクなら、安定している職場として申し分ないから」「絵？　絵で食べていける人なんて、ほんの一握りですから。ぼくにはそんな覚悟はありません」

そう言って笑う年下の夫の姿を、今でも昨日のことのように思い出せる。

夫には、イラストレーターとして活動するには十分過ぎるほどの才能があった。その才能を捨てさせて、安定した職業を選ばせたのは自分だ。そのことで、これまで一体何度ケンカをしたことか。

だが、夫は頑なだった。

「自分がメガバンクで働いている限り、この『社宅』で暮らせるから」と。

ありとあらゆるツテを使って、銀行の上層部に頼み込んで、担保として銀行に奪われたこの九条の家を「社宅」扱いで勝ち取った夫のことを、素直にすごいと思う。

クールジャパンプロジェクト途中で命じられた突然の出向により、この家を離れざるを得ない状況になった訳だが――その頃には、九条の人気作家としての地位は、不動のものになっていた。

印税や映画のロイヤリティーなどを吐きだして、何とか銀行からこの実家を買い戻した九条は、夫に告げた。

「もう大丈夫だから。これからは、あなたの好きなことをして」

夫は笑って言った。「じゃあ、別の銀行に転職しようと思う。春華が持っている芥川のツテで、政投公庫に話を通してもらえないだろうか」と。

九条は驚いた。メガバンクを就職先に選んだ理由の「九条の実家を取り戻す」という目的を達成した以上、てっきり、別の道を――それこそ、かつて捨てたイラストレーターの夢を目指すものだと思っていた。

全く、と九条は嘆息する。

――あいつったら、いつの間にか、根っからのバンカーになっちゃってるじゃないの、と。

スマホを取り出して、夫に向けてメッセージを打つ。

「クールジャパン事業株式会社のパーティーに出ます。現地で会いましょう」

クールジャパン事業株式会社のパーティーに出ます。現地で会いましょう。

と、九条からのそのメッセージが届いたそのとき、夫である北大路は、日本政策投資公庫のオフィスで、来客者と打ち合わせをしていた。

「さてと、雛森ちゃん、あと、何か聞いておくことあるかい？」

「あ、じゃあ仕事の話じゃないですけど、一つだけ」

そう問う来客者は、かつての上司と部下——ミツバ銀行の前田課長と、雛森だった。とあるコンテンツ企業への協調融資案件の条件調整で、この日、大手町の政投公庫まで出向いてくれていた。

「ええ、何でしょうか？」

「北大路さん、政投公庫の水には、もう慣れました？」

「はい？」

「ミツバとはだいぶ、文化も違うんじゃないかなって思って」

「銀行のやることとなんて、どこも大体同じですよ。助けるべき企業を助ける。それだけです」

「でも、給料は落ちたでしょ？」と口を挟んだのは前田だ。

政投公庫での職位は、ヒラ行員だ。ミツバ銀行時代の「審査役」という職位から比べるとだいぶ権限も給与面も劣るが、特に不満はなかった。

「お金なら、妻が余る程に稼いで来ますから」と言って、北大路は笑った。

何より、国の政策に絡んだ仕事は楽しい。それはミツバでは経験できなかった仕事だった。

「そう言えば、北大路さん。せっかくなので、もう一つ教えてください」

「はい？」

「あのとき、政投公庫はどうして、アドバイザー行から手を引いたんでしょう？　きっと北大路さんが何かしたんだろうとにらんでるんですけど……。あと、私が渡した例の稟議も、結局、役に立たなかったんですか？」

しょんぼりとした様子で聞いてくる雛森に、北大路は「そんなことはありません」と応じた。

「あの稟議のお陰で、我々政投公庫は、採算不透明なプロジェクトを回避できたんですから」

「ええと、つまり？」雛森が首を傾げる。

「ミツバ銀行がプロジェクトを凍結する切っ掛けになった例の稟議書を、政投公庫に持ち込んだんです」

雛森から託された、『クールジャパン事業への参画について』という、役員が優秀な部下を動員して書き上げた検討稟議のことだ。

クールジャパン政策のアドバイザー行になっても、利益は出ない――国内トップのメガバンクの上層部がそう言っているのを、政府系金融機関である政投公庫は無視できないと、そう考えたのだ。

政投公庫は政府系の銀行であるがゆえに、その採算は国民の厳しい目にさらされる。クールジャパン政策に参画して赤字など出そうモノなら、「税金の無駄使い」と批判されるのは目に見えていた。

結果として、北大路はその賭けに勝ち、政投公庫もこの案件に及び腰になった。

「……キミ、転んでもタダじゃ起きないタイプだねぇ」

と、そう嘆息したのは前田だ。

「どうも。その点、頭取にもお礼を伝えておいてください。ご英断に感謝します、と」

「うーん、まぁ、今回のプロジェクトで一番株を上げたのが頭取だから、今更お礼なんて言わなくてもいい気がするけどねぇ」

「全くです」

前田と雛森の言葉に、北大路は苦笑する。残念ながら、確かにその通りだ。

北大路が苦笑いを浮かべた、その頃。ミツバ銀行の頭取は、役員フロアの廊下で、「頭取、少しお時間をもらえますか？」と、副頭取に呼び止められたところだった。

「どうしました、副頭取」

「今夜、クールジャパン事業株式会社のお披露目パーティーに参加するんですが、頭取はいらっしゃらないのですか？」

「ええ、経産省からお誘いは頂きましたが、丁重にお断りしました」

と、頭取は嫌そうに顔をしかめる。「私の指示は、『アドバイザー行の選定コンペで勝つな』というものでした。それをあんな現場の一担当者の意見で押し切られるのは、いささか気分が悪い」

「その割には、コンペの後ですぐに、七野君のプレゼンを承認したそうですね。本当に納得ができていないのなら、担当者が勝手にぶち上げたプレゼンなど、否認すれば良かったのではないですか？」

「他行や経産省、それにメディアが証人ですからね。頭取が後から担当者のプレゼンを否認しては、ミツバは行内のオーソライズもできていないプレゼンをコンペの場でぶち上げるのかと、良い笑いものです」

「ご英断に感謝します」と、そう言って副頭取は笑う。

頭取の判断基準は至って明確だ。ミツバ銀行の利益になるか否か。ただそれだけだ。ミツバの利益こそが最優先事項であり、他の要因は二の次になる。

「それに実際、あの日、彼女が提案したプランは、ミツバ銀行にとって利益になる可能性が非常に大きかった。否認する理由がなかった、というのが一番大きな理由ですよ」

かつて頭取がクールジャパン政策への参画に反対したのは、その採算が不透明だったことと、そしてミツバ銀行が一行だけでアドバイザー行となるのは負担が余りに大きいと判断したからだ。

その意味で、あのコンペで七野が提案した「協調案件」としての支援であれば、それなりにリスクは軽減されるし、何より、他行に比べてコンテンツ業界との結びつきが大きいミツバ銀行にとってメリットが大きい話だった。

これなら、問題あるまい。

事後報告を受けた頭取はその場で判断を下し、七野のプレゼン――アドバイザー行制度の廃止と、他行協調でのクールジャパン政策の実現についてのプランを、後追いで承認したのだった。

この経緯がどこからか広まり、「現場の意見を重視するトップ」として職員からの人望が急上昇している――というのは、さすがに頭取本人にとっても予想外だったが。

「これでクールジャパンプロジェクトが利益を生めば、それは私の手柄となります。まだ頭取の椅子は、君には譲りませんよ、副頭取」

「おお、恐い恐い」

「そして、副頭取。もしもこの先、またあなたが不良債権の山を築くようなことがあれば、そのときは容赦なく、別の者に君の椅子を任せますので、覚悟を決めておいてくださいね」

「肝に銘じます」と副頭取は苦笑しながら応じ、「ところで、頭取」と話題を変えた。

「だとすると、今回の担当者である七野君に下した処分は、少し厳しすぎるのでは？　あの若さでの出向は、異例でしょう」

「けじめはけじめです。ここで担当レベルの独断専行を許せば、他の職員への示しが付きませんから。あくまで、これは厳正なる処分だと、ご理解ください」

「処分、ですか……」と、副頭取はため息を吐いた。「本人はその処分を喜ぶあまり、出向先に駆けだしていってしまったようですがね」

――新宿支店渉外七課　七野夏姫。

四月一日付をもって、外部出向を命ず。

＊

春、桜の季節。

クールジャパン事業株式会社の朝倉の下に、二人の部下が就くことになった。

パンツスーツに、ランニングシューズという変わった出で立ちで登場したその女子の名は、七野夏姫。ミツバ銀行から、コンテンツ業界への渉外活動の第一人者として送り込まれた出向者だ。

そしてその後ろで、同じく春からやって来たもう一人の出向者が「まだそんな靴を……」と、額に手を当てて呆れていた。

七野と同日付で、日本政策投資公庫から出向してきたのは、シルバーの眼鏡をかけたいかにも銀行員といった外見の男だ。

彼は、呆れたように七野に言う。

「今度は、走っての移動は控えめにお願いしますね、七野さん」

「え？　どうしてですか？」

「我々の仕事は、海外展開の支援です。さすがの七野さんも、海外まで走って行く訳にはいかないでしょう」

「あ、なんかイヤミな言い方！　北大路さん、全然変わってない！」

と、そんな二人の様子を見て——これからは賑《にぎ》やかになりそうだと、朝倉は笑った。

「お二人とも、今日からよろしくお願いします」

クールジャパン事業株式会社とは、政府系金融機関や、メガバンク、その他多数の金融機関がそれぞれのノウハウを持ち寄り、日本のマンガやアニメといったコンテンツを海外展開するための支援を行うための企業の名だ。

支援対象は、国内最大手企業である芥川出版や、映像作品に定評のあるスタジオきょーとなどのコンテンツ産業に属する企業であり、アニメやマンガといった日本の製品を海外に売り出していく予定だ。

この日。

日本のコンテンツ業界の未来が、少しずつ、けれども着実に――明るい方向へと進み始めた。

《ハキダメ。／Happy End》

あとがき

みなさんこんにちは。

この度は本作「ハキダメ。」をお手にとって頂き、ありがとうございました。

この本は、銀行で一生懸命働く女の子の物語です。お仕事をしている方、これから社会に出る方に、元気と活気が届けばいいなと思います。

お仕事をしていると、うまくいかないことも凹んじゃうこともありますよね。この本がひとつの応援になれたら嬉しいです。ガッツ大事！

また、作家彼女。を読んでいるとより楽しめる内容なので、もしお読みでない方は、ぜひ前作もお手にとってもらえると、作者はとてもよろこぶと思います。

ところで、何かお気づきになりませんか？　何か、変じゃない？

ふっふっふ、実は私はぺんたぶではありません！　妻でした！

みなさま、いつも夫がお世話になっております。

ツイッターのフォロワーさん、前作や前々作を読んでいる方、もちろん初めましての方も、とってもありがとうございます。

みなさまのおかげで、また夫が、こうして小説を出版することができました。

夫と二人、とても感謝しています（こうして読んでくれているあなたのおかげだよ！）。

あと、ツイッターのコメントは私も見ています。むしろ私の方が、ストーカーのようにあなたの反応を見ていますよ。リプをくれた方とか、いつもリツイートしてくださる常連さんは名前を覚えちゃってるからね。そして何より、夫よりもみなさんの方が宣伝上手で、驚きつつ、とても感謝してます（夫は凹んでます）。これからもよろしくお願いします。


最後にお礼を。

編集の岡本さま、忙しい中、夫の本をかたちにして頂きありがとうございます。お体に気をつけて。イラストの佐木郁さま、本当に魅力的な絵で本作を飾って頂き、感謝してます！　デザイナーの名和田さま、前回に引き続き素敵なデザインをありがとうございます。

今、目の前では夫が焼きプリンを食べながら（彼はよく、甘い物を食べながら原稿を書きます。「文章を書くときは脳が糖分を欲する」と本人は主張してますが、私は知っています。彼はただのスイーツ好きです）、この本の手直しをしています。

目が合えば、優しく微笑み、また原稿に目を戻します。

読者のあなた様の手に渡る時に、より素敵なお話になっていますように。

さて、外はあいにくの雨ですが、私は、今日も幸せです。

2016年5月11日 初版発行

著者——ぺんたぶ
発行人——青柳昌行
編集——ホビー書籍編集部
〒104-8441 東京都中央区築地
1-13-1 銀座松竹スクエア
編集長——藤田明子
担当——岡本真一
発行——株式会社 KADOKAWA
〒102-8177 東京都千代田区富士見2-13-3
Tel. 0570-060-555(ナビダイヤル)
URL http://www.kadokawa.co.jp/
装丁——名和田耕平デザイン事務所
印刷・製本——大日本印刷株式会社

本書の内容・不良交換についてのお問い合わせ先
エンターブレインカスタマーサポート
Tel. 0570-060-555[受付時間:土日祝日を除く 12:00〜17:00]
メールでのご質問:support@ml.enterbrain.co.jp
※メールの場合は、商品名をご明記ください。

ISBN978-4-04-730859-6 C0093

ハキダメ。
Hakidame
The Banker Diary of
External affairs
by Natsuki Nanano
銀行員七野夏姫の渉外日誌